Claude Simon

La Route des Flandres

弗兰德公路

[法] 克劳德·西蒙 著　林秀清 译

上海译文出版社

目录

第一部

我过去以为自己在学习怎样生活，其实是在学习怎样死亡。

列奥纳多·达·芬奇

他手里拿着一封信，抬眼看看我，接着重新看信，然后又再看看我。在他后面，我可以看见被牵往马槽饮水的一些马来来往往的红色、棕红色、赭石色的斑影。烂泥深到踏下去就没到踝骨眼。我现在回忆起那天晚上大地突然霜冻，瓦克捧着咖啡走进房间说道："狗在啃吃烂泥。"我可从来没听说过这种事。当时我仿佛看见那些狗，类似神话传说中恶魔般的动物，嘴巴四周呈粉红色，雪白的狼齿寒光逼人，在黑沉沉的夜里啃嚼黑色的泥土。也许这只是回忆中的情景：狗在吞食、打扫战场、腾清地面。现在泥土是灰色的。我们往往在快跑时扭伤了脚，早上点名时总是迟到。在马蹄踏过后留下的变得像石头般硬的深印中，几乎把踝骨扭伤。过了一会儿，他说："您的母亲写信给我。"她居然不顾我反对干这种事，写信给他，我听了感到自己满脸通红。他把话打住，想做出微笑的样子，可是没能做到使我们之间的距离消失，虽然他不可能不客气（他肯定是想做到这一点）。这种情况，只能使他那灰白硬挺的小胡子拉得稍为长一点。他脸上的皮肤，像那些长年风餐露宿的人那样呈棕褐色，而且晦暗无光。他身上带有阿拉伯人的东西，也许是查理·马特[①]杀漏的一个人留下的遗迹。也许他认为自己是像他家乡塔恩[②]的那些小贵族邻人一样，是圣母马利亚这类表亲的后裔，而且大概还是穆罕默德的子孙。他对我说： 我想我们多少还是表亲。但我认为在他的心目中，这词儿用在我身上时，大概更确切的含义是像指蚊子、昆虫、苍蝇之间的关系。当看到这封信在他手中，又认出谁用的信纸时，我又感到怒火中烧，满脸通红。对他的话，我没搭腔。他大概看到我生气，眼睛不看他只盯着信。我真想把信从他手上夺过来撕掉。他的手微微挥动着已展开的信纸，它的四角抖动着像在寒风中的翅膀。他那双漆黑的眼睛，既不含敌意也没有蔑视，甚至表示真诚友好，但保持距离： 也许他和我一样恼火，对我的不快感到合乎他的心意。这时我们站在冰冻的烂泥里继续表演这场上流社会社交礼节的小戏。由于考虑到这位——对我来说，不幸是我的母亲——写信的妇女，我们两人不得不遵守礼节和社会习惯。大概他终于了解我的心情，因为他的小胡子又摆动起来。他说： 不要对她有意见。对一位做母亲的人来说，这事是天经地义的，她做得对。在我这方面，我很高兴有机会为你尽力，要是你有需要的话。我说： 谢谢你，队长。他说： 要是有什么问题，请来找我，不必客气。我说： 好的，队长。他又再挥动手里的信。大概那时候是清晨，约在零下七到十度，但他似乎并没意识到。马饮完水后，就成双成对地跑步去了。养马的人在它们中间奔跑着，一边跟着咒骂一边抓着马笼头，身体空悬着寻开心。在凝冻的泥土上，马蹄笃笃发响。他重复说： 要是有什么问题，我会感到高兴能

---

① Charles Martel （约 688—741），八世纪初法兰克王国实际统治者，别号“铁锤查理”。

② Tarn，比利牛斯山南部的法国省份，邻近西班牙。

够尽力。他接着把信折叠起来放在口袋里，又向我做出在他心目中大概算是微笑的样子，又一次把灰白的小胡子朝边上拉去，接着旋踵走掉。继后我仅限于干完比以往更少的工作，把事项简化到无以复加：从马上下来，就同时把两根吊马镫的皮带脱下；把马喝的水关停一两次后，就解开它喉咙下的皮带，然后一下子就把整个马笼头卸下，全浸泡在水槽里，这时马也快喝完水了。这些事干完，马独自回到马厩里去，我走在它旁边，准备好抓住它的一只耳朵。这之后，我只要用破布擦擦笼头上的钢铁部件，要是上面长的锈实在太多，有时就用砂纸擦一下。总之，情况没多少改变，反正在这方面长时间以来我已有了名，人家也不想再给我找麻烦了。我想，在他那方面，他也不在乎这些事。当他视察小分队时，装作没看见我，这样做是对我母亲表示客气，而且也用不着费多大的劲，除非是在他看来，擦亮马笼头也属于那些无谓而又无法替代的事情的一部分，属于据说保存在索米尔[①]地区，后来增强了的祖代传下的反射作用和传统的一部分。虽然据说她（就是那位夫人，就是那位年轻女子，与其说是他娶了她，不如说是她娶了他）仅在四年的夫妻生活中就使他忘记或总之抛掉一些祖传下来的传统，管他是否心甘情愿。就算他已抛弃某些传统（也许受到的压力多于爱情，或者可以说是由于爱情的压力，也许可以说是为爱情所迫），但有些东西哪怕是不顾一切地抛弃、割舍，也无法从记忆中抹去，即使想忘却也做不到，而这些东西往往是荒谬绝伦、毫无意义，既无法理喻也控制不住。例如他的这种反射作用：当一阵机枪从树篱后面朝他的鼻子瞄准扫射时，他就拔出军刀。霎时间，我可以看到他举起一只

---

① Saumur，法国曼恩-卢瓦省城镇，以一七六四年建立的骑兵军官学校著名。

手臂，挥动那无用而且可笑的武器，做出一种像骑马塑像的传统的姿势，大概是他从几代持刀作战的军人身上继承下来的。反光仅仅照出一个阴暗的身影，使他显得暗淡无色，似乎人和马一起浇铸在同一种物质、同一块灰白色金属中。一瞬间，阳光照射在拔出的刀刃上闪闪发光，接着全部——人、马和剑——一起朝一侧倒下，像一个铅铸的骑兵，从脚开始熔化，先是慢慢地往侧面倾倒，接着速度越来越快，军刀一直拿在高举的手里，在烧毁了的大卡车坍塌在地上的残骸后面逐渐消失了。这大卡车像一头野兽、一头怀孕的母狗在地上拖着大肚皮那样不成体统。破裂的轮胎在慢慢燃烧，散发出烤焦了的橡胶的臭味——令人恶心的战争臭味。这种气味停留在阳光灿烂的春日午后的空气中，飘浮着或更确切地说是停滞不动，黏糊糊的，半透明的，但可以说显然像一潭死水，其中可能浸泡着红砖房屋、果园、篱笆。霎时间，太阳灿烂夺目的光线依附，或更确切地说，集中在洁白的钢铁部件上，好像在一瞬间把所有的亮光和光辉都招致、吸引到它身上……可是，要说洁白无瑕的处女，她老早已经不是了。我想，他决定娶她的那一天，这一点可不是他在她身上所希冀的，大概完全知道从此以后等待着他的是什么。可以说这种像耶稣受难的痛苦，已在事前接受、已承受过，事先已享用过了。所不同的是，这种受难的发生地点、中心、祭坛不是在光秃的山冈上[①]，而是在那甜蜜、温柔、使人心荡神摇、毛蓬蓬的肉体隐秘深处……唷，像钉在十字架上受难，在祭台上，在嘴唇上，在幽秘的深处逐渐死去……看来在这类事中，妓女是不可少的，而且要有拧绞两手在哭泣的妇女和忏悔的

① 指耶稣被钉在竖立于光秃秃的山顶的十字架上。

妓女[1]，但毕竟在这儿是一个妓女也找不到。假如他曾要求她悔改，或至少是期望过，希冀过她会有所悔改、有所改变，不像她一向的名声那样，那就等于对这场婚姻所期待的，不是其必然的后果。也许甚至还预见到，或至少也许已经预计到这最后的结局，或者更确切地说，最后的下场，这种自杀的方式。战争为他提供了机会，得以体面地实现。这就是说，不必像那些跳到地铁轨道上的女仆的自杀，或血污弄脏了办公室但宣称是意外事故的银行家的自杀那样，耸人听闻、情节夸张、不干不净。万一在战争中被杀死可以作为意外事故处理，那就不妨利用可乘之机，及时地、秘密地结束了四年前千万个不该开了头的事……

对这一切，我很了解。我了解这一时间以来他所寻求的、希望的一切就是使自己被干掉，而且不仅是在我看见他立在马上，停在大路正中间，目标暴露无遗的时候。他甚至不愿费点工夫，或装出个样子费点工夫，把马驱到苹果树下隐蔽起来。那位矮小的笨蛋少尉却以为自己也应当跟他一样，大概认为这才足以表现一位骑兵军官最漂亮、最出色、最有风度。这笨蛋大概想也没想到使这人干出这样的事的真正原因，这就是说，这谈不上什么光荣或勇敢，更谈不上什么出色风度，完全是因为个人私事。这私事涉及的甚至不是他与她之间的关系，而是他与自己之间的关系。我本可以把这事告诉少尉，依格莱兹亚会比我更清楚地告诉他，但是，这又有什么用。我猜想他大概相信自己在干一件非常了不起的事。还有，我们何必打破他的美梦？既然这样他至少会心满意足，甚至怡然自得地

---

① 据《圣经》记载，在被钉在十字架上的耶稣脚下，有他的母亲和几位妇女在哭泣，其中有一悔改的妓女抹大拉的马利亚。

在德·雷谢克身旁死去，像一个德·雷谢克那样死去，因此，最好还是让他保留自己原有的想法，最好让他当傻瓜，让他不去思忖在这人的脸容后面还有什么隐藏的东西。这面容几乎不露出一点心烦，焦躁，他等待着我们或使我们按照野外作战的规章和遇敌机低空扫射时规定好的战斗部署，不轻举妄动，听从指挥，等到敌机远去后才从战壕里出来。现在敌机在天边只有黑点那样大小，逐渐看不见了，他在等待着我们重新上马。这时他在马上稍微转身，有点不耐烦，但仍只给我们看见那总是难以识透、毫无表情的脸孔。一旦我们上了马，他用双腿轻轻一夹，马就重新起步。马好像是自己主动往前走，总是自然而然地以常步跑，不快不慢，也不拖拉，步子正常。我想，即使给他全世界的黄金，他也不会鞭马快步疾走，不会用马刺踢马，不会给一颗炮弹让位。讲得对，这样的说法可以说是恰如其分。好吧，就以常步走去，这大概也是四年前他开始的、已做出决定的那桩事的组成部分，现在正在结束它或确切地说，正在寻求终结。他平静地往前走去，脸上毫无表情（据依格莱兹亚所说，他甚至总装作什么也没看见，从不让一点情绪流露出来，不论是妒忌或愤怒）。他这样走在这条危险满布的路上，这是说，这里不是战争而是暗杀的地方，在这里你会被人杀害，但连喊一声喔唷都来不及。那些家伙安静地置身于一道树篱或一片灌木丛后面，像在市集上玩打汽枪，从容地对你瞄准，总之这是一场真正的战争。有一个时候，我曾经寻思，他是否不会希望依格莱兹亚也在这里死掉；如果他也同归于尽，他那很久以来报仇雪恨的愿望就不会一起得到满足了。全面仔细考虑后，我想事情不会是这样。我认为这时候对他来说，一切都变为无关重要了，即使他曾对依格莱兹亚怀恨在心。他最终还是留用了这小子。现在他对自己和对我以及那傻瓜少尉的态度一样，与其说很关心不如说不大关心。他大概感到自己再不用负任何责任，这并不是指对我们个人，而是指他对军官的职务和职责而言。可能他认为在这方面，在我们已达到这地步的情况下，他所能做的或不能做的，都无足轻重了：自从他的骑兵队减损到仅剩下我们这四人起（他的骑兵队几乎等于整个团最后剩下的全部人马，也许还有几个散在荒野各处被打落马的骑兵），他可以说是摆脱、免除了军官的职责，从中解放出来了。虽然如此，他总是仍旧保持马上笔挺的姿势，好像是正在七月十四日阅兵典礼上被检阅的队伍之中，而不是在全面撤退，或更确切地说总崩溃，或者可以说大难临头之时。在这一切土崩瓦解中的，似乎不是一支军队而是全世界，不仅是物质的实况而且是精神的表现（也许是缺少睡眠，十天以来我们除了在马上，实际没有睡过）在剥蚀分化，在崩裂瓦解，在变为粉末、流水，在归于虚无。有人两三次喊他不要继续往前走（我不清楚有多少人，也不知是些什么人：我想，是受伤者或躲藏在房屋里或壕沟中的人，或者是那些莫明其妙地坚持继续到处流浪的平民。他们拖着破裂的小箱子或者推着装满一些不成样子的行李的童车（甚至不是行李，只是一些物件，大概多半是无用的东西，也许只是为了免得空着手四处漂泊，为了获得一种印象，产生一种幻想：自己还随身携带一些东西，还占有一些东西，不管什么东西也好——管它是破裂的枕头、旧雨伞、祖父母的彩色照片——只要自认为它们是有价值的，就是宝贝）。似乎重要的是往前走，不论朝哪一个方向都好。可是我并没有看清楚他们，我所能看见的，所还能认清的，只是像瞄准点、标记似的东西，那就是骑在马上那瘦骨嶙峋、挺得笔直的背影，以及在肩胛匀称的凸出部位显得稍亮一些的哔叽制服上装。对于一切路旁发生的事，我久已不发生兴趣——也不可能发生兴趣），一些虚幻缥缈的、如泣如诉的声音在喊叫什么（提醒注意，发出警告），它穿过这一春日令人目眩的、曚昽的光线传到我耳里（似乎光线本身肮脏混浊，像无形的空气，像污浊的水，饱含着战争那充满灰尘和发出恶臭的污垢，悬在半空不动）。而他对这些喊叫的人望望（每次我看见他的头在动，在头盔下面出现他的面部轮廓朦胧的侧影，线条清晰而显得严峻无情的前额和眉头，下面眼眶的刻痕，接着是从颧颊直达到下巴的坚挺、硬直、毫无变化的线条），毫无表情、无动于衷的眼睛望一下（但似乎没有看见）那个叫喊他的人（也许他的眼睛对着的不是那个人，只是那个传出声音的地方、地点）。这眼光并没有严厉或愤怒责备的神色，连眉头也没皱起一下：只是毫无表情，全无兴趣——最多也许只是表示惊讶：有点发愣，有点不耐烦，好像在沙龙里有人事先不经介绍就贸然同他攀谈起来，或像他一句话说到当中就被别人的一句不合时宜的话打断了（譬如说，向他指出，他的雪茄烟灰就要落下或他的咖啡快凉了），也许他努力在想要表现自己的好意、耐心、有礼，试图了解人家说这句话的原因或用心，或寻思这句话从某一方面看来可以和自己正在讲述的事挂起钩来，后来又不想要了解，连肩也不耸一耸就死了心，也许在想：不论在什么地方，什么情况下——在沙龙里或在战争中——总难免要遇见一些愚蠢的、缺乏教养的人。事情一旦过去——这是说，后来再回想起——他把那打断话的人忘掉了，甚至在把眼睛转过去之前已把这人从眼前抹去，再也看不见他了，此时他确实再不看望那空无一物的地方。他重新抬起头来，又继续跟那位矮小的少尉平静地聊天，像平常两骑士结伴骑马外出时一样（到骑马场或露天的大骑马场），大概所谈的无非是关于马、同事、晋升、打猎或赛马。我似乎也在这种赛马的场合中，看到这些情景：在绿荫中穿着彩色印染衣裙的妇女们，或站立着或坐在花园的铁椅上，一些穿着浅色短裤和皮靴的男人稍略俯身，正在和她们谈话，一边用藤马鞭轻轻敲敲自己的靴子。马的毛色和女人身上的衣裙，还有皮靴的浅黄褐色组成颜色强烈的斑点（棕红的、淡紫的、粉红的、堇黄的）突出在树木簇叶的浓绿上。这些女人出身特殊，全部是校级军官的女儿或带有贵族姓氏者，她们把别的女人都排除在外：这些女人平淡无奇，没什么可取之处，有点纤弱，年纪大了还保持少女的神情（甚至是已结过婚，甚至在有了两三个儿女以后）。她们那修长而娇嫩的手臂光滑无毛，仍戴着中学寄宿女生那种白色短手套，穿着寄宿女生的衣裙（直到——大约三十多岁左右——她们突然变成有点男性化，有点像马（不是像牝马，而是像牡马），像男人一样抽烟、谈论打猎或赛马）。（或男或女）低声细语嗡嗡的声音在野栗树浓密的簇叶下，悬空浮荡。这些说话的声音不失礼貌，毫无变化，十分无聊，所用的话语完全不堪入耳，甚至是像侍卫兵说话一样；所谈论的内容不外交配（兽或人的）、金钱、初次洗礼等，不论谈什么都是同样缺乏连贯，同样客客气气，同样骑士般从容。这些声音混合了踏在砾石小路上的皮靴和高跟鞋发出的持续不断、纷纭杂至的声响，滞留在空中，无法捉摸的金色浮尘中，在那飘浮于平静的处处绿荫的午后闪闪发光，与鲜花、马粪和香水散发出的气味混在一起，而他……

“喔唷！……”布吕姆说（现在我们是躺在黑暗中，这是说，我们横七竖八交错堆叠在一起，只要动一动手臂或大腿就会碰到别人的手臂或大腿，或更确切说，不得别人同意，就不能动。我们呼吸困难，汗流浃背。我们的肺部在找寻空气，像缺水的鱼那样。火车又再在夜里停下了。我们只听见呼吸的声音，肺部拼命吸满从乱挤在一起的身体散发出来的恶臭和浓稠的湿气，似乎我们比死去痛苦更甚，因为我们还能意识到，好像在黑暗、阴冥中……我能感觉到他们，能捉摸到，在粪便和汗水的令人窒息的臭气中，他们像爬行动物一般乱钻乱挤，缓慢地爬，彼此堆叠在一块儿。我试图想起我们到底在火车上过了多少时间，是一天一夜还是一夜一天再加一夜。既然时间已不复存在，这样做毫无意义，我说：几点钟了？你有办法知道时——他说：他妈的，还有什么用？知道了就会有所改变吗？等天亮时，你一心想看看我们那副懦夫、败兵的肮脏的嘴脸，你一心想看看我那犹太人肮脏的嘴脸，他们……我说：哎，行啦，行啦，行啦），布吕姆又再说："喔唷！他这就身体逼近敌人机关枪口饱尝一顿扫射的滋味。也许他原该放聪明点——""不是这样：听着……放聪明！啊，他妈的，什么聪明……听着，他有时请我们喝点东西。不过，我想，不完全是请我们，而是为了那些马。这是说，他想到马大概口渴，因此顺便利用这机会……"布吕姆："付钱请喝酒？"我说："对，那是……你听着，好像是一种英国牌的啤酒为做广告廉价推销，你可知道？那老旧的小酒店的院子，砖墙是深红色的，灰缝是浅色的，窗上有小方格子，窗框漆白，侍女捧着铜的带柄的小口酒壶，青年侍者穿着黄皮的护腿套，带扣的小舌条翘起。他给马饮水时，成群的骑兵站在那里保持着习惯的姿势：腰部挺起稍微向后倾，一只穿着皮靴的脚在前，一只执着马鞭的手曲放在胯骨部位上，这时有另一个人拿着一个金黄色啤酒大杯子朝二层楼的一个窗子高举起，那儿的窗帘后面可以见到，窥见到半边的脸孔。这脸仿佛是从一幅彩色粉笔画里出来的……对，不同的是，这里除了那砖墙之外没有一点画意，墙很龌龊，这院子与其说是酒店的，不如说像农家的后院：这小酒店的、小咖啡馆的后院中，堆着空的汽水木箱，还有一些四处奔跑的鸡，晾在绳子上的衣物。她穿的不是有上半截的白围裙，而是一件印小花的布罩衫，像在露天市场出售的那一类。她光着脚穿着一双普通的拖鞋，对她自己和我们正在干的事似乎并不怎样感到惊讶，似乎这是正常的事：我们全副武装站在那儿，每个人把一小瓶啤酒安心平静地喝光，只有他和少尉适当地站开一点（我甚至不清楚他是否喝了，我想他没喝，我没有看见他拿着瓶子把啤酒喝光）。当时我们一手拿着自己的酒瓶，一手拉着正在水槽里喝水的马的缰绳。我们就在那路的一边，而路旁就有一个死人（或是一个女人，或是一个儿童），或者还有一辆卡车，或者大约每相隔十米就有一辆烧坏了的汽车。当他付钱时——他的确付了钱，我看见他的手不慌不忙下伸到裤袋里，在那灰绿色柔软料子做的漂亮短裤下，弯起的食指和中指显出鼓起的两块，这时他抓住小钱包，拉了出来。他把钱放在侍女的手上数，其安详的举止，一如他在多维尔或维希[①]的赛马骑师体重过磅处的酒吧间为汽水或名贵的饮料付账……”我仿佛又再看见这情景：在当当的钟声里，骑师纷赴赛马起跑处，排队走过，在那干大叶茂的野栗树绿得无可比拟的、几乎近黑的颜色前清楚显现。这些骑师像猴子似的高踞在那些纤细优美的马上。他们穿的各式颜色鲜艳绚烂的绸上衣在阳光的小圆点图案中相继出现：黄色的绸上衣，蓝色的背带和窄边软帽——野栗树墨绿的衬底——黑色上衣，蓝色的圣安德烈十字[②]和白色的窄边软帽——野栗树形成的墨绿色的

① Deauville，Vichy，与后文中的戛纳（Cannes）都是富有的法国人常去游乐或小住的地方。

② 沙皇彼得一世在一六九八年创立俄国骑士团，其制服背上有一斜形十字的标志。

墙——蓝与粉红相间的方格，蓝色软帽——野栗树形成的墨绿色的墙——樱桃红和蓝色的条纹，天蓝色的软帽——野栗树形成的墨绿色的墙——黄色上衣，环滚黄红两色边的袖子，红色软帽——野栗树形成的墨绿色的墙——红色上衣，灰色的缝线，红色软帽——野栗树形成的墨绿色的墙——浅蓝色上衣，黑色袖子，红色的护臂与软帽——野栗树形成的墨绿色的墙——石榴红上衣，紫酱色的软帽——野栗树形成的墨绿色的墙——黄色上衣，绿色的滚边袖和护臂，红色的软帽——野栗树形成的墨绿色的墙——蓝色的上衣，红色袖子，绿色的护臂和软帽——野栗树形成的墨绿色的墙——紫色的上衣，鲜红色的洛林十字[①]，紫色软帽——野栗树形成的墨绿色的墙——红色蓝点的上衣，红色的袖子和软帽——野栗树形成的墨绿色的墙——栗色镶天蓝色边的上衣，黑色的软帽……慢慢移动过去的色彩鲜艳、闪闪发光的绸缎上衣，簇叶形成的深绿的墙，闪闪发亮的上衣，跳动的阳光的小圆点图案，还有那些闪耀跳动的马的名字：卡尔巴斯塔、美拉第、齐达、纳哈罗、罗曼斯、帕里玛罗莎、里斯柯利·卡尔帕齐奥、维勒特-里斯克、莎玛尔岗、西西比。不满三岁的年轻的牝马把纤细的蹄子轮流踏在地面上，像被烫着似的缩回，蹦跳起来，似乎又收住了悬空不动，接着又跳动起来，蹄是在地面上但没踏着地。那青铜钟当当响，没完没了地响。这时候，闪亮的鲜艳的绸上衣在阳光明媚的午后静悄悄地轻盈地鱼贯而过。依格莱兹亚穿着粉红色的绸上衣骑马走过，眼睛没有朝她望。这上衣似乎在他身后留下她的肉体芬芳的痕迹，好像她拿起这样一件丝绸的衬衣，扔到他身上来，衣上还保留着她的体温，充满她的

① 十字下加一横划即“丰”，戴高乐在第二次世界大战期间曾以此为自由法国的标志。

肉体的香味。在这上面是他那似猛禽的外形，黄色、阴郁，两条短腿屈起，膝盖上缩，蹲在这匹毛色金黄的牝马上。这马步态神气十足，身体丰满，髋部丰满（直至身体后部也是鼓胀绷紧，它的四肢长得适于奔跑而不是行走，后腿交替移动时姿态高雅但刻板，骄傲但笨拙，浅棕色的长尾巴摇来摆去，粘满了太阳的光芒）。现在最后的一批穿着颜色鲜艳绸上衣的骑师只能看见其背（有一件是深蓝色上面有红色的圣-安德烈十字，还有一件是栗色带蓝点的）。他们在过磅的地方后面消失了。这地方的房子屋顶是用稻草覆盖的，梁柱是仿诺曼底式①的。她坐在树荫下的有靠背的铁椅上（她也没有转过头来，没有显出要看他的样子）。也许她一只手拿着一页黄色或粉红色的纸，上面印着赛马的编号（不过她也不看），只是心不在焉地在和（或心不在焉地在听，或根本没听）一些人中的一个谈话。这些人是退休的上校或少校，也只有在这种地方才会看到。他们穿着条纹裤，头戴灰色的圆顶礼帽（也许除了星期天，其他日子就和衣服一起收藏在什么地方，只有星期日才再拿出来草草刷去灰尘，把揉皱的地方弄弄平，摆在一个地方，像赛马日在看台的楼台上和扶梯旁摆设的花篮，一旦用完，又再收藏到盒子里去）。科里娜没精打采地站了起来，慢悠悠地朝看台走去——她那轻飘飘的不成体统的红色长袍在她的腿上摆来摆去……

可是这里既没有看台也没有风雅的观众来看我们。我老是看见马在我们之前呈现的黑色的外形轮廓（堂吉诃德似的没有一点肉的形状，亮光把它的轮廓线啮食、腐蚀了）。它们在那炫目的阳光衬托下难以磨灭的黑影，在大路上有时投在它们身旁像忠实的相似之

① 法国诺曼底的房屋中，梁柱多半巨大结实。

物，有时缩短、堆积在一起，或更确切说混杂在一起，变为矮小畸形；有时膨胀、拉长像长脚长嘴的禽类，同时以缩短、对称的方式重复相似之物垂直位置的动作。这些黑影似乎和其相似之物被一些无形的锁链联接起来：四个黑点——四个马蹄——交替地分开、会合（完全像从屋顶滴下的水，或更确切说，这滴水断裂了，一部分还挂在檐槽的边缘上（其现象可以分析如下：水滴由于自身的重量，拉长如梨形后，继续变形，然后变狭，最大的下端分离掉下，而上端似乎朝上收缩，像在分离后立即被往上吸，接着由于新加入的水分，这水滴又再膨胀起来，一霎时后，似乎还是同一滴水仍然在同一位置上悬挂着，再次鼓起，如是可以无穷地重复。这水滴像被一种一收一放的运动所推动，像悬在橡皮筋一端的晶体球），同样地，马的脚和其影子分离后又再接合，不断地相互靠拢，影子往自己身上收缩，像章鱼的触须一般。这时候马蹄腾飞，马脚迈出划成一条自然的圆形线条，但那在马脚下稍后面的黑点往后稍退，压缩了起来，接着又回过来紧贴着马蹄——随着光线的倾斜度，影子返回接触到原物的速度，这黑影逐步增长。虽然开始时速度缓慢，但到最后却像箭一般朝接触点、汇合点飞奔过去，仿佛是被吸过去似的），像是由于相互渗透作用的现象，影子与原物双重的动作增殖四倍，相互交融的四只马蹄及其四个影子好像在原地踏步似的来去之中一分一合。与此同时，在黑影下相继展现尘土飞扬的侧道、砾石路径、野草。像浓重的化开的墨迹，像战争遗留在后面的一长条的拖痕、污迹、沉船的余波，在散开又在汇合。它们在残垣破壁上，在死去的人身上飘拂而过，不留痕迹。大概就是在这附近，我第一次看见马尸。就在我们停下喝水不久之前或者之后。在那地方我发现它，在半睡半醒中凝视着它，像是一堆栗色污泥的样子，这样的烂泥好像也把我全身粘住了。也许当时我们不得不绕路避开这堆泥，或是猜测是它，但没有看见它：（如同路旁连续展出的一切：卡车、小汽车、小提箱、死尸）这是一种异乎寻常、虚幻不实、非驴非马的东西。这曾经是一匹马（这是说，我们知道，认出来，识别出来这曾经是一匹马），但现在只是一堆有四肢、蹄、皮、粘住了毛的模糊东西，其四分之三已覆盖了泥土。佐治思忖，不完全真的在思忖，只是平静地、带点惊讶地看着。这十天来的经历，已使这种惊讶的感觉变为迟钝、疲塌，甚至完全衰退。这十天中他已逐渐不会对任何事感到惊异了，他已抛弃那种能够对所看见的或身边发生的事寻求原因或合乎逻辑的解释的精神活动。那就不问为什么吧，只是看见这样的事实：虽然长久没下雨——至少是根据佐治所知——这马或曾经是马的东西几乎全部覆盖着一片淡灰褐色的稀泥——好像是在一碗牛奶咖啡里泡过后拎了出来——这具马骸似乎已被土地吸收了一半，好像大地悄悄地开始重新占有原本来自它的东西，只是由于得到它的同意，它的居间作用（这是说大地生产的喂养马的草料和燕麦）得以存在。这样的东西必然要回归泥土中去，重新解体。大地分泌出的这种稀泥把它覆盖、包裹（像那些蛇，在吞食消化猎到的动物之前，先以分泌的黏液和胃液涂上），这已像一个印章，一个明显的标记证明其归属，然后慢慢地最终把它吞入内部，大概同时还发出一种像吮吸的声音：（虽然马骸似乎一直是在这个地方，像变成化石的动物或植物返回矿物界中。它的两只前脚屈起，其姿势像腹中胎儿跪着做祷告的样子，如同螳螂的前肢似的。它的颈子僵直，发硬的头部向后仰着，下腭张开，露出上腭紫色的斑点）马死了没多久——也许是在最近敌机经过的时候？——因为血迹犹新。一大块鲜红的凝血，像油漆那样发亮，摊开在泥土的外层和黏结的马毛上面，或更确切说，在这些东西之外。似乎这些血不是出自一只动物，一只被屠杀的牲畜，而是出自人在大地的黏土肋部所造成的亵渎神圣、无法补赎的伤口（像传说中的水或酒，经魔棍一敲就从石头或山岳中喷冒出来）：佐治望着马骸，不自觉地使他骑着的马走了一个很大的半圆形以便绕过它（这马乖乖地顺从，一点也不偏差，不慌不忙地走，也用不着骑者紧勒控制它）。佐治想起，马出发操练时就异常兴奋，莫明其妙地惊吓，它们有时挨着在演习场地底端专门肢解处理不能食用的牲畜的工厂墙边走，这样靠近马嘶声、马衔索的叮当声以及紧扣着马缰的人咒骂的声音。佐治想：“它们在那里不过是闻到一股气味而已。而现在，甚至看见同类的死尸也无动于衷，也许为了省几步路，它们会踏在上面走过去。”又想：“不过，我也会是……”佐治看见马尸在他下面旋转，像是放置在一个转盘上（先是近景：马首向后仰着，呈现脸的下部，这时镜头不动，僵直的颈子，接着屈起的脚渐渐地介入，把头部遮挡了。接着是出现肋部近景，伤口，然后是马拖长的后肢，像被缚扎在一起似的贴合在一块儿。后来头部又再出现，就在那儿后面，呈现在逐渐消失的远景中）。轮廓不断地变化，这是说，随着视角的移动而产生的线条和体积同时的变化，破坏了又再制造（凸起的部分逐渐下凹，与此同时，其他突出的部分似乎升起，显出轮廓，接着凹下，最后消失了）。同时四周似乎有类似星座的东西在移动，它是由各式各样的物品组成的（根据角度以及这些东西之间距离不同而或缩小或增大），我首先只不过看见一些模糊的斑点而已。这些物品凌乱散落在马的周围（大概是马拖的小车上装载的东西，可是看不见有小车：也许是人们自己套拉小车，他们继续这样干吗？），佐治很奇怪，战争怎么散布

（他看见破裂的小提箱露出里面的布料，像露出肠子一般）这许多难以置信的日用布制品，其颜色大都是黑或白的（但也有一件是粉红褪了色的，被扔在山楂树篱上或挂在上面，好像是搁在那儿晒干），似乎人们认为最可宝贵的是这些破布、破烂衣服、扯破的或绞拧起来的被单。这些东西像布条、旧纱布团散落、长拖在青翠葱绿的地面上……

后来他什么也不想了，同时什么也不要看了，虽然他极力使眼睛睁开，尽可能挺直地坐在马上。这时他觉得在其中移动的黑色烂泥变得更稠厚了。天色一片漆黑。现在他所能感觉到的，只有声音了。路上马蹄单调而复杂的嗒嗒声在回响，在增殖（现在是成千上万的马蹄在响），以至（像嘀嘀嗒嗒的雨声）变得模糊而消失，以至自己销毁自己。但由于其单一性和持续性，像一种不同寻常的寂静，一种庄严雄伟的东西；时间的行进，它是看不见的，非物质的，无始无终，无标记可寻。就在这时间的行进中，佐治感觉到自己坐在马上，冰冷、僵直。在黑暗之中，他也是看不见的，在那些骑兵的无形的、高大的身影中间，横向地在慢慢移动，晃来晃去，或更确切说，随着马的一高一低的步伐而有点摇摆起来。整个骑兵队，整个骑兵团似乎在行走而没有向前推进，像在舞台上那些不移动的人物，他们的脚在原地上做出行走的样子，与此同时，在他们背后，一幅绘着房屋、树木和云彩的画布背景微微抖动地展开。有所不同的只是这儿的背景是黑沉沉的夜间，是开始下雨的时间。这雨也是单调的、没完没了的、黑漆漆的，而且不是在倾流，是在把人和马并入它的怀里，同时把它的极轻微的雨声加入、混杂在路上的几千匹马所发出的可怕的、持续的、险恶的嘈杂声，像几千条虫在啃啮世界时所发出的蚕食的声音（还有，在夜雨下沿途走的这些马、老的军马、老古董劣马摇摆着它们那棱面装甲的头，不是带有硬壳动物的僵直，有点蚱蜢那种略微滑稽而又略微可怕的神态？它们那硬直的脚、突出的骨架、环节状的肋部令人想起纹章上的某一动物的形象，它不是有血有肉的，而是像——动物和甲胄混同起来——用铁皮和生锈的部件构成的老旧车子，用一些铁丝马虎地修理过，走起来咯落咯落响，随时都会散成碎片）。在佐治的心目中，这些嘈杂声最后与战争的概念混同了。在黑夜沉沉中，那单调的马蹄声像枯骨相互碰击发出清脆的响声。脸上接触到的空气又黑又硬，如同金属一样。佐治仿佛感到（他想起那些北极探险的记述中谈到皮肤粘在冰冻的铁上）寒冷的黑夜粘附在他的肉上凝固起来了；好像空气，甚至时间，不过是一大整块冷却的钢铁（像那些已死亡、湮没了几万万年、被冰封了的地方）。在这冷却的钢块的厚层中，这些老马永远被凝固住不能动了，连同它们那可怕的衰老的身躯、马刺、军刀、钢造的武器：当太阳升起时，穿过透明的蓝绿色的冰层，发现这些东西安然无恙地站着，像一支在行进中突然遇到一场灾难的军队，经过冰川极其缓慢的变化，在十万或二十万年后，恢复了原状，同时夹杂着过去全部的雇佣兵、外籍骑兵、装甲骑兵被吐了出来。冰川在玻璃体发出的微弱的叮当声中破裂了。

佐治在想："除非这一切马上就腐烂，发臭，像那些古生物猛犸等……"后来他完全醒过来了（大概是因为马改变了步伐，这是说，虽然还是常步走，但腰身扭动得比前猛烈，驱使他身体朝马鞍的前桥倾去，这意味着现在已走到下坡的路上了）：天色仍然与前一样漆黑，他即使尽量睁大眼睛，也什么都分辨不清。他想（马蹄声与前有异——响得更空洞些，有一阵子还感到一种与前不同的沉寂，不同的黑暗，并不是更潮湿或更寒冷——同样的雨仍然在下——但好像在马蹄下化成液体在流动）马大概走过一座桥；接着在马蹄下，地面又重新发出实声，开始上坡了。

就在裤子摩擦着马鞍的地方，在膝盖与麦袋之间，不断慢慢透入的水流使制服呢变成软塌塌的。他感到湿布紧贴在皮肤上的那种寒冷。现在大概道路以之字形盘旋上升，因为单调的马蹄声从各方传来：不仅从前后，还从右边、上面、左边、下面传来。现在虽然对着黑暗睁大眼睛，但几乎是无所感觉（他的脚脱开了马镫，现在俯向马鞍的前桥，两脚跨在麦袋上，好使两膝轻松一点，让身体像一包东西似的摇来晃去），他以为听见所有的马、人、货车在同样的夜里、同样的一片墨黑中盲目地在步行或乘车行驶，既不知朝什么地方去，也不知朝什么目标走去。他像听见那经久耐磨的旧世界整个在黑夜中颤抖、乱动、振响，像一个空心铜球发出金属互相碰撞、灾难临头的声音。佐治在想：父亲坐在橡树小径深处彩色玻璃的亭子中。他每天下午总在那儿工作，在保存永久的纸上写满纤细优美的字体：有的经过涂改，有的经过删改。他把这些文稿夹在一个折角文件夹中，随身从一个地点带到另一个地点，像是他一刻也不能离开的补充部分，像一种大概是创造出来以补救其他衰弱器官的增补器官（肌肉、承受脂肪和松弛的肌肉重压的骨头以及那些变得不适于自身需要的物质，制造、分泌一种起代替作用的副产品，一种人工的第六感官，一种用墨水和纸浆制作的万能的人造器官）；但这天晚上，他一如平常每天都带来的那些贵重的文稿，却仍然原封不动地放在他午后来到这里时搁下的地方，凌乱的报纸由于有人看过而揉皱了。在昏暗的亭子里，上面还残留着夏日黄昏的光线。在这黄昏残阳中传来拖拉机安详的突突的声响，佃农正割完大片草地上的青草。当拖拉机爬上山坡时，发动机毫无节制地超速行驶的嘈杂声，发怒似的盖过他们说话的声音，接着，开到山冈上时，突然减弱，当它转弯走过竹林后面时，几乎消失无踪了。它再下山坡，又再次转弯，沿着山脚走，接着加快速度，又再猛冲向前。拖拉机似是用力顶着，朝山坡进攻。这时佐治知道将逐渐看见拖拉机出现，以凡与土地接触的一切事物具有的一种难以抑制的缓慢速度上升、爬高，不论这些事物是近或远，是属于什么种类——人、动物、机械。佃农挺直不动的上身由于发动机的震动微微地摇摆起来，渐渐在山冈背景前，在暮色中出现。接着越过山冈，最后在灰色的天空下清晰地显出黑色的身影。他父亲坐在藤椅中，身体每一移动，椅子在重压下发出嘎吱嘎吱的声音。在不起作用的眼镜后面，他的目光茫茫然发怔。从那镜片的反射，佐治可以看见两个在残阳中清晰地显出的很小的身影。它们通过玻璃鼓起的镜面（或更确切说是在镜面上慢慢地移动），连续经过几道由于透镜的曲度而产生的变形——首先是拉长升高，接着是变扁平，然后又拉长变细，像丝一般细长，与此同时，这身影慢慢地旋转，最后消失不见了——因此，当佐治在聆听从黑暗中传来的老人的疲惫说话声时，他似乎不但看见农夫那顽强的形象在两片月形的镜面上从一边缘走到另一边缘，而且看见它（好像这两个人物是坐在一个畜力旋转车盘上）出现、扩大、走近、重新逐渐缩小，好像这持久、抖动、坚定的形象在地球的发亮的圆面上跑过……

他的父亲仍然在说话，像是在说给自己听。他说，那位哲学家叫什么来着，这人曾说过，人只知道两种办法去占有属于别人所有的东西，那就是战争和做生意。在一般情况下，人首先是选择战争的方式，因为这在他看来是最容易而且最快捷。但在发现战争方式有其不便和危险之处后，选择了第二种方式，这就是做生意，虽然比起战争来是一样的不正当和横暴，但较舒服一些。总之，所有国家的人民都不得不经过这两道工序，而两者曾经轮流使欧洲置于火山血海之中，后来到处变成像英国人的旅行推销股份有限公司。不过，战争也好，做生意也好，都不过是人贪婪的表现。而这种贪婪的本身是来自祖传的对饥饿与死亡的恐惧，因而使杀人、偷盗、抢掠和买卖在事实上完全是一码事，是一种为了安全的需要，如同那些在黑夜里穿过森林的小男孩为了壮胆，大声地吹口哨或唱歌。这说明为什么合唱与使用武器和射击操练同样是军事训练科目的一部分，因为没有比沉寂更糟的事了。这时佐治发怒说："当然是这样！"他父亲仍然呆望着，没有看见他。暮霭中的小树林微微抖动，山谷的深处，雾纱正在慢慢地积聚起来，把白杨树淹没了，使山冈渐渐阴暗下来。佐治说："你怎么啦？"他说："没什么，我没什么。我再没心思工整地写这些来来去去都不过是一些话语的字了。"佐治说："干到现在，难道你还不够吗？"父亲："够什么？"他说："那些空洞的言语，没完没了……"他停下不说话，想起自己第二天就要出发，控制住自己。他父亲现在看看他，一言不发，接着把视线移开（现在拖拉机干完工作，隆隆地经过亭子后面。佃农高踞在拖拉机的座位上，只有他那浅色的衬衫在树下浓黑的阴影中显出的斑点清晰可见。这斑点慢慢向前移动，幽灵似的飘浮，越去越远，最后在谷仓转角处消失了。不久之后，发动机的声音也停息了，这时沉寂的气氛又涌回来）。他看不清老人的脸部，只见一个模糊的面具悬在沙发椅一堆模糊的东西之上。佐治在想："父亲心里痛苦，却又想要掩盖，想给自己鼓气，因此他说这么多的话。他所能支配的一切，不过是这一点东西。这种沉重的、顽固的、过分执著的轻信——或更确切说，信仰——相信知识至高无上，而这种知识是间接地从书本上、文字上学来的。他那农民出身的父亲（佐治的祖父）由于从来都没能够辨读文字，因此把它看成具有神秘魔力……”佐治的父亲的声音充满忧伤，充满执拗、抖动的激烈情绪，使自己相信所说出来的话是有用的，是真实的，如果不是这样的话，至少也相信，把真实的话说出来就是有用这种信心本身就能起作用。他之所以坚持说下去是为了他自己——像一个小孩在黑夜里穿过树林时吹口哨一样——现在父亲的声音达到佐治的耳中，不是穿过秋天停滞闷热的空气里亭子中的昏暗阴影。在这腐烂中的夏天，某些已经在发臭的东西最终肯定是败坏无遗，像长满蛆虫的死尸那样膨胀起来，最后爆裂，只剩下毫无价值的渣滓，一堆揉皱的报纸，上面是什么都久已辨认不出（不要说认不出上面的字、可辨认的符号，甚至耸人听闻的大标题也如此：在那灰蒙蒙的纸上几乎只有一点墨渍，一个颜色变得稍为更浓的灰色影子），现在（声音和话语）在寒冷的黑夜中传来，看不见的漫长的马队拖得不见首尾地在前进，似乎是一直不停在走：好像他父亲说话从未中断一样。佐治顺手抓住一匹马跳了上去，仿佛他刚从座位上站起来，跨上从有夜晚以来，像影子似的一直在行进的马。老人对着一张空椅继续说话。佐治越去越远，在他身影消逝时，孤单寂寞的声音仍然坚持说下去，尽管说的是空洞无用的话语，但寸步不让地与那些蚂蚁般的东西进行斗争。这些东西布满、淹没了秋夜。最后在其威武、冷漠的践踏下，秋夜被占据、被吞没了。

也许他只是闭上眼睛就马上张开，就在这一瞬间，他的马撞上前头的一匹，这时候他完全醒过来了，意识到现在马蹄响声已止息，整个行列也停步了，现在只听见周围雨水倾流的声音，夜仍然一片黑暗、荒凉。有时一匹马在喷鼻息，抖动身体，后来雨声又把一切盖压下去了。过了一会儿，人们听见在骑兵队的前头喊口令的声音，小分队轮到时动了起来，但走了几米远又停下来了。有人骑马急奔，沿着骑兵队行列跑下，钉了薄蹄铁的马蹄每走一步就发出清脆的金属声。黑夜里，一个黑色的身影从冥冥中出现，在马奔跑时发出的肌肉摩擦、皮制装备、鞍辔和金属相碰声中，黑色的上躯俯伏在马颈圈上，面目完全隐蔽，头戴钢盔，世界末日的鬼影似的，像战争的幽灵全身披挂从阴冥中走出来，接着又隐没在黑暗之中。在这之后，还过了相当长的时间，最后重新起步的命令传到。几乎就在这时候，人们辨出了首先进入眼帘的一些比天空还要漆黑的房子。

后来他们在谷仓里安顿下来，面前出现那位手提着灯高高举起的少女，像一个圣灵的幻影：有点似那用烟丝汁液绘的古画中的一个人物：棕色（或更确切说，有光泽的褐色）带着一点温热，但可以说，不是像在一间屋子的内部那样暖和而似乎像是进入（同时也进入牲畜和稻草的刺鼻臭味中）一种有机体的空间、一种内脏之中。佐治站在那里，有点头晕眼花，有点目瞪口呆，眨眨眼睛，眼皮焦红，笨头笨脑，冻得发僵，穿着那被雨水泡得僵硬、沉重的衣服，硬邦邦的皮靴，整个人精疲力竭。这层由污垢与缺睡眠组成的很薄的凝膜居于他的脸部与外界空气之间，像一层摸不着的、花纹碎裂的冰层。他似乎一方面感到夜间的寒气——或现在应当说是清晨的寒冷——由他带进这里来，还紧裹住他（他想，这股寒气大概像一件紧身内衣一般帮助他挺立得住，他还含糊地在想，在冰层开始融化和分解之前，得赶紧卸下马鞍，上床去睡），另一方面又同时感到一种像是来自腹部的热气。她就在这股热气中站着，半虚半实，裸着半身，没有完全睡醒或刚刚醒来。她的眼睛、嘴唇、全身的皮肉由于温柔、疲惫的睡眠而肿胀。她几乎全身赤裸裸，尽管天气寒冷，她的腿和脚却是赤露的，穿着一双没有结上带的男式大鞋，一条紫色的毛线编织的披肩覆盖着她那乳白色的肌肤，从粗糙的睡衣领口中伸出乳白色洁净的脖子。一片黄色的灯光似乎从她那举起的手臂起一直漫延到她全身，像一层亮光闪闪的油漆。等到瓦克把灯笼点亮，她才把灯熄灭了，接着转身走出，进入像失明的眼睛上长的角膜翳那样的微蓝晓光中。当她站在谷仓的阴暗光线中时，她的黑色的身影清晰地显出，但一跨过了门，这身影似乎就消失无踪了。虽然他们的眼睛一直追踪，但它不是越去越远而是解体、消融在那与其说是蓝色不如说是灰色的一种东西中，这大概就是白天了。不论怎样，白天总得来临，但似乎不具白日的任何力量、白日固有的效能。虽然依稀可辨认出在路的另一边有一堵矮墙、一株巨大的核桃树的躯干，后面还有果园中的树木，但一切都是同一颜色，只有深浅不同而已。矮墙、核桃树、苹果树（那年轻的妇女现在已不见了）好像都变为化石似的，既乏颜色也无价值，这一切仅在那现在渐渐渗入谷仓里的海绵似的、形状易变、千篇一律是灰色的物质中留下痕迹。佐治转过头来时，看见被这物质渗透的布吕姆的脸部，像一个灰色的面具，眼睛像在一张纸中间撕开的两个洞，连嘴巴也是灰色的。佐治继续刚才已开了头的那句话，或更确切说，听见他自己的声音在继续说（大概是这样的一句话：喂，你看见过那年轻女人她……）接着声音停顿，嘴唇也许还在寂静中持续地动着。后来这嘴唇也不动了，与此同时，他一直望着那张纸似的脸。布吕姆（他已脱掉钢盔，那像小姑娘似的瘦长的脸，夹在两只扇风耳中间更显得狭长，小得和拳头差不多。他那像少女的颈子从军大衣的潮湿、僵硬的领子里伸出，像是从甲壳里外伸似的。这张脸呈现羸弱、忧郁、女性化、固执的特点）说：“哪一个年轻女人？”佐治：“哪一个……你怎么啦？”布吕姆的马还没有卸鞍，甚至也没有用绳子拴住，他倚着墙好像害怕自己要倒下去。他的短枪仍斜挂在肩上，他甚至没有力气去卸下身上的装备。佐治再次说：“你怎么啦？生病了？”布吕姆耸耸肩头，离开了墙，动手解下马鞍的腹带。佐治说：“他妈的，别管马了。快去睡下。只要我推你一下，你就会倒下去……”他自己几乎是一边说一边站着就几乎睡着了。他一手推开布吕姆，对方也不抗拒。贴在马的黄铜色臀部上被雨淋湿的毛现在显得颜色很深，垫在马鞍下的毯子的毛也是潮湿粘合起来，同时散发出一种刺鼻的酸味。当他靠墙摆好两人的背包时，仿佛总是看见她在刚才的地方，确切点说，是在感觉中看见她像一种虚幻但持久不去的遗迹，好像保留在他身上多于在他的视网膜上（事实上他看见她的时间很少，也没看清楚）：是一种如同牛奶般温热、白色的东西，像她在他们来到时刚挤过的牛奶一样的东西，像一个圣灵，但照射着的不是那盏提灯而是一个发光体，好像她的皮肤本身就是光源，似乎他在黑夜里马不停蹄地前进，不是为了别的，只为达到这目的：最终发现这个在沉沉黑夜中塑成的半透明的肉身：这不是一个女人，而是包括一切女人的意念、象征，这是说……（事实上他还站着，木木然在解开皮带和带扣，或者是已经躺下，在稻草中迷迷蒙蒙睡着了，在酣睡的怀抱、紧搂之中）……用柔软的黏土粗略塑成两条大腿、一个腹部、两个乳房、一个圆柱形的颈子；像那些原始简单但造型确切的塑像，在中央、在皱折凹入处雕了一个毛蓬蓬像野草丛生的女性下体开口处，这种只能以动物名之、用自然历史术语表达的东西——例如贻贝、章鱼、软肉、外阴[1]——使人联想起那些海里食肉动物，没有视觉但有嘴唇，有睫毛。这子宫的口，这原始的坩埚——他似乎在世界的女腹中见到——像他在童年时代学习模压士兵、骑兵的玩具的模子，只要用大拇指在橡皮泥上一压，无数的家畜种[2]，和传说里讲的一样，全副武装，头戴钢盔，在地面上大量繁殖，乱爬乱钻，四面扩散：发出千军万马在行进中的无法估量的嘈杂声、践踏声，展现无数忧伤的黑色的马上下左右摇动着头，在单调的马蹄得得声中无穷尽地连接列队前行（他没有睡着，完全不动地站着，但现在不是在谷仓里，也不是已成过去的夏天里干草散发出的浓重含尘的气味，而是时间本身、消逝的岁月散发的那种捉摸不住、忧伤缠绵、无法摆脱的气息。他在黑夜中游荡，谛听着寂静、夜晚、安宁、身旁的女人细微的呼吸。过了一会儿，他才看清反射出窗上朦胧的光线的衣橱镜面上，出现的第二个长方形——这里面总是空无一物的旅馆房间里的衣橱，仅挂着两三个空衣架。衣橱本身（顶上有一个三角楣，其两边有两个松球形的饰物）是用一种尿黄色带红花纹的木头做的。看来这样的家具不是用来装衣物的，而只是搁置灰尘。这像幽灵的蒙尘棺材似的衣橱镜子曾反照出无数的情人、无数的激动、潮湿的赤条条的肉体、无数的搂抱。这些形象收藏在持久不变、洁白无瑕、冷冰冰的镜玻璃蓝绿色的深处，混成一片——，他却在回想：）“……直到后来，我才意识到不是马蹄响声，而是谷仓屋顶的雨声，这时张开眼睛，看到光线透过板壁的缝隙以小薄片形照射进来：大概天已不早，但白日的阳光仍然是有点

---

① 作者在此处运用一些谐音字如 moule，poulpe，pulpe，vulve。

② 这里作者运用一双关语，engeance 可指“家畜种”，亦可指“孬种”。

灰蒙蒙。就在这样的白天中，她的身体消失了，被吞没了，好像是在这到处是雨水的清晨里被吸收了。或更确切地说，这清晨像一块布，像我们身上的衣服一样被浸透了。吸足了雨水，发出一种潮湿的吸水布毯的气味。我们就在这毯子里睡着了，现在还没有醒过来，呆头呆脑地对着挂在盛满已结成冰的水的帆布桶上一小块镜玻璃，看看自己发灰的肮脏的面孔，由于缺少睡眠而显得消瘦疲惫，由于没有很好刮过的腮帮子、粘着稻草的蓬乱的头发、眼眶很红的眼睛，还加上那种惊讶、不安、厌恶的心情，显得暗淡苍白（这种心情像看到一具死尸时所产生的一样，似乎我们在穿上那千篇一律的军服的那一天，同时戴上这同样不变的由疲乏、厌恶、污垢构成的面具——像一个烙印，尸体腐烂时发生的浮肿膨胀早已待在那里开始作用了）。这时我离开了镜前，我的脸部，或更确切说是像水母似的脸部，好像被谷仓的阴暗、栗色的深处所吸引，而摆动着飞起，消逝之快与反射的形象随着角度稍微变化而改变的速度一样。从马厩另一端的地方，我看见那些人在闲聊，但更确切地说，是在保持沉默。这是说，他们以沉默来相互理解，如同别的人通过语言来达到同一目的一样。这是说，某种沉默，只有他们会理解，而这种沉默，对他们来说，要比围着那匹侧卧着的马的人所做的空谈更能表达意思。这三个人，农民长相，沉默寡言、疑心颇重，感情不轻易外露，这种人占部队兵员中的大部分。他们的脸上有一种说不出的忧伤的神色，有一些过早出现的皱纹，似是思念他们的田野、清静、牲口、黑色的不毛之地。我说： 怎么回事？有什么事？但他们不理睬我，大概在想： 没必要回答，或者是，我和他们之间没有共同语言。这时我走近来，我也看了一会儿那呼吸困难的马。依格莱兹亚也在那里，但他也和那些人一样，似乎也不理解我。他和我，我想，我希望最低限度能有一种接触。可是，以赛马骑师为业的人多少有点像农民，虽然从外表看来，人们会认为，既然他曾经在城里待过，至少是和城市接触过，总可以把他想成是一个与农民有点不同的人。赌跑马，押赌注，甚至生活放荡像一般的骑师平时那样。他的童年不是在看守鹅群或牵牛喝水中度过，而大概是在城市的阴沟旁、街道上闲荡过去的。但可以这样说，那些马，与马为伴，和马的接触比乡村田野对他那像农民一样的性格的影响更重大。他也和这些人里的任何一个同样地感情不外露，沉默寡言，不大与人有交情。他和这些人一样总是一心一意地干（似乎他们不能空手坐着）那些细致的慢活，而这种工作只有他们懂得创造出来。从我站的地方望去（在他稍后面。他这时坐在一辆破旧的独轮车上，四分之三的背转了过去，两肩稍微在动，大概是正在把自己的或德·雷谢克的鞍辔擦亮，在含高岭土的皮带铜扣和缰绳上面涂上一层黄蜡，他似乎随身带有这种存货），我可以看见他的大鼻子，他的头低垂，像是被这勾鼻的重量朝下拖。这鼻子像狂欢节假面具上的玩意儿，装在他那刀片似的狭削的脸孔上。这种鼻子，大概是从意大利文艺复兴时代的刺客起就制造出来的，这些刺客往往用暗杀凶手披的斗篷把全身裹着，仅仅露出隆起的鹰鼻。这鼻子使得他的神色像既可怕又可怜的鸟，正受着折磨……我曾经在什么书上看到类似的故事？我想是在吉卜林[①]的小说里，否则是在什么地方看到的呢？这类写一种动物长了这样一个可怕的鼻子、勾鼻子的故事。他说："去让别人戳你的屁股"或"你的屁股沾上面条"，这是骑师用来表示"运气好"的话。不过他的声音一点也不粗俗，反

① Rudyard Kipling （1865—1936），英国小说家。

而是单纯、天真、带有惊愕、气愤谴责的语调，像当他看见布吕姆那样为这匹马装上马鞍，但跑了这样长的路程后马居然没有腿肿时。他那微弱、嘶哑、失真的嗓音却异常温柔，出乎人们意料。这声音甚至有点稚气的谦卑，这似乎是对那狂欢节假面具似的带有皱纹的瘦削脸的一种自相矛盾的否认，且不提他比我们平均年龄至少要大十五岁的事实，他处在我们中间就像被一群青少年围着。他是由于德·雷谢克的安排到这里来的，可能是通过一些私人关系，把他分派到我们这个部队来，这样德·雷谢克就可以留他在身旁当勤务兵。事实上他们两人似乎彼此相互需要，德·雷谢克少不了他，他也少不了德·雷谢克，其需要程度是一样的。一方面是主人对他的狗那种高高在上的喜爱感情，一方面是狗从下而上对主人的依恋，从不想提出问题：这主人是否值得。他一味接受、承认事在必然，从不对此有所异议。在任何事上都表现尊敬主人，例如，他对那些按照字面没有把 de Reixach 这名字念准的人，耐心改正发音的态度，或更确切说是一种癖好，他既是出于固执，也是出于仆从的忠心。他说："应念雷谢克，不是雷札克，他妈的，你还不懂！这中间的 x 字母是发 che 的音，而最后的 ch 该念 k（克）的音。天哪，我发誓，这家伙，笨成个什么样，我向他解释了至少有十趟。你这笨蛋，看来你从没去看过赛马，这名字可是相当出名……"对于声名，旗号，他身上穿的闪亮的丝绸上衣，粉红色的、黑色的背带，衬在像弹子台面那样深绿的跑马道上的黑窄边软帽，一套家仆的制服，这一切他都引以为荣。但是，当另一人身体迫近敌人枪口被轻机枪扫中时，我过了一会儿提出返身回去看看那人死了没有，他端详着我（神情正像不久前，德·雷谢克强迫那迷途的士兵从那匹备用的马上下来，虽然这士兵哀求过我们让他骑上马，在这件事过去一会儿后，依格莱兹亚说：这是一个特务。我说：谁？他耸耸肩说：这家伙。我说：一个……你怎么看得出来？他就是用这同样突出的眼睛、同样发愣但又带着温情和有点气愤、惊讶的谴责的眼光盯着我看，似乎他努力想要理解我，怜悯我的愚蠢无知，大概他对我感到同样的惊愕、同样的反感，如同他听到有人咒骂军官们，咒骂他的德·雷谢克肯定要见鬼去。现在他大概是在鬼那里——真的是见鬼去了），也许他很想钻破我感觉到贴在自己脸上的那层薄膜、那层硬泥壳，它是由疲惫、昏睡、汗水和尘土组成的，在褶皱处呈龟裂状，像不透光的石蜡一般把我与外面隔离了。他的脸却总是呈现同样的怀疑、谴责但温柔的表情。他说："去看什么？"我："他是不是死了。虽然是这样子，身体迫近枪口，究竟那家伙有可能没打中，也许只是伤了他，或者只是打死了他的马，因为马倒下去了，就是在这时候，我们看见他拔刀出鞘，而且……"后来我不说话了，因为意识到自己白费工夫，对他来说，无须考虑返身去看明情况这种事，这倒不是出于贪生怕死而大概是奇怪为什么，凭什么要为这么一桩事去冒生命危险（的确也找不到理由），既没人为这件事付他钱，也没人特意下令要他去干。这种问题他实在无法理解。他的工作只是用鞋油擦干净德·雷谢克的皮靴、擦亮他的套马具、养好他的那些马、使它们赛马时赢得胜利，他总是认认真真、勤勤恳恳地工作，他为德·雷谢克骑赛马五年以来的表现已证明了这一点。有人风言风语说，他不光是骑德·雷谢克的马，在马背上面爬上跳下，而且是骑在他的——关于他，关于他们的事，人家有得说的……"

佐治力图想象出这种情景：像穿过树篱的或两个灌木丛之间的一个窟窿，偶然看见——总是从远处——一些场景，一些春季或夏季转瞬即逝的画面：上面有永远是绿油油的草坪，白色的栅栏以及另一些东西。科里娜和他面对着，骑师的个子比她矮，两条短小的腿呈弓形，穿着有翻口的软皮长靴，短裤是白色的，骑师穿的光闪闪的丝绸上衣的各种颜色是她亲自选定的（和制作女人内衣——包括胸罩、短裤和黑色的吊袜带——所用的缎子般光滑、闪亮的衣料一样），像是穿异性服装的乔装改扮，滑稽可笑、刺激感官、色情肉感；像从前宫中的畸形的小丑穿着王后、公主经常喜欢的色彩典雅、娇嫩的衣服，他像戴着一个意大利狂欢节的假面具，皮色发黄，脸孔瘦削如苦行僧，鼻子像汽车前V形的减阻风挡，一双大眼睛突起，神情消极被动（也可以说沉思冥想）、审慎多虑、有苦难言（这种外貌鲜明突出，也许是由于骑师特有的头部姿势，颜色鲜艳的丝绸上衣的制服领子，而且领子下系着一条女用围巾像包扎般束紧他的颈子，使他的样子显得僵直，头部前伸好像后颈长了脓疮或疖子）。她面对他站着（看样子他不过是一个态度恭敬的骑师正在聆听女主人的吩咐，耐心地听着，两手无意识地搓着他的马鞭的捏手），穿着一件色彩绚丽、透明的薄纱长袍，站在背光里，一些拉长的影子投落在草坪上，那红色的长袍似乎是为了配合她的头发的颜色。在太阳颤动的光线照射下，她的身体在衣服的内部明显地呈现（两腿叉开），清晰可见，好像她赤裸裸地站在一片深红色的薄纱的朦胧云彩中，她使人想起（不是想起，像狗听见那要命的铃声启动它的反射时，不是思想活动，不是想，而是有点像分泌唾液）像麦芽糖似的东西（糖浆，还有巴旦杏仁糖水，这些字眼也适合用在她身上，用在这个地方），想起一种化学酸性红色玻璃纸包的糖果（这种纸揉皱时清脆的瑟瑟声、它的颜色、它的材料本身、连同纸上的裂缝上石蜡呈现灰色细线交织的网状，这一切已足够引起生理反射），佐治能够看见他们的嘴唇在动，但听不见声音（距离太远，而且是躲在树篱后面，落在时间后面，与此同时，他细听着（那是后来布吕姆和他终于使依格莱兹亚变得容易接近时）依格莱兹亚给他们讲他的许许多多有关马的故事，譬如说，他患淋巴管炎的那三年中仍然赢得很多种赛马奖的故事……佐治说："她是不是……"依格莱兹亚说："当我给马安放诱导剂时，她常来监督观看。这药方是第一个东家给我的，不过用时得当心……"佐治："她来的时候，你是不是……我是想说，你们是不是……"依格莱兹亚又没有正面回答）；不过这也没关系：佐治不需要知道她那张嘴，那涂了口红的嘴唇微微在动，在说些什么，也不需要知道那狂欢节假面具上的皱裂、线条突出的厚嘴唇回答什么，因为这一切不过是、也只能是一些无关重要、无足轻重的话语罢了（她和他大概是在谈那诱导剂或扭伤的马腱。他叙述这些事时，是如此天真朴实）；也许事实是如此，这是说，不是什么似田园诗般的纯朴温柔的爱情，也不是曲折的情节冗长地、有组织地、合乎习惯方式地展开，从开始进入情节，逐步加强，渐渐发展，和谐而又合理地向上升——中间还被一些不可少的停顿和操作失误打断过——最后达到高峰，这之后也许有一个过渡，然后又是一个必不可少的渐弱；全不是这样，没有什么组织好的有连贯性的东西，没有什么话语，什么准备好的言辞，既没爱情的表示也没任何解说，只有这些：几个无声的形象，从远处看，几乎不动：在骑师过磅处她正对他作指示，或者他的形象：衣服弄脏，浑身是泥，短裤上沾了泥土的痕迹，或黄绿色的压坏的青草，或者脚有点跛地走着，一只手臂上搭着他那小得像玩具的马鞍，挂在鞍上往下垂的一对马镫相互碰撞发出银铃似的声音。他走在她旁边朝着过磅处去，前面是全身湿透冒气的马，由一个照管赛马房的男孩子牵着它的缰绳走着。这类管马房的男孩子都是头发肮脏、过长，衣着破旧，脸色苍白得像小流氓的脸；或是阳光灿烂的早晨，在马房前面，他穿着天天穿的那条短裤，有裂纹的旧皮靴，没穿外衣，蹲在地上正在用肥皂洗并按摩马的膝弯。忽然在近旁的潮湿的铺砌路面上出现她的身影：她穿着一件适于早上穿的简朴的浅色长袍，或者也许穿着骑马服装和马靴，她也用马鞭轻轻地敲她的一条腿，但他仍然蹲着，头也不回地继续按摩那有毛病的马腱，直至她开口对他说话时才站起来。这时他又站在她面前，上身稍微向前倾，双手直至肘部都是肥皂。从他们俩头的动作和有一会儿他用一只手臂所做的姿势看来，可以知道他们在谈马和膏药，就是谈这些事而已（要不然就也许是两个管马房的男孩子之间暧昧地交换眼色，一个管马房的男孩子偷偷看她时的样子。这些孩子都是身体虚弱、衣衫褴褛、好耍花招。人们可以看见这些孩子攀着漂亮的马笼头经过。他们那小赖皮的瘦小的、营养不良的脸，下流但可怜的神情，反衬着虹彩色的马鬃、肌肉、毛色发出的电火花似的光芒）。在这种情形中，谈不上有什么爱情，除非是这种爱情——或更确切说，这种强烈的情欲——就是如此：它是一种无言的事，是感情的冲动、相互的推斥、厌恶、怨恨，这一切都未明白表示——甚至是未定形——，是一连串的动作、语言、无关重要的场景。在这场景中心，直截了当地就出现猛攻、急不可待的、迅速的、狂暴的肉搏。不管在什么地方，也许就在马房里，在稻草捆上。她的裙子高高卷起，仍穿着袜子和吊袜带，在大腿上部，发亮的皮肉一闪一闪地发光。两人都气喘吁吁，疯狂激动，大概还怀着怕被突然发现的恐惧。她从他的肩上窥看着马房的门，眼睛发狂似的，脖子扭转着。在他们周围是马的垫草发出的氨臭味和马房分栏里的马响声。这类勾当干完后，他立即又恢复那皮和骨构成的面具，仍然是毫无变动、难以摸透、郁郁寡欢、沉默寡言、无动于衷、闷闷不乐、低声下气……

就是如此。领会字里行间的言外之意，这些平淡无奇但缠绕不休的风言风语，对佐治来说，最终与他自己母亲本身有关。虽然并不是不能与她分开，但显然这些东西是她的一部分（像是从她那里泄流出来的东西，她分泌出来的产品）。好像构成她的元素（闪闪发光的橘红色的头发、用钻石装饰的手指、过于花花绿绿的长袍。她不是不管自己的年龄是否合适，坚持要穿这样的衣服，而是似乎与年龄成正比例，年岁增长的数目与衣服颜色的鲜艳、过火的程度同时递增）组成了支持这些滔滔不绝、五花八门的唠叨饶舌的吵吵闹闹、响亮的东西。通过这种闲言闲语，再夹杂上仆人、裁缝、理发师和无数的亲戚朋友熟人所谈的关于这些故事，德·雷谢克这一家族——不光是指科里娜和她的丈夫，而是指德·雷谢克这世系、种族、集团、家族——甚至在佐治还没有接触其中之一人之前，他已觉得这个家族具有一种不可思议的威望和无法接近下出现的光环。这种不可接近性显得更为不可触知，因为它不仅取决于享有某些东西（例如财产）——这些东西有可能获得，因此，有朝一日能享有它的希望或可能性（甚至只是在理论上）就使这威望失去大半了——而更多的是取决于（这是说，除享有财产以外，或在此之前，无可匹比地提高这财产的身价）这贵族姓氏前的介词[①]、这称号、这血统，这在莎宾娜（佐治的母亲）看来，显然具有一种特别不可思议的价值，因为这些东西不仅是无法获得（既然它们主要是由任何本领都无法产生、替代的某种事物所组成的：资历、时

---

① 在法国一般为 de（“德”）。

间），还有，她对这些东西由于个人没有得到满足而怀有一种折磨人的偏执的情绪，因为她本人也是属于德·雷谢克家族的（可惜的是，只是她母亲出身于这家族）。大概因此她总是怀着怨恨不平，不断地坚持要使人想起她与这家族的关系（这件事——以及她那经常大发作的妒忌，她对衰老的害怕，炊事人员或仆人房中发生的问题——成为她的心思老围着转的三四个主题的构成部分，以一种重复不变、持久不退的狂热劲头在转，像那些黄昏里浮游半空中的昆虫，围着一个看不见的——不存在的，只有对它们是存在的——震中——飞舞，一刻不停地旋转），不断地提醒别人注意到联结她与这家族有无可置疑的亲戚关系，她的结婚相片上有一位这家族的成员就是一个明证，他穿着一九一四年第一次世界大战前的龙骑兵军官的制服。此外还有一个确证，那就是她占有家族住过的一座邸宅，这是在缺少这家族的姓名和称号的情况下，她经过一系列的遗产分配和遗赠之事以后才继承下来。在这些事的细节中，大概只有她一个人明白自己所处的地位，因为大概也只有她一个人能背出一大串过去门当户对的和非门当户对的姻亲关系的造册，能详细叙述这家族的某一远祖如何由于从事经商，违反了他本来的社会等级的法则，因而丧失了贵族的权利。另一个又如何如何，她指这人的画像……（她也继承了一些画像——至少有好几幅——原是属于内容丰富的藏画，或更确切地说，属于与其说是祖先的不如说是传种者的成套画像的一部分，布吕姆说：“不如说是种公马，因为，我想，在这样的家族中，应当这样称呼他们，不对吗？军队不是曾经在那个地方有一个著名的饲马场，一个种马场吗？不是有一种马叫塔布种[1]的，

① 德·雷谢克家族所在地是塔布，这里有揶揄的意味。

还有各式各样的变种……”佐治说：“行啦，行啦！就算是种公马，他……”“……有纯种的，半纯血种的，未经阉割的，阉过的……”“够啦，”佐治说，“但他是纯种的，他……”布吕姆说：“这用不着说了。这个你用不着跟我说。大概是塔布种马和阿拉伯种马杂交的，或者是塔恩种和阿拉伯种杂交的。我就想能够有一次看他不穿靴时的样子。”佐治说：“那是为什么？”布吕姆：“只为看看在他那长脚的地方是不是长了马蹄，只是为了想知道他的祖母是哪一个种族的牝马……”佐治，“行啦，行啦，就算你赢……”）他似乎看见莎宾娜有一天拿给他看的一些纸张，一些发黄的旧纸。这些东西认真妥善地保存在一个好像老得长毛的大箱子里，这种箱子在阁楼里还可以找到。他花了一个夜晚去翻阅，不得不每五分钟就擤一下鼻子，因为上面的灰尘使他的鼻子发燥（墨水颜色已变白的公证书、婚书、契约、让与证明、地契、遗嘱、以国王名义颁发的授予爵位或俸禄的敕书、委派执行任务的指令、国民公会[①]的法令、封口的蜡已破碎的信件[②]、一捆指券[③]、珠宝店的发票、封建时代缴交的杂税清单、军事报告、指示、洗礼证书、讣告、葬礼通知：这一切残存的碎片的遗痕、碎块、文件，像一些表皮部分，触到这部分时，表皮似乎同时也有触觉——这些文件有点变硬、有点干缩——好似老人的长了褐斑的手——轻薄、易碎、已失去其物质性，一旦手抓起来，就似乎随时都会粉碎变为灰烬，但仍具有生命力——在岁月、消逝的时间外面——像那些雄心壮志、

① 指法国一七八九年大革命时期成立的国民公会。
② 法国过去的文件或信札，用蜡封口后，在上面加印。
③ 一七八九至一七九七年法国大革命后流通的一种以国家财产为担保的证券，后作为通货使用。

梦想、虚荣、无意义但难以磨灭的情感的表皮）。在这些旧东西中，有一个很厚的本子，蓝色的封面已磨损，用一条橄榄绿色的丝带扎缚着。其中是这家族的一位远祖（或是传种者，或像布吕姆所说的，种公马）积聚的一些令人惊讶的诗抄、哲学的漫想、悲剧的写作提纲、旅游的记述，佐治还能够逐字地记得其中某些题目（“送赠一位老贵妇的花束，她年轻时虽缺美貌但有过风流韵事”），或某几页，例如这样的一页，根据旁注的译出的字眼看来，似乎是从意大利文译过来的：

Morbidezza 柔软 柔韧 柔和 Candido 洁白的 白色的 发亮的 attegiamento 姿势 姿态 Carnagione 肤色 Ottimo 很好 Otremodo 否则 Controverfia 争论	第二十八幅画以及其他三幅似乎都是同样美丽典雅，是同一手笔的完美作品。那半人半马的女人画像的全部都画得优美细致，值得特别细看，人的部分与马的部分联接结合的地方确实画得美妙。眼睛可清楚看见那女人洁白皮肉的娇嫩细致、光闪闪的浅红棕色的皮毛，但后来由于想把边缘分清，混淆了部位：女的弹竖琴的左手的姿态画得美妙，同样美妙的是她似乎想用右手拿着的钹的一片敲另一片的姿态，这另一片，画家出于一种难能可贵的心裁（有两个字划掉），为了显得别致，把它画在那少年的右手中。紧抱着半人半马女人的少年把左手穿过她的右手下面，再从她的腋下伸出来。少年穿的长袍是紫色的，那女人的衣裳是黄色的，在她的手臂上挂垂着飘动。值得细看的还有头饰、护腕、颈饰，特别值得注意的是，那半人半马女人和酒神以及和维纳斯之间的关系……

佐治想："对，也只有马能写出这样的东西。"他重复说："行啦，很好，就算是种马。"同时他想着这些谜一般的、僵住不动、庄严肃穆的死者，他们在那金色的像框中以沉思、冷漠的眼神注视着他们的后代。在这些人中的一个恰当的位置上有一个画像，佐治在童年时总是怀着一种不安、惧怕的心情出神地看，因为他（这位远代的传种者）的前额有一个血红的洞，一条弯弯曲曲的细长的血流从太阳穴直往下淌，它沿着面颊的曲线流下，滴到他穿着的宝蓝色猎装的翻领上，好像是——为了使环绕这人物所产生的暧昧不清的传说有形象的说明，得以永传下去——人家为他画了一个肖像，通过结束他的生命的一枪，使他血迹斑斑地站着，视死如归似的，像马一般，不失礼貌的，四周围着一层由于神秘的谜和暴死而产生的光晕（像其他的肖像——扑了粉的侯爵们①，帝国时代②的脸上充血、满身绦子花边装饰的将军们，佩戴波纹闪光缎带的贵夫人们——自命不凡、野心勃勃、虚荣或毫无价值）对比。佐治在听到他的母亲莎宾娜叙述以前，就似乎注意到了（她可能是在一种模糊的推动力之下，同样着重讲了这位从事经商的贵族的失败，这是说，她是在一些矛盾的情绪推动下，大概并不清楚知道自己在讲这些引起纷纷议论的、可笑的、有损他人名誉的或高乃依悲剧式的故事，到底是不是想贬低自己没有能够继承到的贵族身份、称号，或是正相反，想使这些东西加添光彩，因而自己可以由于有亲戚关系，由于这些东西所产生的威望而洋洋得意）她曾谈到这位德·雷谢克家族的成员在历史上著名的八月四日③如何自动否认他自己的

① 路易十四时代宫廷中的贵族往往在假发上扑粉。
② 指在拿破仑称帝时期。
③ 指法国大革命发生之后，农民废除封建贵族特权之日。

贵族身份，后来又如何参加了国民公会，投票赞成处死国王[①]，后来大概由于他在军事方面的知识，他被委派到军队中工作，最后被西班牙军[②]打败，后来又第二次否认自己的贵族身份，终于用小手枪朝自己头部开火自杀（既不是用步枪也不是穿着猎服像肖像里画的那样，他那支随随便便地挂在手弯的枪，以及在肖像上从他前额流下的血迹使孩子想象他朝头部开枪自杀的情景，其实是画布上棕红色的草图由于破裂而露出的一条很长的痕迹），他是站在现在已由莎宾娜住着的房间里的壁炉旁开枪的。佐治在长时间中总是不由自主地本能地在墙上或天花板上寻找那打掉他半个头的那个巨大铅弹的痕迹。

就这样，通过一个女人的添油加醋的瞎说乱讲，还用不着佐治亲自见过这些人，呈现德·雷谢克的成员和这个家族的面貌，最后是德·雷谢克本人单独出现，后面紧跟着这样的一大队祖上的人、一些传说纷纭的幽灵、一大堆私室中的闲言闲语、手枪打响的声音、公证人的证书、刀剑碰击声。他们（幽灵们）在龟裂的古画的褐色阴暗深处混杂重叠。然后出现德·雷谢克与他的妻子。她比他年轻二十岁，四年前他在议论纷纷中、在沙龙喝茶时的窃窃私语中和她结了婚。这些议论和私语引起的愤怒、贵族内部亲属间的愤慨、妒忌和这类的事情总少不了伴随而出的淫乱大发作。这对夫妇因而也被光晕环绕着（男的是老成、干瘦、笔挺——甚至是僵直——高深莫测，而那位十八岁的新夫人，大家都可以看到，她的头发、身体、皮肤几乎是像她身上的丝绸、香水一样不实在、碰不

---

① 指路易十六。

② 当时西班牙王朝站在波旁王朝一边。

得的娇贵物质所构成的。她穿浅淡的服装，袒胸露臂，不知羞耻。他在每年举行大马赛时，或坐在那黑色大汽车中，穿着红色骑士礼服（她已使他辞掉了军中的职务）。他们坐着那辆几乎像柩车一样庞大可观的汽车经过时，高不可攀（她不仅强使他离开军队，她还强迫他买这辆汽车以替代他过去一直使用的那辆不是名牌的成批生产的汽车）。她有时单独驾驶一辆跑车，这是他送给她的一件礼物（但没多久她就不驾驶它，大概很快就生厌了）。这两人真的是高不可攀，缺乏现实性，好像他们已经进入他们的（至少是德·雷谢克的）先人肖像画集之中了。这些传奇般的传种者在已褪色的金框架中永远动也不动），这两人身上也萦绕着光晕……

“可是你并不认识这位夫人！”吕布姆说，“你对我说过，他们从来不呆在那里的，不是到巴黎，就是到多维尔或戛纳去，你说你只见过她一次，或更确切说是在马的臀部与一个维也纳轻歌剧中的小配角之间瞥见她，那人穿着一件茄克衫，戴着一顶灰色帽子，一只单眼镜紧嵌在眼上，望着老将军的小胡子……这就是你所看见的一切，你……”布吕姆的样子也像个醒不过来，还没有恢复知觉的溺水的人。佐治不做声，耸耸肩膀。天又开始下雨，或更确切说，地方、道路、果园又开始融化似的。这一切静悄悄地、慢慢地解体、溶解，化为濛濛细雨，像在一块玻璃板上似的无声无息地滑过，把树木和房屋用水稀释了。现在佐治和布吕姆站在谷仓门上，靠着门墙凹进去的地方躲雨，看着德·雷谢克和一群指手画脚、激动发怒、双方对抗的人正在打交道。声音混杂，像毫无章法、乱七八糟的合唱，瞎嚷瞎喊，乱成一片。好像是在厄运的重压下的叫喊，是对语言的滑稽模仿。这语言如同一些本为人所创造、所控制的事物以其难以改变的背信弃义的行为，反过来与人作对，向人进行报复。由于在表面上乖乖地尽其职能，它们报复起来更利害，更具叛逆性。这样，语言变成一切思想交流、相互理解的重大障碍。这时吵闹的声音更响，似乎仅是声调的变化不能表达思想感情，除了靠音量强度外，别无希望，因此声音提高到成为喊叫，极力压倒超过对方……后来声音突然停息下来，只剩下其中一个激烈、夸张的，接着这声音也停息了，只听见德·雷谢克一个人几乎是在喃喃低语。他慢慢地、平静地说话，脸色苍白（愠怒，或更确切地说，恼火，或只是厌烦，这些情绪表现在那声调降低，像是一种起否定作用的声音变化——也表现在他那毫无表情的、平淡、过分低沉的声音中。他那黯淡无光的脸色此时更显得苍白——要不然是这种苍白的脸色、这低微的声音表明一种厌倦的心绪。不过，他总是一样地保持着笔挺、僵直的姿势，皮靴闪闪发亮，虽然依格莱兹亚这天早上没能为他擦鞋，大概他不得不亲自动手。他仔细地，不动声息地擦，其细心之程度如同他剃清胡子、刷净自己的衣服、打自己的领结一样。好像他现在不是在阿登[①]的一个荒僻的乡村中，不是在战争中，好像他也没有通宵骑着马在雨中度过）。他那苍白的脸，甚至活动或寒冷也不能使它变得红润点，与那矮小的男人那张红到发紫的脸正好相反。这黑头发棕色皮肤的小矮子站在门上对着他，头戴皮的鸭舌帽，脚上穿着一双用小圆块橡皮补过的胶靴，手里拿着一管猎枪在挥舞，气势汹汹。当他朝门外跨出一步时，佐治和布吕姆可以看见他是跛着脚的。佐治说：“可是我看她够长久的了，因此知道她像牛奶一样。那盏灯就够照得清楚了。他妈的，真是像

---

① Ardennes，法国东北部与比利时接壤地区。

牛奶，像溢出的奶油……”布吕姆：“什么？”佐治：“你还不至于累死到没发现吧？哪怕是死人……真想就爬去舔着吃，真想……”这时候，那黑头发的小矮个在叫喊：“你敢再上前一步，我就打死你！”德·雷谢克说：“好啦！行啦！”那小矮个说：“队长，他要是上前来，我就打死他。”德·雷谢克又说：“行啦！”他朝旁边挪了一步，重新站在两个男人之间：一个持枪，另一个现在与两个小军官一起站在他的背后。后者和雇农完全一模一样，除了有一点几乎看不出来的差别。他也是穿着补满小圆块橡皮的黑胶靴，穿的衣服，准确地说，不是蓝色的工作服，而是一件灰色的不成样子的衣服，一条像领带的东西结在衬衫领上，头上戴着的不是鸭舌帽而是一顶软毡帽，像城里人常戴的那一种，手里拿着一把伞。他也是农民，只不过有点不同罢了。一时间他抬起眼睛，动作很快，佐治越过队长的头顶朝他所望的地方看去，可是大概动作不够快，他只来得及看见那房子二楼的一个窗子的窗帘重新放下来。这网眼纱窗帘是像在集市上出售的廉价品那一种类的，图样是一个菱形框中的一只拖着长尾巴的孔雀，斜边按针织的网眼呈阶梯形。帘上的孔雀尾巴摆动了一两次后就不动了。与此同时，在楼底下（佐治再不看那里了，只是以贪婪的目光窥视着那现在已静止不动的灰白色的网眼纱帘，上面那神气活现的装饰性的孔雀平静地站着不动，在它的前面，细如粉末的濛濛小雨继续不停地落下，无声无息，耐心持久，直至永远……）一片乱七八糟、七嘴八舌、混乱无章的声音又再响起，激烈，杂乱、激动：“……只要我有一口气活着在这儿，我就要打死他。队长，请进来吧。可是这家伙不能踏进这门来，要不我打死他。我——”“好啦！我的朋友助理先生只是想看一看，落实一下这个房间——”“首先，为什么他不把这些人安排住在他家里？他的房子很大，许多房间全空着，而他——”“行啦，我不能这样考虑。我们——”“我可以亲自带您的这些士官到房间里去。我并不是不愿意让他们住我家，不过，这村子里有人家里三四个房间空着，因此，我想知道，为什么他——你别嘿嘿笑，要不我打死你，你听着，我要打得你挺尸在这里，你听好，他妈的……”他一边说着，一边就把枪举起瞄准，另一个赶紧躲在两位士官的背后，甚至在这个时候，那孔雀动也不动，其他的一切也一样。房子的正面像死了似的，整个房子也如是，只有从屋里发出一种有节奏的单调的悲伤的呻吟，无疑是从一位妇女的喉咙里发出的，但不是她，而是一位老妇人。虽然他们并没有看见她，但可想象出她坐在靠背椅上，眼睛失明，心情悲伤，身体僵硬，一面呻吟，一面上身前后摆动。那矮小的男人继续搏斗，无法控制住他。德·雷谢克说：“行啦！”他竭力不提高声音，也许他也不用费力就做到，他只是置身事外，总保持一定距离（并非是高高在上！在他身上不存在傲慢、蔑视的态度，只是保持距离，或更确切说，心不在焉），他说：“把枪放下，这种样子往往会干出蠢事来。”那人说：“蠢事？你说这是蠢事吗？一个坏蛋利用丈夫不在家，现在居然想光天白日进入这个家里，他……算啦！”他大吼一声：“滚蛋！”另一个说：“队长！您是亲眼看见他……”德·雷谢克说：“算啦！你们来吧。”“你们大家都亲眼看见他……”德·雷谢克说：“你们来吧。既然他说了愿意让他们住他家。”

佐治还空等了很长时间。她不再出现在窗口上，只有那灰白色的孔雀动也不动。现在虽然门户紧闭着，但从屋内继续传来老妇的有节奏的、单调的哀叹，像夸张的爱情表白，没完没了，像古代出殡时雇用的哭丧妇人，好像这一切（叫喊、暴力、狂热与情欲的不可理解、无法控制的大爆发）在这种时代总少不了，这是一个枪支、胶靴、小圆块橡皮和成衣的时代，这些衣服可以是属于远古时代，或任何时代，或超越时间之外。雨总是不停地下着，也许从来就是如此。核桃树、果园的树木不断地滴水。要看见这雨点，得是它在深色的东西或黑影前，从屋顶凸出的边缘看。急落的雨点在黑色的背景上划出像破折号似的极细微的条纹，呈灰色，纵横交错。有时一颗较大的雨珠把一片草叶压弯了，但经过短暂的摆动，草叶又很快挺直起来。那静处不动的草场上，一阵阵细微的颤动从一点到另一点在动荡。在房屋和谷仓的衬托下，水槽和一个石砌的饲料槽四周的不规则长方形的三面轮廓朦胧地呈现。佐治想在那槽里冰冻的水中洗点衣物，冻得发麻的手指在斑斑点点的石栏边沿刷上肥皂，潮湿的衣物紧贴在一块儿，像天色一样呈灰色，其下面的一些逃不出来的气泡形成一些较浅灰色的水泡、条纹、凸起。冲去肥皂时，他把这些气泡压破，但这些气泡聚成一些平行的、弯弯曲曲的褶皱。一片蓝色的云状物在水中散开。当他漂清时，蓝色的水泡挤紧、聚集起来，慢慢地分流漂移，在那被马踏过的黑泥中开出一条曲折蜿蜒的道路，静悄悄地移动，在这泥土中水从一个蹄印流到另一个中去。最后那些衣物几乎和未洗前一样的灰黑。布吕姆说："你为什么不要求她替你洗掉？你害怕她的男人给你吃一枪吗？""——那不是她的丈夫，"瓦克说，接着他不吭声了，好像后悔把话说了出来。他重新朝水桶低下他那阿尔萨斯农民特有的不爱多话、怀有敌意的脸，他在那桶上用湿沙洗擦他的马嚼和马镫。佐治说："你怎么知道的？"瓦克不停手地擦那些钢铁部件，没有答话。佐治又说："你怎么知道？你知道些什么有关的事？"瓦克仍然低着头，脸朝下俯向——不露声色——水桶，最后才勉勉强强，怒气冲冲地说："我就是知道！"马尔登开玩笑说："他刚才帮他们把红薯收了。是那雇工告诉他这件事的：不是丈夫，只是小叔子。"布吕姆："她男人到哪儿去了？到城里闲逛去了？"瓦克粗鲁地转过身来说："笨蛋，就像你一样在闲逛：只不过是头戴着钢盔！"布吕姆说："你可忘记了你叫我肮脏的犹太鬼。我不是笨蛋，我是犹太鬼，你应当还记得。"佐治："算啦！"布吕姆："你别管。你要是知道我不在乎……"佐治："那么，就这样，你帮他们收了红薯，是那雇工把事情告诉了你？"这些人的声音从灰蒙蒙下个不停的、坚持至久的雨中传来，清晰可闻（这种雨像一些看不见的昆虫在各式各样的秘密的蚕食中正在不知不觉地吞食房屋、树木、整个大地），马镫和马嚼有时相碰发出清脆的声音。士兵们的疲惫、单调的声音也是此起彼伏、参差错落、相互对抗，像一般士兵平常讲话一样，像他们睡觉或吃饭时一样持久、无聊、迟钝，好像他们不得不故意捏造一些可以引起争论的人为的理由或说话的原因。谷仓里充满一股潮湿毯子和稻草的气味。每次他们张口，就有一小股灰色的水汽喷出，但几乎立刻消散了。

可是，为什么他拼命要打枪？

也许因为这才是战争，全世界——

你倒说得轻巧，全世界——

不过他是个跛子，人家可不想要他

是走了好运。能像他那样，我不知道我肯付出什么样的代价。我并不——

肯定这不是他的想法，看样子他很喜欢枪，想使使看，也许他不管付出什么代价

而另一个

哪一个？

拿着雨伞的家伙

你是说那个村长的助理

别对我瞎说，像这样只有四家的小村子，就有一个村长，还有一个助理，为啥不说还有一个主教

我可没看见有教堂

所以她没法去忏悔

也许是

这里既没有神甫，也没药剂师，连自来水也没有。这样一来，情况就死定了。也许就因为这样，他拿着枪来看紧她

你们胡说些什么，又臭又蠢

瞧，瓦克醒来啦。我还以为你是个聋子。我还以为你不想跟我这样一个肮脏的犹太鬼讲话

行啦

我不在乎，随你怎么说，我可不在乎，他要怎样叫我就怎样

他妈的，别吵啦。瞧这老母马到底出了什么事

他们看看在马厩最深处一直侧身躺着的马：有人已给它身上盖了一条毯子，只有那僵直的四肢露在外面，颈子异常长，头耷垂着，连抬起来的力气也没有了。这瘦骨嶙峋的头带着棱面显得特别大。翘起的嘴唇露出黄色长牙。只有那忧伤的巨大的眼睛似乎还活着。从眼睛里鼓起的发亮的眼膜中，他们可以看见自己的影像，变了形状像括弧显现在门的浅色背景上，像有点发蓝的雾气，像一幅面纱、一个似乎已形成的角膜翳，把像神话中的独眼神巨大的温和目光变模糊了，但这时马的潮湿的眼睛含着谴责的神色。

兽医已来过，给它放了血

我知道她是怎么回事

瓦克总是什么都知道，他

哎哟，别说了。马尔登沿途一直用钢盔打它的头，整个晚上他敲打它，我亲眼看到的，我发誓，他把它的哪一部分打坏了

没别的办法阻止它碎步疾跑

要是对它摇摇铃的话，它——

可不是摇摇铃就能叫马不跑，这会使它更发疯。

不管怎样，总不可以这样对待一头牲口

也不可以这样对待人，让他一口气跑六十公里路，还要不停地像一个球那样跳动，这可就够使人完全精神失常

依格莱兹亚说过，这可以采取别的办法，用不着拿钢盔打

我可不是骑师，我是装配工

既然你这样聪明，又这样喜欢马，为什么你不和他换个位置，你只要骑上去，他巴不得把它给了你，你可知道，他

这可怜的马，它能干点别的什么呢？要是它快跑

什么也干不了，不过马尔登也一样。对他来说，那也不是好玩的事。那你只要向他提出换马

我可不要换马，我骑分配给我的马，另一匹，那是他的马

那你就闭嘴

嗳，你看看

你最好闭嘴

我可不是告密的人

那再好也没有了

你别以为你居然会使我害怕，没这回事。我也许没你知道的事情多，可是你吓唬不了我，你要知道，我只要推一推，你就摔倒

在地

那你试试看

哎啊啊，你连站也站不稳，你只剩下半条命了，只要把你

他们吵个不停，声音并不是怒气冲冲，而是有点悲切，带有农民和士兵特有的淡漠，有点平淡无奇，像他们身上僵硬的制服（现在秋天刚开始，是随着和平的夏日而来的。那个阳光灿烂但变质的夏天现在在他们看来似乎是很遥远了，像没有印晒好的、过度曝光的旧时事新闻影片，在一种破坏性的光线照射下，出现一些穿紧束腰身的军服和皮靴的幽灵不连贯地在做手势，似乎他们不是受那粗野笨拙的军人的头脑所驱使，而是某种难以逃避的机械作用强使他们摆动、夸夸其谈、来势汹汹、列队操演以备检阅。他们狂热地卷入旌旗和人们面部组成的使人不辨真假的沸腾场面中，似乎他们产生于这种沸腾翻滚之中，受其推动。好像群众具有一种天赋，一种必然的本能把这些人从他们中间挑选出来，通过自动选择——或排除，或更确切说，排泄粪便——把永远无可救药的笨蛋推出来高举标语牌挥动，人群就狂热地、如痴如醉地跟着跑，看见他们的粪便时，人群就像小孩子一般着迷、心醉），他们的制服还保存着新衣裳上的浆，他们好像是给硬塞进去的。这些军服，可不是已经穿过的旧衣服，已经在几代的新兵操练中磨损了的，每年经过消毒后再用的，当然对搬弄武器的人是刚合适的。这些旧军服像已磨损的化装用的衣服，从旧货商店租赁或赊账买来的，与白铁制的刀剑和用火药纸打响的手枪同时发给那些跑龙套的演员排演时使用。不，现在他们穿的（包括他们的衣着和背着的装备）是全新的，没用过的：全部（料子、皮、钢）都是头等货色，像那些洁净的床单，家里虔诚地保存起来以包裹死者，似乎社会（或形势、或命运、或经

济行情——似乎这种事实只不过是经济规律的结果）准备把他们杀死之前，先用（与那些原始部落献祭神用的青年人一样）最好的衣料和武器把他们全身装备起来。为此，社会毫不吝惜地挥霍，安排了一个野蛮残忍的排场，有一天这一切只不过是一堆生锈、扭曲了的破铜烂铁，在骷髅（死者或活着的人）上面飘荡的变得过于宽大的破烂衣服。现在佐治躺在那黑暗发臭的运牲口的火车厢中思忖："怎么已经到了这个地步？只是一桩计数、清点骨头的事……"他又想："对，我明白了：他们检查了我战斗后是否受伤……总之，差不离是这种事。"

他想把压在别人身下的腿抽出。他感到自己的腿像失去了活力的，不完全是属于自己的东西，但它却像一个嘴尖，一个骨头的嘴尖紧勾在胯骨内，十分疼痛。他想：一连串彼此勾连，古里古怪地套合起来的骨头，一套吱嘎吱嘎响的，发出撞击声的旧用具，这就是一具骷髅。现在他完全醒来了（大概是因为火车停住——但停下多久了？），他听见那些人在有天窗的一角上挤来挤去，争夺不休。在这狭窄的横长方形的天窗上，呈现这些人的头部的黑影：一些捉摸不定、流动的墨水印渍有时混成一块，有时分开，黑影以外的地方可以看见五月里没有变化的夜空一角，遥远、凝固不动、无所变化、洁白晶莹的星星，随着人头的黑影的一分一合，有时显现，有时消失。这天空和星宿像构成一个冰面，晶莹洁白，不可玷污。在它的上面，这种发黑的、黏糊糊的、大叫大骂、汗湿的东西，可以不留痕迹或污垢而移动过去。现在这些东西发出一种确实哀怨忿怒的声音，说是确实，因为现在争夺的是现实的重要的东西，例如一点空气（那些在车厢里面的人咒骂那些头部堵塞了天窗的人）或水（那些靠近天窗的人想办法使外面站岗的哨兵给他们的水壶灌上一点水）。佐治终于放弃硬拔出、用力拉出他还知道那是自己的腿的东西，它压在交叠在一起的肢体乱堆下。他在黑暗中躺着不动，专心致力于使自己的胸部有一点空气透入。这些稠厚、污染的空气，似乎不是在使那些臭气和人体发出的霉臭味流通，而是本身就在发散汗臭和难闻的气息；这些空气不像平常一样是透明的、摸不出的，而是不透明的、发黑的，因此他似乎是在想方设法吸入一些像墨水的东西，也就是组成那些占据着天窗的框子活动的黑点的物质。就是这种东西，他得努力夹七杂八地装满（连同头和极小的一块天空），希望能同时乘机从一道细小的呈金属光泽的星光中得到益处，它穿过黑影像从星子射出的闪亮、短促但有益于身心的剑光。

在这种情形下，他所能做的只有屈服于做那种像过滤的工作。他想："就算是这样吧，我在什么地方看过，有的囚犯甚至喝自己的尿……"他在黑暗中躺着不动，感觉到黑色的汗味透入他的肺部，同时感到自己身上也在流汗。这时候，他似乎老看见那像人体模型的僵直的上身，瘦骨嶙峋、无动于衷，微微地摇摆着策马前行（这是说，髋部配合着马的动作，而身体的上部——头和肩膀——却保持笔直不动，好像在一根铁丝上横向慢慢移动），这上身的后面是清晰的战争背景。灿烂的阳光使破碎的门窗玻璃闪闪发光。无数耀眼的三角形碎片像地毯般铺满那望不见尽头的寂静无人的街道。阳光慢慢地在窗户破碎、里面空空洞洞的一些砖屋正面之间转移，四周寂静、肃穆、使人着迷，只有两门孤零零的大炮在缓慢的对打中相互呼应的响声打破了沉寂。发出的炮声（在果园里，在左边的地方）和打来的炮声（胡乱地落在荒凉死寂的城市中的炮弹，使一堵墙倒塌，掀起一片肮脏的、很久后才再落下的灰土）交替着，打得准时、认真、剧烈、毫无意义、愚蠢无聊。与此同时，四个骑马的人不断往前走（或更确切说，似乎在原地不动，像电影特技摄影里一样，只看见人物的上部，事实上是总与镜头保持同一距离，同时长街在他们前面转动——一面朝着太阳，另一面朝着阴影——好像是迎着他们一面往前来，一面展开，像一幅可以一直来来去去拉的布景，同样的一堵墙（似乎是同样的）倒塌好几次，炮弹爆炸掀起的一片灰尘聚拢、胀大、伸长，达到墙的高度时站立停下，然后超过它。这时阳光达到它的顶端，这灰黑色尘团戴上一顶黄色的无边圆帽，继续膨胀、上升，直至这片灰尘在最后一个骑马者的左边完全消失了。这时在另一处，在刚才经过右边的房屋正面的自转而展开的街道一部分中，另一正门摇晃不定，一根由灰尘和残屑新形成的盘旋的柱子（有点像雪球似的膨胀、增大，但不是从外部而是从本身内部吸取原料，通过螺旋状的缓慢的运动而形成，时而展开、时而互相挤拥、时而叠合在一起），随着距离迫近灰柱变大——或是随着四个骑马者走近——由此类推），佐治想："即使他因此再摔倒两次，他也不愿策马疾跑，大概因为那是不应该的，或是因为他也许已经找到一个更好的解决办法，最终可以解决那个问题，因此打定了主意。像另一个一百三十年前的那个与马分不开的人，那个骄傲的傻瓜，不过他是用自己的手枪来……那只是出于傲气，不是别的原因。"佐治在黑夜中一边微微喘气，一边低声咒骂这两个人：一个是不停地走在他前面的人，背向着他，什么也不听，什么也不看，僵直笔挺地走在战争冒烟的废墟中；另一个是面对着他，在那褪色的相框中立着，一样的动也不动、僵直、庄重，就如他童年时所看见的一个样，只是有一点不同之处：这从太阳穴开始的血迹，垂直、扩散、碎裂，淌下到从衬衫半月形的领口露出的纤细得几乎像女性的颈子，最后污染了猎装的上衣，现在可不是画布上棕红色的草图由于油彩剥落而露出像血污的东西，而是一种深红色的凝结成块的东西慢慢地流出，好像是在画上搞了一个洞后，从背后挤出一种稠厚深色的果酱，在那光滑的画面上、粉红的面颊上、花边与丝绒上逐渐地慢慢地流过、淌下，而那张脸却有古画上的殉难者所表现的那种不合常情的、无动于衷的表情，这张不动声息的脸上，眼光笔直前望，带着有点愚笨无知、惊诧、疑惑、温和的神色，像那些被杀害暴卒的人的神情，好像是在最后一刻，他们发现某一件他自己一生中从来想也没有想过的事，这大概就是与思想所能理解的完全相反的事，是这样出人意料，这样……

不过佐治并没意图探讨哲理，或费精神去思索那些思想无法达到或得知的事，因为要解决的问题只是想把自己的腿抽出来。还有，在布吕姆问他之前，他已想过现在大概几点钟，甚至在开始回答他还有什么用之前，他已经回答了自己的问题。他想着：不管怎样，现在时间对他们没有什么用了，因为要跑一段相当的距离以后，他们才有希望离开这个车厢。对于那些掌握控制行进的人来说，时间不是个问题，铁路运输安排才是问题，正如所运载的货物是返程的空货箱或已损坏的物资，这些东西在战争时期，就得排在所有其他享有优先通行权的东西之后了。佐治因此想使布吕姆明白，知道时间只是可以根据影子的位置而定走向，不是凭此而知道吃饭或睡觉的时间（这是说，已得到承认是合适吃饭或睡觉的时间）是否已到。关于睡觉的问题，别无其他办法，只能在这种情况下睡觉：许多条各不相干的腿杂乱交错重叠，只要不把你的腿压坏了，我只要这腿还可以辨别出是属于自己的肢体的一部分，虽然它已经几乎完全失去知觉，好像已与你的身体分离了。至于吃饭的时间，那是不难准确知道——或更确切地说，不难决定——可不是根据肚子饥饿的感觉，像习惯到了中午或晚上七点钟左右那样，而是精神（肉体比较能忍受得多）达到危急时刻，无法再忍受一分钟那种渴望——痛苦——的折磨，强烈希望能有一点可以吃的东西。佐治在黑暗中慢慢摸索，直到最后从自己的头部下面拉出一个软绵绵的挎包，在里面他为了谨慎小心起见放了一块面包（因此在他心中，这块面包的存在一直深印在意识领域里）。他从挎包里拿出时，有点像是在触及炸药包，凭他的手指的感觉，辨别出（一种粗糙易碎的东西，大致是椭圆扁平的形状——过于扁平）好像这就是他们渴求的东西。于是他着手尽可能准确地估计一下（一直是通过触觉）其形状和体积，直到他认为已有足够的认识，可以动手把它掰成对等的两半，同时想法子随着掰开的过程（总是像摸到炸药似的）收集那些落下的难以估计的面包屑，他是从手掌心感到轻微到几乎感觉不出的发痒，猜出有些碎屑落下。他最后把分得差不多均等的面包分别搁在手上。这一举动已完成，再也不能超越一步了，这是说，找到足够的勇气、克己忘我的精神、伟大的心灵，把那一份他估计是比较多的留给布吕姆。他选择了在黑暗中把双手向布吕姆伸去。对方正伸出一只手来寻觅。这之后，佐治力图尽快忘记（这是说，使自己的肠胃忘记，因为在布吕姆选了他那一份时，肠胃里产生一种绞痛、反感，现在带着狂怒和悲戚在斥责）自己知道布吕姆拿到比较多的那一份（这是说，大概比另一份重五六克）。他极力不再去想别的什么了，首先要想的是那面包屑。现在他把这在手掌心的东西移到嘴里，然后尽可能慢地细嚼那黏糊糊的面包，同时还力图想象自己的嘴巴和肠胃也就是布吕姆的。现在他努力使布吕姆理解，过失是在阳光，正在那时候它藏起来了。虽然他想，那时即使是有阳光，他从来一直也并没真正希望突围成功：“因为我完全知道这是不可能的事，那里没有别的出路，最后我们只有被擒：一切都会是徒劳的，但我们仍然继续尝试，一直到底，同时装作相信会成功。我并不是怀着绝望的心情坚持下去，而是可以说在虚伪地欺骗自己。好像我希望能做到使自己相信我认为这事有可能成功，而同时我却知道事实相反，我们是在那些一模一样的树篱中间的道路上兜着圈子游来荡去，就在同样的一道树篱后面埋伏了他的死神。一霎间我首先看见一支枪的黑色光泽在闪耀，接着是他跌落马下，像一尊倒塌的塑像向右方摇晃倒下。这时我们向后转，骑马奔走，俯伏紧贴着马的颈圈以缩小瞄准目标。现在埋伏的敌人朝我们射击。我们听见在那阳光灿烂的广阔原野上像爆竹、像小孩玩的枪发出的火药爆炸声，虽然平庸无奇，微不足道，但能置人于死地。依格莱兹亚说：我给打中了！我们仍然继续奔跑。我说：你肯定吗？什么部位？他说：在大腿，那坏蛋。我说：你还走得动吗？现在那微不足道的噼啪声逐渐减弱，后来完全静息了。依格莱兹亚不停地奔驰，仍拉着那匹备用的马一起跑。他用手指朝后摸摸大腿，看看这些手指，我也望去，上面有一点血。我说：疼吗？但他没回答，继续用手指摸摸腿部，看看那手指，我这时看不见他的大腿。大概马有一种特殊的辨别力，我记得从来没有见过这条路，除非是依格莱兹亚认得，因为他一直不停地奔跑前进。三匹马一齐朝右转，依格莱兹亚发出“噢噢……噢拉……”的声音，这时马开始用常步走。四周又是一片寂静，只听见小鸟啼叫和三匹马粗声喘气、喷鼻息。我说：怎么样？他再看看自己的手，身体在马鞍上扭动。可是我看不见伤处，因为他是右边受了伤。当他重新呈现侧影时，我只见他忧心忡忡，昏昏欲睡，更确切地说，呆头呆脑，特别突出的是一脸不高兴的神色。他在口袋里乱摸了一阵，掏出一条肮脏的手绢。他把手绢放回原处时，上面有一些血，他的神色总是一样的呆头呆脑，情绪不佳。我说：你受了重伤吗？但他只是耸耸臂膀，没有回答。把手绢重放进口袋时，他有一种失望的神色，似乎生气没有真正受伤，子弹只是擦伤了皮。我们骑在马上的影子现在落在我们的左面，贴合着修剪成直角的树篱的外形而移动：由于现在是春天，树篱还没有枝繁叶茂，田野像一个修剪了枝条的花园。这是些什么小树？我想是黄杨，或是针叶树。修剪成几何形的草坪、法国式的花园呈现巧妙交错的曲线，为化装成牧童和牧羊女的侯爵们和侯爵夫人们幽会谈情的小树林、聚会的场所。这些人蒙住眼睛互相追逐，寻觅爱情。死神也化装为牧羊女在迷宫中、在林间小径上出现。在这种情形下我们可能会遇见他站在道路的拐弯处，背靠着一道树篱，穿着蓝色天鹅绒的猎装，头发扑粉，猎枪挂在手弯处，额头正中有一个洞，他平静、安详地僵直地死去。现在从他的太阳穴不断地流出一种像深红色果酱的东西，好像那些圣者的画像或塑像上的眼睛或伤痕，一百年中有一两次遇到巨大的灾难、地震或下火雨时，就会再次流泪或出血；好像战争、暴力、杀害这些事故使他复活，好把他再次杀死；好像一百五十年前从小手枪打出的那颗子弹，等了这么些年头，为了击中它的第二个瞄准目标，对一场新的灾难点下一个句号……”

接着（一直处于那不透气的黑暗中，几乎快窒息死）佐治似乎真的看见他出现。在那碧绿的田野中，他显得奇特、不相称，像我们有时看到在田野中行进的出殡行列，像某种亵渎神明的下流的假面舞会——像任何假面舞会——隐隐约约含有鸡奸性质，大概因为（如同一个孤单的老妇在她的老女佣人捧汤给她喝时，发现这佣人的裙子底下露出一双旧军鞋，她的面颊全长了硬毛，这才突然大惊明白过来，原来早上才雇来的、面孔有点粗野的老女佣人实际上是男人乔装的，她这时意识到——但已无可挽回——自己到了晚上就会被杀害）在那纯洁的宽袖白色法衣下面可以发现神甫的粗大鞋子和唱诗班的小童的邋遢的脚。这孩子走在行列前头，怪声怪气地高唱祭礼中的应答轮唱的颂歌，连头也不转过来，眼睛贪婪地朝那桑果矮树丛偷看。那个高大的铜十字架的脚插在肩带的圆锥形小皮袋中，这袋挂到与他的小腹齐高的地方（这样看起来似乎是他双手以一种天真幼稚的、可疑的、下流的姿态拿着一个从他的大腿之间冒出的一个特大的淫秽黑色象征物，而顶上嵌着一个十字架）。这铜十字架在春麦上晃动，像漂流的船只上的桅杆。铜的耶稣基督像、沉甸甸的银线刺绣的祭披发出金属冷漠的闪光，这些东西在那带点雾气的空气中经过后，长久留下一股从墓穴及其拱形覆盖物发出的可怕的香味，像殡葬行列留下的一道轨迹：就这样，死神穿着满身花边装饰、华丽沉重的长袍，脚上蹬着凶手的旧军鞋，穿过田野前行，而他（另一位雷谢克，祖代的人）站在那儿，像戏台上的幽灵出现，人物的鬼魂在幻术师的指挥棒一击之下就在生烟的爆竹散布的烟幕后，从舞台下面的活板门出来，好像一个炸弹爆炸，一发流弹，把他从土里发掘出来，从神秘的过去挖出，但不是在火药而是香火形成的烟雾中出现。这烟雾渐渐消散，他的面貌也逐步显出。他穿着过时的衣服（不是死去的士兵普遍流行穿的那种土黄色的军大衣），就是他让人替他画像时穿的衣服，那套假装随便打扮成鹌鹑猎手但不失贵族派头的服装。在这幅肖像上，岁月——损坏——后来对画家的遗漏——或更确切地说，缺乏预见——做出补救（像一个与其说是喜欢开玩笑，不如说是认真严格的校正者），画下了一些鲜红血色的斑点（像是子弹打中的样子，这就是把前额的一块打掉，因此，这不是加上校正的一笔，像后来负责补正工作的第二位画家所采取的工序，而是在脸部——或是在画得像脸的油彩层上——开一个洞，以致底面的东西显露出来）。这些斑点像污垢一般，似乎严重地损伤了其他的部分；那温和——甚至忧郁——的神色，那像母鹿的眼睛，那田园诗式的随便不修边幅的衣着，那像沙龙舞[1]或化装舞会的道具的猎枪。

也许这些猎人的表现男子气概的配备——武器，虚设的猎人皮挎包红色的宽皮带，打死的动物，像野兔、小山鹑、雉鸡堆叠成的写生实物色彩斑斓的羽毛和皮毛混在一起的东西，这一切画在那儿只不过是撑起他的姿势，使他显得神气，如同我们现在在节日集市摄影摊上拍照，把头伸出画在布上代表一些人物（古里古怪的飞行员、小丑、舞女）的脸部的椭圆形洞外。佐治着迷似的看着那只丰腴、保养良好、似女性的手，其中的食指曾在一个已过去很久的晚上，在极度痛苦不安中，扣下对准自己的手枪扳机（[2]这武器，佐治也看过，也摸过：这是那两管搁在一个红木匣子里的一对长手枪之一，枪管上有格状饰纹、呈六边形，两枪一顺一倒地搁在那些擦枪通条、子弹匣、火药壶，以及其他附属品之间，每件东西安放在凹入的位置中，底下有已被虫蛀的绿色弹子台绒布垫底。这个匣子总是高放在大客厅的五斗橱上，每逢会客日就大开，其余的日子就合起来以免蒙上灰尘。还有，他用自己的手拿着那管枪——这对他那小孩似的胳膊实在太重，扶起枪上击铁（要干这事得用双手，把

---

① 十九世纪法国流行的一种穿插各种花样的舞蹈。
② 文中括号多有错漏，似作者有意为之。

顶端弯曲的枪托夹在两个膝头之间，两只拇指合起来用力克服铁锈和弹簧配合的抗拒力），把枪口对着自己的太阳穴，使劲揿下，他的手指肌肉由于用力而变苍白，最后枪上击铁响起一声干枯的、无足轻重的声音（原来火石已给换成用毡绒裹好的楔形小木头）。这乏味的声响在寂静的房间里逐渐减弱了。这房间——现在是他的父母亲的卧室——除了墙纸和两三件物品外，房间仍保持原样。那些花瓶、相架、电灯新放或更确切地说硬插进来，有实用价值，但用于幽灵聚会场所就过于崭新，像职业介绍所里那些吵闹多话、奉迎拍马、令人生厌的多余雇员一样。房间里保留着同样的油漆家具、同样的褪色的条纹窗帘、同样的挂在墙上的描绘风流韵事或田野景色的版画、同样的带浅灰脉纹大理石的壁炉架，雷谢克就是把臂肘支在这上面开枪打掉脑袋的（据人家说是这样，也就是据莎宾娜说的——也许她每次谈这件事时，凭空捏造、添油加醋，使当时的情景更惊心动魄），也是在这壁炉旁边，佐治少时常坐在那里想象这情景。他那时穿着沾了泥的烘烤得冒烟的小靴，两腿成V字形朝火伸着，他的一条狗躺在脚旁，肥胖、保养良好的小手从那有灯笼皱褶的衬衣花边袖口中伸出，但这次拿着的不是手枪（他还没有入学，他所受到的教育不过是天真幼稚地玩弄马与枪），而是某种同样危险、具爆炸性的东西（这是说，开枪也许只有那种不可避免的结果）：这东西是一本书，也许是卢梭全集二十三卷中的一卷。在书的衬页上用鹅毛笔写的加洛林王朝[1]式的、既庄严雄伟又随心所欲的书写字体，和同样的签名时带出的花缀，佐治仿佛听见在粗糙呈粒状的发黄纸上刮得沙沙响的声音。同样不变的书写样式：*Hic*

---

① 指法国第二王朝（751—987），封建王权及诸侯权力发达时期。

liber（此书）——H 这字母写得巨大、夸张，像括号的两边背对着，中间有一波状横画贯连着，括号两边的顶端写成螺旋状的卷花，像那蔓生荆棘的花园大门上长了锈的铁栅栏的花纹图案——在这下面是连成一起写的拉丁文：pertinetadme①，最后是越写字母越小的拉丁化的名字，但姓名没有大写：henricum②，下面是日期和年月：一七八三。

佐治在想象中看见他正在认真地一卷接一卷地阅读这二十三卷卢梭全集。这些令人落泪的、田园诗式的、模糊朦胧的散文中，夹杂、充满着有关和声法、视唱法、教育、笨拙幼稚的行为、感情抒发、天才等冗长啰唆、日内瓦式③的教训，这位涉及一切的流浪汉、音乐家、有暴露癖者、悲悲戚戚的人那起煽风点火作用的闲言闲语，最终使他拿起那阴森森的冰冷的枪口抵住自己的太阳穴……（这时布吕姆的声音说："好！他这就找到，或更确切地说，找到办法去寻见人们称为光荣的死这东西。你说，这是继承他家的传统，重复干了一百五十年前另一位德·雷谢克所做的事（要是我没弄错的话，他的姓名就是雷谢克而已，因为他除了高尚、潇洒、风雅之外，还去掉自己那贵族姓氏前的介词，但他的后裔后来却重拾起来，重新挂在姓氏之前，首先由一大群仆从——或勤务兵——穿上家丁的号衣——或军人的制服——这是在复辟时期了——把这贵族姓氏擦得光亮），自愿朝自己头上开一枪的，是另一个雷谢克（要不然就是他在洗擦自己的手枪时，糊里糊涂地吃了一颗子弹，这种事是经常发生的。要是这样，那就不会有那种传闻，至少不会

① 拉丁文，此与我有关。
② 拉丁文，亨利。
③ 指卢梭出生于瑞士日内瓦新教徒家庭。

有足够耸人听闻的传闻让你的母亲老对你和她的客人说得耳朵都长老茧了。那就算是那样吧），他好像是让自己戴了绿头巾，这是说，上当受骗：不是由于不忠实的女人有了外遇，像他一百多年后的后裔那样，而是由于他自己的判断力、他的一些想法——或是在缺少别人的想法情况下——作弄了他，好像是缺少女人似的（你不是曾对我说过，除此之外，他有一个女人，她也是……），倒不如这样说：他似乎要忍受一个女人还不够，还要让一些思想、念头来使自己困惑、受累，这对于一个塔恩地方的有土地而不事劳动的乡绅来说，显然是一种比婚姻风险更大的事，其实对任何人也是一样……”佐治：“当然，当然，当然，不过难说……”）

佐治同时想到细节，想到那种在家里谈起来还得放低声音的怪事（莎宾娜说，她可不相信有这种事，这并不是真的，她的祖母一直对她说这是捏造的事实，是政敌买通了仆人们散布的诽谤的话——这些政敌，她的祖母说，就是那些无套裤家伙①，这些人可是忘记了他曾经站在他们那一边，这也就是说，如果那些诽谤者在他死后散布了一些有关他和他死时的情况的恶意中伤的话，那只有出自保皇派的人。这样看来，在某种意义上，至少可以肯定她的话有一部分是确实的：这就是，这些传闻看来很可能是来自仆人身上。这是一种规律，那些通过奴仆的地位与他人发生关系者，往往是等级严格划分的社会过激的拥护者——好像这样才足以证明他们的身份是合法的，因此如果那些维护保存旧制度者要找一些反对雷谢克的同盟者——这种事有可能发生——他们大概可以从他的仆人当中找到最理想的同盟者）。他死时的情景，不论真假，都使传闻

① 指十八世纪法国资产阶级大革命时期的工农群众，因为他们与穿套裤的贵族有别。

具有一种说不出的暧昧，桃色新闻的味道：其风格有点像一直还挂在那房间的墙上作为装饰的一幅版画，标题是：突然被发觉的情夫或被诱惑的少女：男仆听见枪声急奔而至，匆匆忙忙，马虎地披上衣服，宽阔的衬衣一半露在跳下床时才开始穿上的短裤外面，也许他的后面跟着一个戴着睡帽的女仆，几乎是赤身裸体，她一手掩着嘴，避免发出叫喊，另一只手笨手笨脚地抓住那从她肩头滑下露出一边乳房的衣服（也许她举起一只手不是为了闷住叫喊声，而是手指弯成贝壳状，挡在第二支蜡烛之前（这就是为什么她清晰可见，虽然她落在后面，还没有跨越房门，仍处在过道的阴影中），她极力保护烛火，以免被撞开房门时的气流吹灭（烛光在她的手指间射出，似乎使每指中央显出包裹着透明粉红的皮肉的骨头那朦胧的影子）：同时另一手抓着掩不住胸部的睡衣，由于她的一手保护着烛光，她那青春正茂但惊慌失措的脸是从下面照亮的，像戏台前沿的脚油灯照射着，影子是倒的，这就等于影子不是在实物体积之下，而是在它之上，在阴影里的部分是下唇、鼻梁、双颊的上部、上眼皮、眼眉毛以上的额头），男仆背向着出现，右腿在前，半曲着，左腿在后（这是说，他的身体重量完全落在右面：这不是走路或奔跑的过程中一种姿态，而是像一个舞蹈者跳跃后落地时的样子，这种姿态足以说明刚发生的事：男仆的身体加快朝门的壁板冲撞，右肩在前，右腿屈起举高，左腿做了最后的一踢一冲——经过三四次的尝试——门板壁（或更确切地说，门锁）在锁横头被拉开和木头碎片飞起的哗啦声中，门被撞开了。这时仆人的身体猛然冲出，失去平衡，重量落在屈起的右腿上，与此同时，他似乎把左腿拉到身后，完全伸展开来，上股、腿肚和脚部拉成一条直线，脚跟抬起，脚部（没穿袜子，因为他——男仆——只来得及穿上短裤）只有脚趾尖碰地，右臂现在高举起蜡烛，其位置几乎正好在那幅画的深处空隙中央，因此男仆是处在反光的位置上，他的身体可以看到的部分——这是说，他的背——几乎完全隐没在阴影中。这阴影是用雕刻刀法通过交错的纤细的影线画出的，多少有点散开与实体的模式相配，因此，近看起来，整个形态，特别是肌肉丰富的前臂，好像包了一层有纱眼的网，在阴影最浓的地方这些网眼就更密）。全部的光线好像集中、好像被吸住在那巨大的身躯上。这直躺在壁炉下的尸身呈浅弧形，颜色苍白，赤裸裸一丝不挂。

就是这样（传说就是如此，或按莎宾娜所说的，是他的敌人捏造的诽谤）：他被发现时全身裸露，在壁炉边朝自己头上开枪之前，他首先把自己的衣服全脱光。就在这炉边，佐治童年时代，甚至后来，度过多少个夜晚本能地在墙和天花板上寻找（虽然他知道这房间的墙壁已多次经过重新油漆和糊裱）灰泥涂层中的子弹遗痕，想象着、重新体验着这情景，似乎看见他在这夜间暧昧、色情、混乱的风流场面：也许有一张翻倒的靠背椅，一张翻倒的桌子，一些四处乱扔的衣服，像是一个急不可待的情夫，在匆忙狂热中脱下的，这男人的肤色娇嫩，几乎像女人一样，横躺着，显得巨大无比，不成体统。蜡烛晃动的影子照在那洁白、透亮、象牙般的、或者可以说有点发蓝的皮肤上。这身体中央呈现像一簇荆棘的一撮毛、一个深色、模糊、发出褐色颜料光泽的黑点。这横卧姿态的雕像那易碎的生殖器，像在大腿的上部的腹股沟划了一道横线（在倒下时，身躯已稍微朝左倾侧）。整幅画面留下一种难以分辨的痕迹，暧昧、含混、又湿又冷，使人入迷但又令人厌恶……

“我在想他那时的神情是否像瓦克中弹从马上摔下后在那斜坡背上躺着死去时那样。瓦克当时那呆头呆脑的脸上带着一种惊异、有点糊里糊涂的表情。他头部朝下地躺着，眼睛睁大看着我，嘴巴也大张开。不过他平时那样子就是呆头呆脑。当然死神对这种事并没有从这个角度事先安排好，但由于死神剥夺了他脸部的活力，相反地突出了那惊愕、目瞪口呆的表情，像骤然看见死神出现在眼前。这是说，死神不是以抽象的概念为人所认识，和我们活着时习惯所想的那样，而是以具体的肉身出现，或更确切地说以暴力、袭击的方式，猛烈打击，其残暴是前所未闻的、意想不到的、巨大无比的、不正义的、不应该的，像不需要什么理由就打击。对这种事态的带着惊愕、怔住的狂怒，像我们在胡思乱想时一头碰到事先没看见的路灯柱上，似乎这时才怀着傻瓜的愤慨、粗野，认识到铸铁的恶毒，使他的头去掉一半的铅弹。也许这时他的脸上表现这种惊讶、谴责的神色，但只有他的面部是如此。我想，至于他的灵魂，在这场溃败的灾难中失去了最后的希望以后，大概久已进入再没有任何事会使他感到意外或失望的境界了。因此，他的灵魂已进入阴冥之境，那一枪不过是送他的身体前往会合而已：由于好一阵子我只看见他的背，因此不可能知道是否惊异或痛苦，甚至推理的能力已经离开了他，或更确切地说，解放了他。这样看来，也许不是他的灵魂而是他的身体支配了那荒唐可笑的动作：拔出军刀来挥舞，因为这时他大概已完全死了。要是那埋伏在树篱后的另一人——这是可能发生的事——首先瞄准军衔最高的，那用不着多少时间把轻机枪的十发子弹打进你的身体里，而需要更多的时间才能完成那一系列的行动：包括用右手去抓在左腿前的军刀柄，拔刀出鞘，举起挥动，不过据说尸身有时会做出生理反射，肌肉能收缩到有足够的强度使尸体动起来，像宰了头的鸭子还会继续行走，逃跑，怪模怪样地走了好几米后才真正倒下。总之，这不过是关于斩头的一件事，根据这家族的传统、说法、美化的传说，这是由于避免上断头台[①]，另一位雷谢克才这样对自己开枪，这是迫不得已。那么从那时起，他们早该改换家族的纹章，把三只鸽子换成无头的鸭子，我想，这会更合适，象征更确切，不管怎样，总是更说明问题，因为无论怎样总可以说，两个雷谢克都丢了头：一只没头的鸭子在阳光下高举挥动那闪闪发亮的军刀，然后马和鸭子一起在燃烧着的卡车后面朝旁边倒下，好像有人横扫一脚，像在滑稽戏里，有人突然间把有一个人物站在上面的地毯抽掉。这个地方的树篱，我想长满的是英国山楂树和鹅耳枥。小叶子的凸凹花纹，或像烫衣用语里所说的管状褶裥（也许可以说是阳光四射式的褶裥），在叶脉两边像细布绉缘似的展开。我们高大的身影就在树篱上移动过去，以直角阶梯形逐渐消失，先是成横影，然后是直影，再后又是横影，我的头盔在树篱平顶上移动，三匹马（现在喘息稍平，依格莱兹亚骑的那一匹马张大的鼻孔一开一收像还在抖动的小号角，鼻孔内壁布满肿起的红色小静脉，以电光的形状分出许多细支）。并排走的身影几乎占去了路面的宽度。我俯身抚摸马的颈圈，可是缰绳摩擦的地方全湿透了，而且布满汗水形成的灰色黏液。我把手在我的短裤上部揩一揩。他用鼻子吸吸气，说道：他妈的坏蛋。我说：你疼吗？他没回答，其情绪之恶劣好像是对我不满。最后他说：没什么，我相信没什么。他又说：他妈的坏蛋，你看见了吗？这时我看见我们的身影出现在前面。他说：真蠢！这些是什么人？那些人停步在十字路口，动也不动地看着我们走来。他们像是要去做弥撒或是做完

① 这位德·雷谢克曾在法国资产阶级大革命时代参加了国民公会，投票赞成把路易十六送上断头台。波旁王朝复辟后，他难逃杀君之罪。

出来，穿得像要去参加典礼或节日。妇女们穿着深色的衣服，戴着帽子，有些手里拿着一把黑伞或拎黑色包，有些提着小箱子或一种长方形的柳条篮子，在其盖子上面有一个把手，这盖子用一根有扣锁的小棍固定着，但棍子可以在皮带圈里滑动。当我们走到他们近旁时，其中的一个男人说：快逃！他们脸上却毫无表情。我说：你们看见一些骑兵走过去吗？可是同一人的声音重复说：走吧，快走！三四马停了步，我们头盔的影子几乎达到他们那平时星期日才穿的黑皮鞋上。我说：我们迷了路。早上中了埋伏，队长刚被打死，我们在寻找——接着一个妇女开始大喊大叫起来，然后是几个声音一起喊叫：到处都是那些人，走吧，要是他们发现你们和我们在一起，他们会把我们杀死。依格莱兹亚又说：他妈的坏蛋，但没有提高嗓门，因此我心里在琢磨他指的是这些人还是刚才对我们扫射的那家伙，我也无法知道他讲时是用复数还是单数。就在这时候，我现在记得我听见像瀑布倾泻的声音，与此同时，那牝马稍微动一动，好分开大腿。我身体向前倾，使腰放松。就这样我俯伏向前看着地面，黄色的尿水四面溅开，站在最靠近我们的男人大概为了怕弄脏了他的节日衣服，走到一旁去了。尿水在刚铺上碎石的路面蜿蜒曲折而流，像一条全身冒气泡的龙，头部迟疑地探索着，一左一右地寻找道路，与此同时，身躯胀大，但很快就被泥土所吸收了，只剩下一个深色、潮湿，触手般的印渍，上面的一些像别针头的发亮的小点逐一熄灭。这时我直起身子说：我们走吧，不能停留在这儿。我驱马前行，那些穿着节日衣服的人分开让我们通过，神情严肃、紧张、敌对。依格莱兹亚说：这些坏蛋农民！接着我们听见背后有叫喊的声音。我回过头来。那些人没有动，在叫喊的是一个妇女，其他的人仍然是怀有敌意、眉头皱起的那副脸，他们带着谴责的眼光看着她。我说：她说什么？依格莱兹亚也回过头来，那只牵着备用马的缰绳和笼头的手搁在他的大腿上。她重复几次同样的手臂动作。依格莱兹亚说：朝左走，她说，要朝左去，要是走那一边，那是自投罗网。那些人一齐说话和指手画脚，我只听见他们的激动、前后矛盾的说话声音。到底朝哪里走？我说。后来我发现有一些时间以来，自我看见他们那种奇怪、拘谨的样子，穿着的服装不是为节日而是为守丧以后，我想：对了，这就是为什么我曾想起人们在碧绿的田野道路上遇见的黑压压一片、刻板的送葬行列（一个人继续猛挥手里的伞，好像是要把我们赶跑，好像他还在叫喊：走吧，快滚，从这儿滚！）她刚才说要朝左走，依格莱兹亚说。现在我们的影子走在我们前面，我看见它们移动向前像踩着高跷似的腿变长了。我说：要是从那边走，我们又回到……依格莱兹亚：既然她说了朝那边走我们是自投罗网，她也许比你知道得清楚些，对吗？太阳消失了，影子又再次不见了。我看看后头，那些人被树篱挡住也看不见了。没有阳光，田野似乎更显得死寂、荒凉、可怕，由于它那宁静的、习以为常的静止不动的景色后面躲藏了同样的安详、熟悉，同样平凡，像小树林、树木、鲜花盛开的草场……”

后来他意识到自己不是对着布吕姆正在解释这一切（布吕姆现在已死了三年多，这是说，他知道布吕姆死于何种景况中，因为他曾经目睹的就是如此：在谷仓里的那张脸，像老下雨、灰蒙蒙的早上一样不变，但在那两只似乎随着面孔变小、变清瘦而变大的扇风大耳朵中间，显得更小，更干瘪，更可怜巴巴。他那眼光仍然同样地发烧、沉默、闪亮，它反映出照亮木棚的深黄色的灯光。这种灯光至少可以照见他们需要做的事：张开眼睛，坐在他们的铺位上，如是差不多一分钟，懵里懵懂，直到像每天早上醒来时一样，终于想起自己是在什么地方，自己是什么样的人，然后起床，站了起来，不是干别的只是结好鞋带（因为现在他们再不知道脱衣服是怎么回事了，除了星期日要捉虱子），然后拍打晚上睡觉用的稻草上的尘土，穿上军大衣，最后在外面黑夜中列队等到天亮时像清点畜群那样逐一报数：干这种事灯光的确足够，也足够使他看见布吕姆拿在嘴前的那块手帕，而且看见手帕几乎是黑色的，但可不是积垢，这就是说，要是灯泡更亮一点，他可以看见是血红色的，但在昏暗中是呈黑色。布吕姆总是不吭声，只是在他的过分发亮的眼睛中流露出一种令人心碎、绝望、逆来顺受的神情。佐治说："这不过是有点……这可是走了运！你是运气好：有女护士、有床单，他们还会把你遣送回去，因为患了……真走运！"布吕姆看着他一直没吭声，在阴暗里那双像孩子的黑漆漆的眼睛发亮、增大。佐治又说："真走运！什么代价我都肯付，就为了我也能咳吐出一点儿：只要是能大声不断地咳出那么一小点痰。天啊，只要我也做得到，可是，我没这种运气……"布吕姆看着他仍然不做声，他永远再没见他了），佐治现在意识到并不是对着布吕姆在说明一切经过，在黑暗中窃窃低语，也不是在车厢里，那狭窄的天窗被一些人头或更确切地说，被一些争先恐后吵吵闹闹的黑点所堵塞着。现在只有一个人的头，而且他只要举起手来就可以摸到，像一个瞎子，甚至不用伸出手就能在黑暗中意识到，能辨认出环境气氛。他感觉到肉体的温热、气味，呼吸到从嘴唇朦胧的黑色花状物发出的气息，她整张脸像一朵黑黑的花朵在他胸部上面微俯着，好像她想在那里面看出、猜到……但他在她达到之前，就把她的手腕抓住，同时把她的另一只手也在半空中抓住，她的乳房在他的胸上滚动：他们斗争了一会儿。佐治在思忖，笑也不想笑。平常总是这些女人不愿人家把灯点亮，但这天晚上太光亮，她身体朝窗口那一边弯俯，头部移动，把星光遮挡了。他能感到那寒冷的光线射到他身上，像牛奶般黏贴在他的脸上。他在想：好吧，很好，瞧着吧，同时感到她的重量——这女人整个肉体的重量，她的胯骨紧压着他的大腿。在黑暗中这胯骨部分反照出闪闪磷光。他可以看见她的这部分身体在镜子里闪光，也看见衣橱三角楣上两旁的松果状的饰物。看见的差不多就是这些。她说：再说下去，你还在对他说。佐治：对谁？她说：不管怎样，反正不是对我。他说：那是对谁？她说：哪怕我不过是一个变得又老又丑的妓女，你……他说：你瞎说什么？她说：这就因为不是我，对吗？这是——他说：他妈的，这五年里，我想的、梦的只有你。她说：那不是我。他说：好吧，既然是这样，我倒奇怪到底是想谁。她说：不是想谁，而你最好是说想些什么。我看这不难猜到。我看这不是一件很难的事，想象出来那些没有机会接触女人的男人们在五年里会想些什么。差不离就是像我们可以看见的画在电话间或咖啡馆厕所的墙上那样的东西。我想这没什么奇怪，这也是合乎情理的。但在这些画上，从来是没画脸部，一般画到颈部为止。一旦达到这个部位，那用铅笔绘画或用钉子刮墙上白粉涂层的人就不怕费力画别的东西去了，再往上处——他说：唉，他妈的，那就随便碰上哪一个女人都行。她说：那时在那种地方我捏在你手心中（在黑暗中发出笑声，使她微微抖动，也使两人、两人吻合的胸部、乳房全都抖动起来，因而他仿佛听见这笑声在自己的胸部回响，听见自己也在笑，但这不是真的笑，因为这种笑不表示欢乐：而只是像一声咳嗽，胸口一阵抽搐，相当费劲，在他们两人的身体里同时回响，接着就完全停息，这时她又再说话：）或更确切地说，是你们要拿我怎样都行，因为当时你们是三个人，依格莱兹亚，你，还有一个叫什么……佐治：布吕姆。她说：……这小犹太当时和你们在一起，是你把他重找回来……

后来佐治没听她说下去，也再没听见她说的话，又重新关闭在那不透气的黑暗中，胸口压着一种东西，不是女人温热的肉体而是空气。似乎空气躺在那儿，失去了活力，具有死尸以十倍万倍增加的重量。黑色空气的沉重腐烂的尸体，直挺挺地躺在他身上，嘴巴紧贴着他的嘴巴，而他同时拼命想让这种带着死亡、腐烂气味的气息吸入到自己胸肺里面。后来空气突然吹入：门又被他们拉开了，一阵突然而来的声音，发出的命令与空气同时进入车厢。佐治现在醒了过来，心里在想："这不可能，他们不可能还叫人上车，我们……"接着是阴影中发生的粗暴的动作，相互碰撞、争先恐后，咒骂粗话，后来车门又重新拉上，外面的铁插销扣上，车厢内又是黑漆漆一片，只是呼吸声更稠密。那些刚上车的人大概压挤在车厢板壁上，也许正在思忖在这里一个人能够停留多少时间而不昏过去，或只是在等待失去知觉的时间到来（也许在想：大概不用几分钟，那再好也没有了）。在黑暗中继续不停呼吸发出的声音像风箱，后来（大概疲于等待失去知觉）刚上车的一个人开口说话了（但并无怒意，只是怀着厌倦的心情）："你们也许最低限度让我们有个地方坐一坐，对吗？"佐治说："谁在说话？"声音回答："是佐治吗？"佐治说："对，在这儿，在……他妈的；你也落在他们手里！居然到这一步，你……"他说个没停，同时试图往车门爬去，不管人们的咒骂，甚至挨了拳头也没感觉到，但后来有一只手抓住他的踝关节，他摔倒了，一只脚猛踢他的一边脸，这时他听见布吕姆比较靠近的声音在叫："佐治！"接着那马赛人的声音说："待在原来的地方，你走不过去！"佐治："到底见到一位战友……"马赛人说："滚吧！"佐治用后腿向后踢，想要站起来，后来他几乎起来了，这时感到像约有一吨重的钢抵到他的胸部，他霎时间闪过一个念头："他妈的，这不可能，他们把马也弄进来了，他们……"接着，他听见铁车皮碰到他的头发响（或者是他的头碰上铁皮在发响——如果不是根本没有铁皮，而是他的头自己嗡嗡响的话）。现在布吕姆的声音就在近旁，他以平常的声调说："一帮坏蛋。"佐治可以听见在他前面的黑暗中无数下的拳打脚踢，虽然迅猛异常但富有耐力。佐治也试图踢打，但不大成功，因为他的手和脚立即碰到阻障的东西，因此打下去不够有力。后来大概缺少空气，无法持久打下去了，逐渐地，好像他们这一方与敌方之间（这是说，在他们与黑暗之间，因为他们是在黑暗中出击，拳打脚踢也是在黑暗里打到他们身上）达成了心照不宣的协议，这就平息下来了。马赛人的声音说，大家总会相见的，布吕姆说："对！"马赛人又说："你可是凭标号给认出来的。"布吕姆说："是呀，亏你把我认出的。"马赛人："你总是装出一副很行的样子，等大白天咱们从这里出去，等着瞧。"布吕姆："好呀，照个相看看。"大概也是由于缺少空气，人们无法继续相互咒骂，这也就停息了。布吕姆说："你好吗？"佐治摸摸挎包，那块面包还在，酒瓶也没打碎，他说："还好，不错。"但他的嘴唇木木然，他这才感到嘴里有什么东西在流。他用手指摸摸嘴唇，小心谨慎地弄个究竟，心里想着："是这样，我终于要考虑，到底我是否真的打过仗。究竟我做到使自己受伤，我居然也流下几滴宝贵的血，过后我至少有话可说，我可以讲为了使我成了一个士兵所花费的钱并没有完全白费，虽然我怕这会不符合规定，这是说不是正正当当的受伤，这是说，应该是被一个敌人以跪下射击的姿势瞄准，把我打中而受的伤，而我是被一只有钉子的鞋所伤的，而且也说不准，何况我也不能肯定过些时候能吹嘘这种是被自己人所伤的光荣受伤。大概我们是被那些胡乱错塞到这车厢里来的驴马弄伤的，要不然是我们由于出错而处于这车厢里，本来它的用途首先是载运牲畜的，要不然完全不是由于出错，人们是按照它制造的用途载满牲口，我们是在不知不觉中变成类似动物的东西。我似乎在什么地方读到过这样的故事，有一些人在魔杖一挥下就变成猪猡或树木或小石头，这一切都是借助于拉丁文诗……”佐治又想：“这样看来，父亲并没有全错。这样看来，总之文字还是有点用场的，因而在亭子中他大概相信由于尽可能地用各种方式不断地组合文字，有点运气的话，有时会写得恰到好处。我得把此事告诉他，这会使他高兴。我要告诉他，我曾在拉丁文中读到在我身上发生的事，因此我并没有感到过度意外，甚至在某种程度上心安理得知道这种事早已见诸文字，因而他花费在我身上的使我学习文字的钱也没有完全白费。是的，这会使他高兴的，这肯定会给他带来……”后来他不想下去了。他想要交谈的，不是他的父亲，也不是那睡在他身旁的隐隐约约的女人，甚至也不是布吕姆，而他却正在黑暗中低声向布吕姆说明，要是还有太阳的话，他们就能够看见他们的影子是走在哪一边：现在他们再不是在绿色田野中骑马而行，或更确切地说，田野的绿径突然隐没了，而他们（依格莱兹亚和他自己）仍然停留在路的正中央，骑在他们瘦长的马上，愕然不动，与此同时，他怀着一种惊愕、绝望、冷静的憎恶的心情在想（像一个苦役犯放开那条使他得以越过最后一堵围墙的绳子，跳落地上，站了起来，准备向前奔跑，这时却发现自己刚落在正等候着他的守卫脚下）：“我在什么地方看见过这些事。我经历过。但什么时候？在什么地方呢？……”

第二部

谁使上帝产生要创造男人和女人的念头，而且使他们俩结合起来？瞧，这男人，上帝配给他一个女人。她胸前有两个乳房，两腿之间有一小洞，在里面放进人类种子的一小滴，就会从中长出这么大的一个身体；这微不足道的一小滴将变成肉、血、骨头、神经、皮肤。约伯在《圣经·旧约》第十章中说："您不是像挤牛奶那样对待我吗？不是使我像干酪似的凝结起来吗？"在上帝所创造的东西中，总有一点滑稽可笑的事物。要是他就人类生殖问题征求我的意见，我会建议他限于处理湿软的泥团就够了。此外我会要他把太阳像一盏灯似的摆在大地的正中间，这样一来，无论什么时候都有阳光。

马丁·路德

过了一会儿，他才辨认出来：那不是成角形的一堆干泥，而是（瘦骨嶙峋的脚，合拢弯曲起来像做祷告的姿势，被覆盖了一半的尸骸，已被泥土杂质所吸收了——似乎大地已开始把马消化掉——在那坚硬、易碎的泥壳下面呈现的外貌，既属昆虫又属甲壳动物的形态）一匹马，或更确切地说，曾经是一匹马（在绿色草地上嘶鸣、吃草的马），而现在返回，或已经返回原来出生的大地，看来不需要经过腐烂这一中间阶段，这是说，由于蜕变或质变加速，好像从一种领域进入另一领域（动物或植物的）的过程中平常需要的时间界限，这一回一下子就越过了。佐治在想："也许现在已是明天，也许我们在这里度过了很多时日而我却不觉得。而他更是不觉得了。我们怎能说某人已死了多久，既然对这个人来说，昨天、刚才、明天都显然不再存在了，这就是说，已不在他考虑之中、不能再烦扰他了……"后来他看见了苍蝇，不是像他第一次看见时那黏糊糊的发亮的一大摊血，而是乱钻乱动的一堆深色的东西。他想："已经变成这样了，"又想："这些苍蝇是从哪里钻出来的？"后来他了解到数目并不很多（还没有多到盖满那摊血的地步），血已经开始变干，现在已变得灰暗无光，接近褐色而不是红色（看来这是自从他头一次看见马骸以来发生的唯一变化，因而他想，可能只是过了几个钟头，也许只过了一个钟头，甚至不到一个钟头。这时他注意到沿着路边的砖墙一角上，影子已覆盖到马的两条腿，刚才还是在阳光照射之下与道路平行的墙的一部分的阴影，现在不断地在扩大。佐治想："刚才我们的影子还在我们的右边，现在看来，太阳已越过大路的轴线，因此……"后来他停止思索了，或更确切地说，试图盘算一下，这时他只想："这又有什么用？现在对它有什么用？它躺在这个地方……"），那蓝黑色的大苍蝇纷纷朝马尸四周爬去，朝那与其说是伤口，不如说是一个窟窿、一个火山口的边缘麇集。伤口上割破的皮开始像硬纸板那样翻卷起来，使人联想起小孩的支离破碎的玩具，张开的、空洞的内腔毕露，这内腔只不过是一个中心是空的形状而已，好像苍蝇和蛆虫已完成任务了，这是说，已吃完所有能吃的东西，包括骨头和马皮在内。这匹马仅剩下（像被白蚁从内部啃空的东西，或像肉已被挖空的动物的外壳）一层脆而薄的干泥壳，和一层油漆那样薄，也和那些在烂泥表层上爆裂的气泡一样空而不实。这些气泡爆裂时发出一种粗糙的响声，好像是从内脏无底深处升起的轻微腐烂气息。

后来他看见那个男人。这是说，从马上看见一个指手画脚的身影从房屋里冲出，螃蟹似的在路上朝他们跑过来；佐治记得首先引起他们注意的是那人的影子，因为，他说，这影子是扁平拉长的，而依格莱兹亚和他从马上往下看下来，那人却是缩短了，因此，当他再看影子时（像一个在路上迅速移动而没有留下痕迹的黑点，像是在一幅油布上或玻璃般的东西上走过），它的两只钳子莫名其妙地在挥动，而声音却是从另一地点传到他耳里，动作和声音似乎是分开的，各不相干。佐治一直等到再抬起头来，看见那朝上对着他们的脸，以及脸上那种惊慌失措、激动、哀求、兴奋的神色，这时才明白这声音叫喊什么（这是说，明白这声音刚才叫喊什么，因为现在已叫喊别的事，因而他回答时出现牛头不对马嘴的情况，似乎对方叫喊的内容穿过那疲劳形成的厚层需要经过一会儿工夫才传到他耳里）。与此同时，他听到自己发出声音（或更确切地说，是使劲从他身体里推出来的），嘶哑、粗糙、深受伤害的声音。他也是在高声喊叫，似乎大家都得大喊大叫才能听见，虽然双方相距不过几米（有时甚至不到几米），而且当时除了遥远的炮声外，还有别的嘈杂声音（大概是那汉子一旦看见他们，就开始喊叫。当他从房子台阶的石级几级一跨地奔下时，他一直在叫喊，后来仍然继续叫喊，没有意识到随着双方接近，越来越不需要这样大声喊叫了。他认为需要喊叫，大概是由于他不停地奔跑，即使是他在佐治下面站住不动有一会儿了，用手指朝那放枪者躲藏的地点指指，大概精神上仍然继续在跑，甚至没注意到自己已停了步，他也许不能用别的方式表示自己的意思，只有一直喊叫，像一个在激动中的人的举止一样）。佐治也大声喊叫："找护士吗？不对。为什么要找护士？我们像护士吗？难道我们戴了救护人员的袖章……"在阳光灿烂但空空荡荡的路上（除了路的两旁，有两行破碎的劫后残留物的长条痕迹，好像洪水、激流猛冲，经过这儿后立即干涸了，扔下、存留在路边这一大堆——物品、牲畜、死人——模糊、龌龊、凝固不动的东西，在那股五月阳光下贴着地面颤动的热气流中微微地颤抖），情绪激动、震耳欲聋的对话，从上到下，从下到上，在骑在马上的现在停步下来的士兵与奔跑着的那个人之间进行。这人又叫喊："绷带……需要……有两个小伙子刚才中了弹。你们没有……你们不是……"佐治："绷带？他妈的！从哪里……"那汉子改变方向转身往房子跑，脚步几乎没有放慢，又再大喊大叫，像陷入绝望的忿怒中："那你们干吗还死停在这大路中间骑在马上像两个傻瓜似的？你们难道不知道他们对任何走过的人开枪吗？"这汉子又再挥动双臂，同时返身继续奔跑，一面还朝一个地方指着喊道："那边就有一个躲藏着，就在那破旧房子隅角后面！"佐治："哪儿？"那汉子现在已走到他那环形路线的尽头，在返回房子之前，在靠他们很近的地方停下不跑——不过大概并没有意识到这举动，他的胸部急促地起伏，在两口气中间他还赶紧喊："就在那儿，就在这破旧砖头房子隅角后面！"他朝着自己手指的方向看，仍然忿怒、绝望但满意地大声喊叫："瞧！他刚跑出来，又再躲起来了，你没看见？"佐治说："在哪儿？"那汉子又开步走，一边回过头来怒气冲冲地叫："他妈的……就在砖房那儿！"佐治："这儿全是砖头房子。"那汉子说："笨蛋！"佐治："他并没有放枪。"那人（现在走远了，仍然在跑，脸转过来答话，因而身体像开瓶塞钻那样扭曲，头部朝着身体奔跑的相反方向望着，上身——这就是说，胸部的镜头——是处在所走的路程的轴线上，而胯骨部分（这部分的镜头）与上身构成斜线形，这使他又有点像螃蟹那样横着跑，看起来他似乎笨手笨脚地拖着身后的脚腿在走，随时都有搅乱绊倒的危险，与此同时，他双臂张开，继续挥动）大声喊叫："可怜的傻瓜！他不会从那儿射击你的，他等你走近，那时才开枪！"佐治说："可是在哪儿……"那汉子的声音从肩膀上传来："可怜的傻瓜！"佐治大声喊道："他妈的，到底战线在哪儿？在……"那汉子这时停了步，一时间目瞪口呆，怒气冲冲，身体转过来站着，双手交叉胸前，现在怒不可遏地喊叫："战线？可怜的傻瓜！战线？……还有什么战线，可怜的笨蛋，什么都完了！"那分开的双臂在胸前合拢起来，接着又分开，横扫一切："什么都没了，你明白吗？什么都没了！"佐治（现在他声嘶力竭地叫喊，因为那人转身又跑，差不多已走到刚才从那里出来的房子的台阶前，身影快要消失了）："到底该怎么办？有什么办法？哪儿去……"那汉子说："就像我那样干！"他那举起的双臂放下，两个手腕朝里弯，指头朝向他自己，好像是要这两位骑兵细看他身上的衣服，他用双手的手势从上到下指着，同时喊道："快从这儿跑掉！穿上老百姓的衣服！到房子里去找些衣服，躲起来！躲起来！"他又举起双臂，朝着他们猛然放下，做推走、赶跑、诅咒他们的手势，然后走进房子里不见了。现在只剩下佐治和依格莱兹亚高坐在马上，站在阳光闪亮的大路中间，两旁是参差不齐的房屋，渺无人烟，除了每隔一段路就有死掉的牲口、死尸，一堆令人迷惘、静止不动、在阳光下开始腐烂的东西。佐治望望那砖屋的隅角，然后又望望那汉子刚走进去的房屋，又重新望望屋子的神秘转角。后来他听见背后马蹄声响，转过头来，依格莱兹亚已策马奔跑，备用的马也并排跑着。这两匹马走入一条横路，这一次是朝左走。佐治也使自己的马奔跑起来，赶上依格莱兹亚，问道："你往哪里去？"依格莱兹亚眼睛没有看他，鼻子倒吸着气，神色总是阴沉、愠怒。他说："照那人说的办。找点衣服，然后躲起来。"佐治说："躲到哪里？以后怎么办？"依格莱兹亚没有回答。过了一会儿，马拴在一个空马厩里，依格莱兹亚用枪托猛砸那房子的大门，直到佐治走上来把门把手一拧，门自己就打开了。这时他们四周出现的是墙壁、半暗半明的光线，这是说，一种封闭的、有限的空间（并非他们没有在一周中学会了懂得墙的价值和牢固性以及墙壁的可靠性，这是说，其可靠的程度几乎和一个肥皂泡那样——不同的是，肥皂泡一旦破裂，就只剩下一些极其细微的水珠，而不是一堆乱成一团的灰蒙蒙的尘土和可以致命的砖头和屋梁了。不过，这没关系，重要的是有四堵墙在自己周围，头上有屋顶天花板，这就不是再待在外面了），还有，这里有用四根尿黄色仿竹形的木棍作为镜框，其顶端削成斜棱，超出镜子的四角。这镜子的中央有一张佐治从未见过的脸，瘦削、疲惫、眼眶充血、面颊上长着一星期没刮的胡子。他看后想着："这就是我。"他停下来看看这张陌生的脸，愣住不动，不是因为惊愕或关切而是由于疲惫不堪。他好像是靠着自己的形象站着，僵直地站在那儿，穿着硬邦邦的衣服（他想起有一天他曾听见一句含着蔑视的切口："你站得住是因为你有上了浆的内裤"[①]）。他提着短枪的枪管，枪托靠地，一只手臂稍向背后垂下，好像他拿着一些拖在身后的东西，像拖着一条狗绳，恶作剧的人早已把狗解开了，或像一个酒醉的人手拿空瓶，而同时把前额贴在一块玻璃片上想获得点凉意。他听见依格莱兹亚在背后打开衣橱在搜索，朝地板上乱扔下女人和男人的衣服。后来他的脸和镜子一起消失了，现在出现在他眼前的长方形是门的框子，其中站着一个瘦到皮包骨的男人，像骷髅似的，面色发黄，在右边面颊靠近两唇接合处长着一个差不多有青豆般大小的囊肿。

后来他大概确切地回想起这情景：首先出现的是黄色的皮肤和他一直看着的那块囊肿，接着是在嘴里参差横生的发黄的断牙。当他看见这嘴张开时，那像死尸的人说："哎哟！……"接着伸出手来平静地挪开那对准他的腹部的枪口。佐治现在目光跟着那只皮包骨的手移动，望着他的短枪的准星在推开的力下划了半圈，这是

---

① 意思是你有靠山、有关系才站得住脚。

说，在垂下眼睛的同时，手臂感觉到武器传到他身上的压力，他像刚才发现自己在镜子中的陌生的脸形时那样惊讶、感到意外一样，发觉手中持着武器。他白费工夫追忆自己是怎样划个半圈，拉开枪闩，用枪口对准，而现在他的肌肉紧缩，意图抗拒对方的推挡，重新把枪口对准那人，但突然停止搏斗，把枪拉回，转了半身，眼睛找寻不久前看见的一张椅子。坐下去后，那短枪又重新放下，枪托靠地，紧贴着他的绑腿，右手又再捏住枪管，可并不是抓住顶端，而是像一位坐着的老人手里拿着一根棍子或手杖，这是说，枪支起支持、支撑手臂的作用。前臂和左手贴在左大腿上，完全是像一位老人的样子。他一点也不想笑地在思忖："想不到这可能是我打死的第一个人。想不到在这场战争中我差点打出的第一枪，几乎打死这……"可是过度的疲劳使他不能想完，想到底。他像在梦中似的听见那僵尸似的人和依格莱兹亚在争吵。那人站在衣橱前对着乱扔得满地都是的衣服大声叫喊："首先是，谁让你们跑进来的？谁让你们……"他声音安详、柔和、悦耳，既没有一点怒气也不是咄咄逼人，也没有一点急躁，而只是充满依格莱兹亚似乎也具有的无限的、持久的惊奇能力。"在打仗，老头儿，你没看报吗？"那人（那死尸）似乎没听见，他把衣服拾起来，逐一细看，像一个收买旧货的商人那样逐件细看，估个总价，然后一件件往床上扔，嘴里不停地谩骂，说他们是强盗，一直到他听见嘈杂声（佐治——也许还有那个僵尸——突然停止大发雷霆，呆住不动，腰身半弯着，手里拿着一件女人的长袍——或者至少可以说是一件软绵绵的东西，松垮垮、不成形的样子，与男人的衣服相反，只有在一个女人的身体上——即使它也松弛无力或变了形——它才会像某样东西，才会有一种意义），这是枪闩来回推动两次短促的嗒嗒声。依格莱兹亚现在拿着他的短枪指向那人的胸前，仍然用他那哀怨的声音说（这声音近乎唉声叹气、心烦意乱而不是忿怒发火，无可奈何而不是咄咄逼人）：“我打死你又怎样？你叫警察来吗？我会像打死一只苍蝇似的把你干掉。我只要揿一揿扳机，那也不过多添一具尸体罢了。和这路上正在腐烂的全部东西加在一起，多一个或少一个，计算起来数目差不多是一样的。”那人现在动也不敢动，双手一直抓住那件软绵绵的女袍，嘴里说：“算啦，小伙子，行啦，算啦，咱们总不至——”佐治仍然坐在椅子上，如同老人坐在老人院的长板凳上晒太阳似的，他心想着：“他是下得了手干的。”但他动也不动，连开口的力气也没有，只能疲惫沮丧地想：“那又会有可怕的响声。”他做好准备，身体绷紧，等待着枪响发出震耳的声音，但接着只听见依格莱兹亚那哀怨的声音说：“好啦，别哭了，我们又没砸坏你的什么东西。我们不过是想找些旧衣服好穿起来溜走。”

后来他们（三个人：那消瘦的男人、依格莱兹亚和佐治——现在两个骑兵穿着得像农庄的雇工，有一点不自在、难为情的样子，好像是——脱离了他们原来的那一身布做的沉重的甲壳、皮件和皮带——他们感到自己几乎是赤身裸体，在轻飘飘的空气中毫无重量）又置身于房子外面，在广阔天地、在软绵绵的空间、在真空中飘荡，四面包围着的是嘈杂声，或更确切地说，像是战场平静的吵闹声。这时有三架飞机出现空中，灰色的，飞得相当低，速度不太快，像几条鱼，并排地横飞，只是高度稍为有点差别。这些飞机摇摆着，它们之间几乎觉察不出地上下移动，十足像鱼在水流中起伏摆动。飞机向地面扫射（依格莱兹亚、佐治和那僵尸似的人都停下了步子，呆住不动，但都没想要躲藏起来，只是站在低凹的小路中，树篱差不多高到他们的半胸。依格莱兹亚望望四面，心里想着："这地方只有死人，他们朝地面扫射，真太愚蠢，总不能够把死人再次杀死吧。"），轻机枪的扫射发出像缝纫机一样微弱的声响，滑稽可笑，毫不认真，节奏相当缓慢，甚至还没有达到一架二冲程水泵发动机的响声，只是这样哒……哒……哒……哒……地响，在安宁静止的广阔天空下的寂寥的田野中散失、消耗、沉没了（从他们所在的地方看去，公路上没有任何东西在动）。后来一切归于沉寂平静：房屋、果园、树篱、阳光灿烂的田野、南面天边的树林。朝左边去一点，大炮平静的响声由宁静的热空气传来，并不很响，也不猛烈，只是一个劲在打，好像一些工人正在什么地方不慌不忙地拆屋，就是这样。

过了一会儿，他们又在四堵墙中，重新有东西围住，佐治乖乖地坐着，他的嘴巴、舌头和嘴唇在用劲想说出："我想吃点什么。要是你们有什么可吃的东西，我……"但说不出来，只是无可奈何地、绝望地看着那个脸像死尸的人，看着他和站在他们桌子旁边的那个女人说话，后来她走掉了，但又走回来，在他们面前放下一个杯子，斟满了（这倒立锥形的小酒杯，口子很大，杯脚细小）一些透明无色像水的东西。他喝到嘴里，辛辣得像火烧，但他乖乖地吞下她斟满的第二杯——同样的无色、透明、辛辣、炙口，但他照样吞下。他一直在用劲想说（或更确切地说，努力使劲）他宁可吃点菜，但只能怀着说不出的绝望心情看到，（要求吃点东西）这是完全超出他力所能及的事，因此只好聆听（试试聆听）他们在说些什么，同时把小锥形体里斟满的无色、辛辣烫舌的汁液喝掉，一边思忖：那些苍蝇是否已开始在他身上嗡嗡叫，像在一匹死马身上一样。他还想起那些飞机，又重复地想："他们不可能再杀死他，但那又怎样呢？"直到他知道自己喝醉了。他说："我当时身体已不大舒服，我是想说，那时我不清楚自己是在什么地方，也不知道是什么时间，也不知发生什么事，是否想的是他（正在太阳下开始腐烂。我在思忖，什么时候他开始真正发臭，继续在黑黝黝的苍蝇嗡嗡叫中挥动他的军刀），或者我想的是瓦克，头向下倒栽在山坡背面，傻呆地望着我，嘴巴张得很大。在他身上，在那种时候，苍蝇大概在尽情享用，现在也许吃到主菜了，可以这样说，因为他早上就死了。另一个傻军人却走在最前面把我们带到敌人埋伏圈中。我在想：我们这些傻瓜、傻瓜、傻瓜，终究愚蠢或聪明，与这一切并没多大关系，我是说，与我们没多大关系，我是说，与我们心目中的自己并没多大关系。愚蠢或聪明支配我们的行动、仇恨、热爱，一旦这一切消失了，我们的肉体、面孔仍然继续表现我们认为是自己的灵魂，这时也许这些我称之为聪明、愚蠢，或恋爱、勇敢、懦弱、危险的这些东西，这些精神特点或激情，继续存在于我们身外，并不需要征求我们同意，就在它们占有的粗俗的躯壳中安身。甚至愚蠢，看来对瓦克来说也有点过于精明、微妙，可以说是过于聪明，因此不可能在他身上存在。在这种情况下，他的活着也许只是为了傻瓜瓦克的存在。不管怎样，现在他再也不用为此操心了。可怜的瓦克，可怜的傻子，可怜的家伙：我记起那一天，那下雨的午后，我们为了寻开心激怒他，我们为了消磨时间在病马周围争吵。那时和现在不一样，那时有太阳，天气有点热。我在琢磨，要是他们已死掉，那么他们会已分解、溶开了，而不是像动物尸体那样在腐烂。天不停地下雨，现在我想我们有点像未见过世面的新兵，像小狗，尽管我们出口谩骂，老说粗话。像新兵，因为战争、死亡，我想说，这一切……”（佐治用臂划个半圆形，手离胸前，指着他们下面挤满人的木棚内部，在肮脏窗玻璃的另一边木板壁上涂了柏油的同样的另一座木棚，还有后面——他们虽然看不见那些人的精神特点和激情，但知道都在那儿——同样单调的一式一样的木棚重复出现，在光秃秃的平原上，每隔十米左右就有一座，排列成行，全都一个样，平行地排列在算是一条街的每一边。这些街道成直角形交叉着，形成正规的方形。棚屋全部是朝着一个方向，低矮、阴暗、延伸到很长。令人作呕的腐烂土豆和茅坑的强烈臭味在空气中荡漾着，经久不散，大概在培养双重的囚徒——佐治在想象——在这庞大的方棚上，里面散发着粪便持久不去的、令人厌恶的气味，这些人像处身于一个密封的盖子下，因此佐治说是双重禁锢的囚徒：第一重是团团围着带刺的铁丝网，用发红的没有剥去树皮的粗松林钉牢；第二重是囿于他们自身的恶臭（或下流堕落：出自战败的军队、一蹶不振的战士）。这两个人（佐治和布吕姆）坐在卧铺的边上，两腿下垂着，正在试图想象，他们并不饥饿（这不难做到，因为一个人总有办法做到使自己相信任何事，——不是全部的话，也差不了多少——只要这么一来就能解决问题。但难以做到的是——甚至是不可能做到——去说服肚里的小老鼠，它不停息地啃啮他们的肚肠（以至，正像布吕姆说的，好像是在作战，只有在两种解决的办法中选择其一：死了让蛆虫吃个饱，或活着喂饱饿坏的老鼠）；他们两人在口袋里搜刮，希望能发现一点被遗忘的烟丝，搜寻着留在衣缝中的许多混杂在一起的面包碎屑、碎片和布毛，他们寻思是否可以当食物来吃还是当烟来抽，这是说，两人（佐治和布吕姆）争论是否老鼠会同意吃这些东西，最后得出结论是否定的，于是两人决定试抽抽看；在他们四周，喧闹个不停，嘈杂声像泥浆似的混合在一起——高谈阔论、做交易、争吵、打赌、说下流话、吹牛、指责别人——像是呼吸一样（甚至在夜间也从未停止，只是稍为放低声音，好像在睡眠的底下，还可以继续觉察到笼中野兽那种持久的浑身不安，毫无用场的空激动），这一切充满了木棚，还有音乐，乐队，蹩脚的小提琴，不连贯的吹气，用空水壶、木板、铁丝组成的乐器上弦丝刮响的声音（还有真正的班卓琴、地道的吉他，天晓得是怎样带到这儿来而且保存下来的），这些乐声一阵阵地压过嘈杂声（后来又重新被淹没、压低，在其他的声音中融化、消失了——或也许是人们把它忘记了，或根本不再注意它了？），同样的调子，同样老是重复的节奏，同样的副歌叠句不断地唱，一遍遍地重复，声音单调、哀怨，歌词荒唐可笑，节拍跳跃，欢快而又充满乡愁：

老爷爷！老爷爷！
您——把马——忘掉啦！

紧接着是高两度的声音在唱：

老爷爷！老爷爷！

像一种哀求而又诙谐的祷告，一种带奚落、滑稽的责备，或提起注意，或唤起警惕，或不知是什么内容，也许什么内容也没有，只是一些毫无意义的话，一些跳动、轻快、无忧无虑的音符不停息地在重复。时间也好像静止不动了，像一堆泥巴，一种沉淀淤积的烂泥，像封闭在不透气的盖子下，熏天的臭气从成千的人身上散发出来。这些人匍匐在亲身受辱的处境中，被排斥于活人的世界之外，但还没有进入死人的世界之中：好像是处在两者之间，身上拖着可笑的军服残片，像带嘲讽的烙印，这使他们像一群幽灵，一群留下来好计数目的灵魂，这是说，死和生同时把他们忘记或推开或拒绝或吐掉，似乎都不愿要他们，因此他们现在似乎不是在时间中活动，而是在一种灰色的没有体积的甲醛中，在虚无中，在不明确的期限中活动，中间穿插着同样反复吟唱的充满乡愁、富有魅力、持续不断的歌声，同样的毫无意义、东蹦西跳、忧郁凄凉的歌词：

老爷爷！老爷爷！
您——把马——忘掉啦！
老爷爷！老爷爷！

佐治和布吕姆终于在自己的两唇间塞进了一件用纸卷成的，搓成扁平、纤细、不成个样子的东西，里面卷着的只有一点烟草，大部分是碎布毛和各种残屑，比一支牙签还要扁平、细小，吐出来的是呛人、讨厌的烟。佐治说：）“……这一切令人作呕的东西还没有断绝、粉碎我们身上怀着的那些纯洁天真的欲望，像年轻人的婚姻之神打开那伤裂的口子，撕毁了我们永远也不能再觅回的童贞。我们怀着纯洁的欲念窥伺着那瞥见的少女，你可记得我们一直在守候，不断地抬头望那个窗子。我们相信看见那窗纱在动。我说：喂，你看见她了吗？她刚在张望，露出了身影，但又再躲藏起来。你说：在哪儿？我说：他妈的，就在那窗口。你又说：在哪儿？我说：就是那砖头房子那里。你说：我什么也没看到。我说：那孔雀还在动。窗纱上织着一只孔雀，它拖着长满眼形羽毛的长尾巴，我们由于老观望着眼睛累坏了，但仍然继续激怒瓦克，试图想象、猜测那埋藏着的情欲的翻腾。那时我们不是在秋天的泥泞中，我们不在任何一个地方，一千或两千年之前或之后，像阿特柔斯[①]家的人，在疯狂、残杀的高潮中，骑着我们那筋疲力尽的马，穿过时间，在雨淋淋的黑夜中，为了走到她身旁，找到她，看见她在马厩中，在灯笼的光照下，温热半裸的身体呈乳白色：我记得她开头是伸直手高举着灯笼。当我们动手解开马鞍时，她的手渐渐放下，大概觉得累了，随着她的动作，阴影在她脸部周围转动，最后她的身影消失了，好像她一直在那儿等候我们，只是为了在我们眼前一出现就被掠走了。我们穿着像化装似的僵硬的士兵衣服，湿得像落汤鸡。在湿漉漉灰蒙蒙的清晨，聆听着叫喊声、嘈杂声、莫名其妙的怒吼，那些穿着蓝色工作服的悲剧演员们，撑着雨伞，脚上穿着千篇一律的补满红色橡皮小圆块的黑胶鞋在泥浆中行走。那跛子，那难看的家伙手持着猎枪。我过去一直以为他是用这管枪自杀的，是意外事故，还是走火，使他的血从太阳穴淌流下来（那个时代，枪会走火，甚至会像这样莫名其妙在你脸上噼啪一声爆炸），也许他只是想学大家一样放放枪。瓦克说：你们自以为聪明，我可不过是一个农民，我不是犹太鬼，可是……我说：哎，可怜的傻瓜，可怜的傻瓜，可怜的傻瓜！他说：可不是因为我是乡下人，因此城里的犹太鬼就——我又说：可怜的傻瓜，他妈的，可怜的傻瓜。瓦克说：你可吓唬不了我，你要放明白。我说：哎呀，他妈的！后来我们就跑到乡村广场上的咖啡店里去，其实这称为广场的不过是水槽周围一块长方形的黑色泥地，泥土被马和牲口踏得稀巴烂。我们坐下时，她又把我们面前的杯子斟满。我说：不要，我不喝酒，谢谢！因为我的头在发昏旋转。现在我记起那是一个方形大厅，天花板不

---

① Atreus，希腊历史传说中的一个家族，其成员由于相互残杀，造成悲剧的命运。

高，漆成蓝色的墙已被钾硝侵蚀剥落。那里摆着十来张桌子，一架自动钢琴，一个碗柜，墙上贴着总少不了的禁止在公共场所喝醉酒的命令，这项布告已经发黄，上面布满苍蝇和蝇屎。还有开胃酒和啤酒广告，广告上画有涂红嘴唇的年轻女人矫揉造作、弱不禁风的样子的形象，此外还有好像从飞机上看下来的画有骑兵作为配景的巨大的啤酒厂的广告，烟囱冒着烟，屋顶也是红色的。还有两幅蹩脚的彩色画片，其中之一画着一位侯爵夫人穿着色彩清淡柔和的长袍，坐在一个隐约可见的大花园中，另一幅是画着一群穿着帝国时代[①]的衣服聚集在一个绿色和金色沙龙里的人。男人俯向着手肘支撑在椅子背靠上的女人的肩上，看来像是正在她们耳边滔滔不绝地谈一些风流韵事。那里还有用生锈的铁丝做的报架，碗橱上摆着一个饰着环箍花彩的已有裂纹的花瓶。我们到这儿来不是为喝酒，而是为那个女孩子，是为着心烦意乱，为着那些叫喊声，为着环绕这肉体只是在一瞬间瞥见的纷乱吵闹，为着那被猜测、怀疑的莫名其妙的故事，为着在横暴的战争中以猛烈而隐晦的方式爆发的暴力行为。那跛子和另一个男人，两人都穿着同样用橡皮小圆块补过的胶鞋，野蛮地、失去分寸地对立着，这事对他们和对我们都是难以理解，也许令人奇怪。连他们自己也控制不了的事使他们互相猜疑，甚至会有生命危险也不加考虑了，这就是说，一个准备好（或更确切地说，出于妒火中烧，或出于需要，或更确切地说，由于不可避免）犯杀人罪，而另一个也准备好作为牺牲者，尽管他懦弱胆怯，明显的害怕驱使他躲到别人背后。那时德·雷谢克充当仲裁人，或更确切地说，努力使这两人平息下来。他站在两人中间，神色显得

---

① 指一八〇四至一八一四年间拿破仑称帝时期。

厌烦、忍耐、心不在焉、难以捉摸。对他来说，情欲或更确切地说痛苦——具有的形象，不是一个与他同样的人，与他地位相等的人，而是那容貌丑陋的骑师。但对这人，我们从来没听见他提高嗓门说话，他让这人像自己的影子般跟在后面，像那些——怎么说呢——亚述人似的，死后焚葬时，刺死美女、马匹、宠爱的奴隶，这样使死者在阴间一直无所匮乏，继续得到供奉。在阴间，依格莱兹亚和他也许继续那沉默寡言、吝啬语言的交谈，话题只有一个，也许只谈一件两人肯定有强烈兴趣的事，这就是关于喂马的燕麦定量的问题或马腱发炎的毛病。这时他已完成节目的一部分。我是说，使他骑着的马和他同归于尽，但第二部分节目，没有搞好，德·雷谢克准备好和他讨论到最后一刻关于马脚发肿或优质的马蹄铁等问题的人，都在最后一刻，转过头走了，把他抛弃，让他在五月耀眼的阳光下给苍蝇叮，在同样的阳光下，那挥动的军刀的钢刃曾在一刹那间闪闪发光。咖啡店的那女人又把那作酒杯用的小锥形杯为我斟得满满的。他们怎么叫这种刺柏子酒泥？我想，那个地方的人的发音是吃掉前后两个母音[①]。她用那种故意慷慨大方的方式来为我服务，这是说，按规矩斟满到溢出一点，杯中的酒由于毛细管现象而表面鼓起，人们怎么称这种现象的？像小扁豆那样在晃动着的杯子边缘上稍微凸起，我小心翼翼地举起杯子直到碰上嘴唇，手抖动着，银色的亮光和那无色的液体同时闪耀颤动着。酒沾着我的手指流下，当我咽下喉咙时，像火烧一样……”

布吕姆：“你在胡说些什么？我第一次看见一个人要花两星期的时间才能从酒醉中醒过来……”

---

① 把 genièvre 念为 g'nièvr。

佐治突然停下不说话，带着惶惑怀疑的神色望着他。两人呆在那儿，周围是继续不停的嘈杂声，但他们甚至听不见了（像在海滩上居住的人，日子长久后终于听不见海的声音）。布吕姆说："这不是刺柏子酒，这次喝的不是这种酒。"他们手里的不成样子的卷烟纸现在已烧完，这是说，那空而扁平的纸卷剩下一厘米了，他们嘴唇含过的地方仍然呈白色或灰色，但渐渐变为黄色，接着是变为褐色，然后变成黑色的有缺刻的雉堞形图纹。佐治虽然知道再没什么可抽的了，仍然不由自主地吸两三口，但除了嘴巴发出一种令人厌恶的声响外，别的什么也没有。最后他只好死了心从嘴唇上把那不成样子的短小的烟头拿开，但还不扔掉，坐在那儿茫茫然看着它，估计着要是舍得花费一根可贵的火柴，能再抽一两口的可能性，他说："嗯？什么？"布吕姆说："那不是刺柏子酒，是掺热糖水的烈酒。我感到身体很不舒服，你可找到借口到村里的小酒店去……这是说，你可不在乎我身体是不是很不舒服，或者可以说，我想，你认为这是一个难得的机会可以试从咖啡店老板身上套问出一些情况，借口要为那位身体不舒服的可怜伙伴找一个房间，因为不能让他睡在四面通风的谷仓里，可是你感兴趣的，只是去打听收集一些有关那年轻女子、那跛子的闲话，至于你那可怜的伙伴……"佐治："哎，行啦，行啦，行啦，行啦……"（他们从咖啡馆走出来时，黑夜已降临，他们张口讲话时嘴里冒出的一小阵一小阵的水汽现在几乎看不见了，除非是当他们经过一个有亮光的窗子，在反光下才可以看见，但这时水汽变为黄色。）布吕姆说："要是我没理会错，那射击冠军的跛子心里有苦痛吧？"佐治现在默不作声，双手插在口袋里，留神着避免在看不见的泥泞中滑倒。布吕姆说："那位带着雨伞，穿着补上小圆块橡皮的胶鞋的助理员！村子里的罗密欧！这谁会相信？他和那碗牛奶……”佐治：“你把事情全搞混了，不是和她，而是和他的妹子。”布吕姆说：“他的妹……”接着他把一句骂人的话咽住，抓住佐治的肩膀，两人像喝醉似的叽里咕噜了一会儿，然后在寒冷的黑夜中又开始走。他们离广场、离几个有灯光的门或窗越远，雨淋淋的夜便显得越黑，直至两人彼此看不见对方，直至只有两人的声音表示他们的存在。在一片黑沉沉中，两人你呼我应，带着年轻人那种硬装的无忧无虑、硬装的乐观精神、虚假的玩世不恭的态度：

我可什么都没弄懂。

那你比瓦克更笨。我敢打赌，他老早就懂了。

比瓦克更笨，好哇，你再说一遍，他（我是想说，助理员这家伙，今天早上带了一把伞——作为一位官员的保护物，免得单独一个人胆小害怕——居然向另一个带枪的人挑衅、对他表示蔑视）跟他的亲妹子睡觉，就是那跛脚的老婆，是这样吧？

是的。

这些乡下人未免太不像话，嗯？

和他们的姊妹，和他们的母羊，嗯？听说没有姊妹就和母羊干，人家是这样说的。也许在他们看来，这没有什么两样。

那小酒店里的家伙，看来也好像对他的老婆和狗没什么两样。

也许是狗变成了女人。

也许是这样。

要懂得决定自己命运。失去秘密，可惜，但也挺好。①

他把母羊变成姑娘，或把姊妹变成母羊。维勒肯，我是想说，

① 这些对话都是胡言乱语。

那跛子，要了羊脚女人，那公山羊兄弟到他家来和她交配，是这样吧？

他是这样说的。

那就是羊奶了？

谁？

今天早上在马厩里露面的女人，那躲在神话里的孔雀后面的女人，那一见就使你满怀令人厌烦的诗兴的女人，但代价昂贵，因为你不得不给酒店那醉鬼付两杯酒钱，为了……

他妈的，你的确比瓦克还要愚蠢。我已经和你说上十遍，那是他兄弟的媳妇。

（他们看不见下雨，只是听见，忖测着雨水持续在战争的黑夜中喃喃细语、静悄悄隐伏着，在他们上面、身上、四周、下面，到处流淌，好像看不见的树木、看不见的山谷、看不见的山冈、看不见的世界，全都在慢慢分解，肢解为小块，变为水，变为子虚乌有，变为冰冷的黑色的流体。两人的声音故意装成无忧无虑，故意装得尖酸刻薄，调门越来越高，越来越夸张，好像他们想要把这些声音抓住不放，希望靠它们来驱祛魔力，避免液化、崩溃，防止那不加区别的、持久不去的、没完没了的灾难。现在两人大叫大喊，像两个小男孩为了壮胆大吹大擂：）

他妈的，哪个兄弟？他妈的，到底这事情是怎么回事？照这样说来，他们全是兄弟姊妹，我是想说，全是兄弟和母羊。我是想说，全是公山羊和母羊，那就是说，一只公羊和他的母羊，那鬼跛子娶了母羊，而母羊又和公羊哥哥交配，因此这公羊兄弟……

不过他烦透了，把她给赶走，或更确切地说，把她抛弃。

抛……该怎么说来着。

抛弃。

别瞎扯了！那就像演戏，像——

不错。

好极啦！他（那叫维勒肯的）大概突然抓住他们俩，逮在网里，而且——

不对，那人说她身上胀满——

胀满……

他说胀满，是说像一头母牛那样，怎么啦，得给你画出来才行。

我已经清清楚楚地说，那是一头母羊。他不需要养小公羊到市集去出售吗？

也许他宁可卖掉一些跛脚的小孩——

也许是。那是另一个人推迟办这件事吗？

谁？

公山羊。

对，不过这一次是跟那当兵的妻子——

大概他喜欢的是家里的母羊——

也许是，因此另一个拿着枪守住她。

就因为这样，那枪会想到要自动打出子弹。他妈的，天多黑呀。

到啦！瞧，有亮光了。

（他们看到别的一些人仍然成群围着垂死的马坐着，搁在地面上的灯笼把他们照亮。当佐治和布吕姆走进来时，那些人转过头来，声音静下，望一会儿两个进来的人。佐治意识到他们两人几乎把马忘记了，那些人守着这匹马像乡间老妇们守着死人似的，围成半圆形坐在独轮车或木柄上，用单调的、哀怨、笨重的声调互相诉说经常谈论的事：例如，由于天气太坏而影响收割的年成，麦子的或是甜菜的价格，促使母牛生小牛的单方，以扛多少捆稻草、搬运多少袋谷子、耕种多少亩田来估计的大力士的成绩。这时在灯笼贴近地面的光线照射下，侧卧着的马的头似乎变长了，呈现恐怖可怕的样子，马的由许多环节组合的腹部两侧，急促地一起一伏，呼吸的声音充满沉寂的马棚。在它的巨大柔和的眼睛中，不断反照出那一圈士兵，但它现在似乎忽略了这些人，好像透过他们看着一些他们所不能看见的东西。这些人的缩小的身影在那潮湿的眼球上叠印出来，好像是呈现在金褐色的球状物的表面上。这马的眼睛似乎以一种把事物变为畸形的昏乱的透视角度攫住、吸入整个可见的世界，好像马已经离开这个地方，好像它已不看这个世界的现象，而是把目光集中转向内在的幻象，这种幻象比生活中不息的纷纭要安详些，比真的现实更具真实性。布吕姆说：除了肯定要死外，还有什么比这更真实的吗？（他沉默地穿过这群人，直接爬上谷仓的梯子，一边低声发牢骚，一边在稻草中瞎摸着把他的被子弄好。）佐治说："肯定的事，是该吃点东西。你不等着喝汤吗？"布吕姆一直咬着牙关，继续喃喃地说："你想想看，我真的很不舒服。不过，这对你有用场，这样你就可以利用一下从那咖啡店老板那儿打听到一些情况，这都是为了那个仅在灯笼的光照下瞥见五分钟的农庄少女。在我看来，你至少会记得这件事，对吗？"佐治："要是你得死的话，至少你要稍为克制一点，这值得费点力气做到。希望他们至少给你一枚奖章。"布吕姆："哪一样更值得：冻死还是带着奖章死？"佐治："等我想一想。死于爱情，怎样？"布吕姆："这样的事现实中不存在，只有书本上写着。你看书看得太多了。”（两人的声音又在黑暗的阴影中对答：）

你相信马也看了太多的书？

为什么？

因为它知道自己要死了。

它什么也不知道。

它知道，这是出于本能。

出于本能，你知道多少事？

至少有一件：你把我烦死了。

好哇，在你看来，是马的皮还是士兵的皮值钱一些？

你知道什么是交易所。一切要看情况。

总有些指数可参考。

我觉得目前一公斤的马比一公斤的士兵值钱些。

我也这样想。

光是这些农民就可以教你懂得怎样思想：他们是根据重量来思想的。

一点不错，一公斤的铅比一公斤的羽毛重，这是人所皆知的事。

我一直认为你生了病。

这是真的。让我睡觉吧，别来烦我了。

后来（佐治）从梯子上下来，又慢慢地钻入灯笼发黄的光线中。这光线逐步沿着他的大腿、胸部向上升，最后他在亮光中站住，双眼微微地眨动，感到他们的眼光盯着他。（现在人群只剩下依格莱兹亚和瓦克两人了。）过了一会儿，依格莱兹亚说：“他怎么啦？他病了吗？”这两人抬头看他，忧愁的眼睛带着疑问的神色，两人的脸在那像舞台脚灯般搁在地上的灯笼光线照射下，使人想起那些骇人的怪物。依格莱兹亚的脸孔几乎和龙虾的钳子一样（鼻子、下巴、干硬的皮肤），如果龙虾钳子会有眼睛的话。他那无可救药、亘古不变、沮丧忧伤的神色，他大概从来不知道什么是沮丧、什么是快乐，因此变得更无可救药了。瓦克拉长的脸一副蠢相，像猴子似的蹲在地上，身躯固定不动，巨大的手上全是裂痕和泥垢，像有裂缝的木头，像树皮，像用旧的工具，无力地在两膝之间垂着。佐治耸耸肩膀，最后瓦克用那傻里傻气的声音说："这混蛋战争！……"但无法知道他是想着生病的布吕姆，或是庄稼的收获、田里的歉收，或那挥动着枪被人嘲笑的跛子，或者是马，或者是丈夫不在家的年轻女子，或者也许只是想他们在黑夜里围着灯笼，围着垂死的马，它的眼睛吓人地凝视不动，呈现一种使人害怕的坚忍，它的颈子似乎变得更长，肌腱全部拉紧，好像那巨大的头部重量把它从垫草里拖出来，走到黑森森的境域中，在那个地方死去的马不知疲倦地奔驰，在那里一大群黑色的老马盲目地向前冲，拼命加快速度，你追我赶，带着空洞洞的眼眶的头颅直伸在前，骨头和马蹄碰撞发出雷鸣般的响声。骑着一队幽灵一般失血死去的驽马的骑兵也是失血死去，他们那没有肉的胫骨在那带着生了锈不起作用的马刺的、太大的马靴里摇晃着，在他们的身后，留下一长列发白的骸骨。现在依格莱兹亚仿佛在审视着这些骸骨，又陷入他那永恒不变的沉默中，他那像鱼似的大眼睛显出一种恐惧、忍耐、受辱的表情，这是他能表现的唯一的东西，至少也是他从生活中学得的唯一的东西。也许在过去，当他从外省的一场马赛赶赴另一场时，替人家骑刁马或马主答应以低价出让的劣马，在那些往往只是一片野地的赛马场上跑，用半腐烂的木头搭建的看台也只是象征性的，有时干脆连看台也不搭，只有一个土堆，或者甚至只有山坡让观众爬上去。此外还有三四座用木板搭的棚屋，像海边的更衣室一般，其中有一个用锯子把木板锯开作票房用的窗口，在那儿买卖赌注；还有一些站岗的警察在那里负责阻止那些买卖牲畜的商人、口袋里装满一叠叠钞票的屠户、那些组成马赛观众的农民殴打赛输了的骑师。依格莱兹亚经常不得不冒雨骑马参加比赛，从那淋湿了的马上下来时，连眼睛也沾着烂泥。只要能把事情应付过去，裤子虽然是弄脏了但还没有撕破，那他就认为可以心满意足了。到了晚上，他就自己把那裤子放在旅店房间的洗脸盆里洗干净，要不然就是在马厩的水槽里洗，有时候（为了省旅馆钱），人家在空马厩里放一捆草让他睡——有时只是睡在搁麦草的大柜里——，要是他光扭伤了腕关节或脚踝，只挨了赌马的人咒骂而没挨打的话，他就在那烂木搭的棚屋换了衣服，要是没有棚屋就在装运马匹的厢式卡车里，在手腕上自己包扎上一条有点弹性几乎黑得和工厂的墙壁一样的旧布条。口角流下血丝，他也不在意（也许甚至没感觉到）。那些能够从警察的肩上或肋下通过的拳头，他（依格莱兹亚）或他们（警察），也许甚至那拳头的主人并没有考虑过打人者有什么道理，或更确切地说，这些道理的有效性如何。真正的有效的理由只是依格莱兹亚赛马输了，仅此而已。

依格莱兹亚说："就是因为这样。他们那些人可不管别的……"（他也坐在卧铺边沿上，双脚垂下，低着头，一门心思在干那些奥妙琐屑的工作，似乎这些工作对他的双手正如食物对肠胃一样必需。当他像现在那样没有马笼头要上油或马刺要擦亮时，就需要这些事来唤起他们的需要（佐治苦思冥想也想不起哪一个时候看见他双手闲着，这就是说，没有在摆弄马具的一个部件或一只靴子或类似的什么东西），现在他就在这群穿着不整、破破烂烂的人中间，手里拿着针线把一个纽扣认真地钉在他的粗布短工作服上。这些人，从个人到整体，最关心的事就是落掉了一个纽扣或衣缝脱了线。依格莱兹亚一边俯身工作，一边说：）“……因为从来没有一个赌马的人会想，他输了钱是由于没运气或由于选了一头蹩脚的马，而是认为自己被人用诡计偷去了钱……”（佐治这时意识到自己一直细看着那一截只有一厘米半的烟头，或更确切地说，那发黄的卷扭的纸。这时他摇摇头，像一个刚入睡的人，耳朵里却同时突然充满（好像是把掩着耳的手突然移开）棚屋里乱七八糟、混成一团的吵闹声，最后只好死了心扔掉那显然连烟屁股的幻影也不是的东西。佐治说：“算你好运气，她也喜欢跑马。要不然，有一天，屠户的手下总会按照主人的意愿狠狠地揍，对吗？”依格莱兹亚这时把脸转过来朝着他，但没抬头，只是歪着脖子打量他，斜着眼看他，一直带着困惑、惊愕、受了凌辱的表情（但并不多疑或仇视，只是忧郁、困惑）。后来他不盯着佐治看了，鼻子吸吸气，细看缝好的纽扣，用手拉一拉，接着一边折叠一边用手掌轻轻拍平那粗布工作服。他说：“对，也许是这样，但如果她仅是满足于看跑马，那我的运气更好……”接着他把工作服叠成四折，仔细地卷起来，作为枕头摆好，又逐一脱去鞋子，将它靠着卧铺边沿摆好后，屁股一转，身体平躺下，把军大衣拉到身上盖着。他说：“要是这些狗杂种停一停吵闹，大家也许可以睡着！”他把身子转侧，弯起双膝，闭起眼睛，那长着黑斑点的黄脸孔一旦没了目光，就变得毫无表情，好像是用硬纸板、一种毫无知觉的死了的东西造成的。也许是由于他具有这种除非实在非想不可就不思索的机能（还有不讲话），当他下决心睡觉（也许认为肚皮空空，小修小补的工作又已做好——包括钉纽扣、修补、洗刷——现在最好还是睡觉），什么也不再想时，他那像职业刺客的脸毫无表情，心不在焉的样子，像阿兹特克人[①]或印加人[②]的死人面模，置身在时间的表面上，丝毫不动，高深莫测，空空洞洞，这就是说，像甲醛，像灰色的单色画，没有体积的东西。他们就在这当中睡觉、醒来、游来荡去，又再睡觉，又重新醒来，从一天到另一天，没有任何变化，因而使他们产生一种印象：他们是在明日，而不是在前一天，甚至就是同一天，时间对他们来说，不是一天接一天，而是好像仅仅从一个地点移到另一个地点（像一幅油画由于涂上清漆或蒙了油垢而变得模糊不清，修缮者一片片地揭露出来——在上面的小块上东一处西一处试用不同的洗涤剂）。佐治和布吕姆就像这样，慢慢地，一小块一小块地，或更确切地说，运用那些通过狡猾的和不讲信义的手段，逐一使人吐露说出的象声的词语，把事情的全部重新再现（运用手段的目的在于强使他开口，这就是说，提出各种暗示或设想，直至他决心低声地以一种沉郁、无可奈何、消极的口气说出一些含糊不清的话）。那一天他正在临时凑合用的更衣室中换衣服，一只眼睛被打得青肿，一片嘴唇被打得裂开，那受德·雷谢克雇佣的驯马人向他提出要他骑几次马（显然这是一位技术不差的骑师，大概只是他过去一直没有好机会，对这一点，驯马人是清楚的）。自从那天起，直至他替代了这位为他找到工作的人，一切都是决定于一个女人，或确切地说，一个年轻的女子，有一天早晨，她决心要有一个赛马用的马厩。这种想法也许是来自她阅读了这样一类的刊物、杂志，其中用铜版纸印的女人，样子像各种鸟类，像四肢颀长而躯干

① Aztec，墨西哥的印第安人。
② Inca，十五世纪秘鲁印加王朝统治下的人。

短小的涉禽类。她们不是盛装打扮而是破坏了女人的形象，男人使她们转变、沦落为丝绸料子。瘦削的身影，配上尖长的指甲、高跟鞋、激烈的手势，此外还加上十足像涉禽类鸟或鸵鸟的胃口，她不但能消化而且能把服装设计师鄙视妇女充满仇恨的发明变为自己的发明，而且还把这些东西朝相反方向转变，不是变为矫揉造作、庸俗乏味、冷冰冰，而是使丝绸、皮革制品、珠宝与毛茸茸的柔软的肉体同化，以至那些皮革制品、冰冻的丝绸、坚硬的珠宝好像变为一些温热、柔软、活生生的……她在什么书上看到，真正时髦的人总得占有一座赛马用的马厩，在这之前，显然她从来没见过一匹马。依格莱兹亚说，有一个时候，她还忽然想要学骑马：德·雷谢克特意为她买了一匹半纯种马。依格莱兹亚连续五六个早上看见他们俩，她穿着一套（或更确切地说是几套——每次穿不同的一套）服装，据依格莱兹亚所说的，大概光是这样一套的价值就抵得上她想要骑的那匹马，而她那位年纪可以当她父亲的丈夫，带着那总是高深莫测、耐心持久、心不在焉的神情，努力向她说明，一匹马并不完全像车篷可以随便除去的赛车那样或像一个仆人，马的行动（和听从主人命令）的方式不完全与仆人相同。可是这件学骑马的事不久就结束了（依格莱兹亚说，也许是因为，一只动物不会喜欢骑在另一只同类的身上，另一只动物也不高兴感到背上骑着一只同类，只有在马戏团里例外，在她精疲力竭一两趟以后，她就再不坚持要骑下去了），正如她曾醉心于开意大利式汽车那样，兴趣持久不了。那半纯种的马从此留在马厩里，这只不过是多一匹马要照料，要带出去溜达而已。如果她后来再穿起和那匹马的价钱一样贵的马裤和马靴，以为这样一来就有资格骑马，事实上只是为了卖弄，享受一番乐趣而已。那匹半纯种的马在她到来之前一两小时

（这只是在接到电话通知一切准备就绪以后，平均迟到的时间）就全身装备好等候着。她在马厩里闲踱了一会儿工夫后就离去（经常不是坐那辆赛车，因为她已不大感兴趣了，而是坐那大得像沙龙似的灵车般的大汽车，由司机驾驶。她坐在车后的座位上，那种神气和样子几乎好像圣体饼一样：（这就是说，一种不实在、易融化的东西，只有舌头、口腔和吞咽的喉咙能品尝、鉴赏和占有）在一个巨大、奢华的圣体显供台中间）。她在走前给马吃了两三块糖，坚持要让那匹下星期日参加比赛的马跑给她看，手里拿着一个用很多金子制造的计时器，幸亏她不很知道该怎么使用。

根据依格莱兹亚所讲的，他头一次远远看见她时，以为是德·雷谢克星期天从中学里带到外面走走的小孩子或少女，出于父母的宠爱，把她打扮成一位成年女人的样子（依格莱兹亚以自己的方式来解释为什么一见到她首先产生一种说不出来的浑身不舒服的感觉，像看见一种模糊不清、难以明确、令人不安的可怕的东西，像那些化了装的小孩子，穿上模仿大人的衣服，似乎是年轻人做出的讽刺戏谑的模仿和亵渎，不但对童年而且对人的样子有所损伤）。依格莱兹亚说，首先最使他惊讶的是她那天真烂漫、蓓蕾初放、像处女般纯洁无瑕的外表，这印象是那么强烈，因此得过了一阵子他才发现，才认识到她不仅是一个女人，而且是他从未见过、从未想象过的真正的女人，因此他惊愕地怔住了，感到一种忿怒、反感，无法控制的情绪像一股气流般地冒起。他说："甚至是在电影里也没见过，天哪！"（依格莱兹亚谈到她时，不是像一个男人谈到自己曾经占有、紧压、搂抱在怀里呻吟惊怕的女人，而是像在谈一种奇怪的动物，不过他所感到的奇怪程度（这是说，虽然他曾把她推倒，使她翻滚、把她压在身下——而这女人的身份、金钱和社会地位都在他之上）不及其余所有的人类（包括其余的女人在内）。他谈到她时所用的字眼、语调几乎完全同于谈那些他列入电影女明星（全没一点真实，只是像仙境里的东西）、马，以及其他一些东西（山、船、飞机）之类的事物。通过这些东西的居间作用，人看到自己正与之做斗争的自然的力量，认为人类的一些反应（忿怒、恶毒、背叛）都是归咎于这些东西：这些性质混杂、含糊的东西（马、赛璐珞制的仙女们、汽车）既不完全是人也不完全是物，同时引起尊敬和轻蔑的反应，因为这些东西身上汇合了一些不协调一致的——具人性和不具人性——元素（真实的或假想的）。也许就是由于这个缘故，他谈到她的时候，像不老实的马贩子谈到他们的牲畜，或登山运动员谈到高山，既粗野又郑重，既直截了当又讲究细致。当他提及她时，表现出一种有点反感，但同时微带着又赞赏又斥责的惊愕神色，完全像那次到达一个站头，他走来检查布吕姆骑的马时一样，他在马背上没有找到肿块，布吕姆以那样可恶的方式装鞍骑马，一般来说，大概会使马背肿起。这时依格莱兹亚又大又圆的眼睛带着怀疑、沉思、有点惊愕的神情在发怔。他一边说话，一边眼睛朝着那位他提到的女人，也许也是怀着同样的怀疑、惊讶，同样的无可奈何的谴责的心情，像他看着那匹马的背，没有发现本应会有的伤肿时那样，在回忆中看见她，或更确切地说，他让人家把这段回忆、这女人的形象硬挤出来。出于普通老百姓天生的腼腆再加上对东家的尊重（不是奴颜婢膝，而只是有点胆怯，他甚至想也没想过要回转去看看德·雷谢克摔下来的地方），他本来不肯重提旧事，要不是他显然认为科里娜的性格缺乏人性，或超乎人性之外，他说：）“我都牵扯了进去，天哪！在这种情况下，我才了解为什么德·雷谢克不在乎别人会怎么想、怎么说，神气就像是她的父亲，让她开心，让她仅仅为了可以揿揿计时器的按钮而高兴就使马跑死，让她穿着马裤或从膝头以下就束起专为骑马用的长裤，四处去扭屁股。那些马裤，虽然他只能用银钱来买，要是能用金子做的话，他也许甚至会请人为她用金子做，要是有人懂得做这种裤子……”布吕姆说：“是呀，我想，要是他能找到一位裁缝把她，像这个样子，关在一个保险柜里，上面装着挂锁，装上保险锁，开锁的密码只有他一个人知道是怎样编排的，可是不论碰上哪一个男人，用哪一种密码，哪一种钥匙，都可以凑合……”佐治说：“噢，别说了，够啦！”接着他转向依格莱兹亚说：“那是在那匹小牝马的事发生以后，我敢打赌，她下了决心，是这件事以后，她……”依格莱兹亚：“不对，是这事发生之前，她……这是说，我们俩……就是说，我想就是因为这件事，他坚持要骑它去参加马赛，我相信他已经怀疑有点什么不对头的事。我们俩只干过一次，而且没人看见，但是我相信他已感到有点不对头。也许是她故意安排使他半猜到这件事，哪怕他会因此把我辞退，因为那时候，就算把我赶走了，对她来说没多大关系。或者是她禁不住吐露半言只语，因此他决心要骑那小牝马去……”依格莱兹亚说到这里话题就直接转到那栗色小牝马身上，所用的字眼和他谈那女人时所用的一样。他说：“这傻子（虽然他这样称德·雷谢克，可没有辱骂他的意思，正相反，这有点提高了德·雷谢克的身份，把他提高到骑师的行列中来，这对他是一种荣誉，这是说，承认他具有骑师的本领，因而可以不当他是东家。依格莱兹亚用‘傻子’这名词来提到他，不含贬义而是亲昵的表示，略带一点亲切的责备。他对那些与他同类的人，就是说，对与他地位平等的人才用这名词。他说这话时，用男子的假声，带着哀怨的稚气的语调，如泣如诉，完全不同于他那像职业刺客的冷酷、漫画似的脸上的长相，那刀刃似的鼻子，痘瘢点点的发黄的皮肤，或更确切地说，马皮），虽然我多次告诉他不能强迫那匹牝马，不好欺骗它，要让它自由，尽可能使它忘记有人骑在它的背上，这样它就会自动奔跑起来。我对他说，用不着我来教您怎样骑马，不过您把它勒得太紧，一场越野马赛不是普通的马赛，在一群马中，它自然会跳过障碍，要不然它有时就绝不肯跳越，因此不必把它勒得那么紧，对别的马，这倒没什么太大的关系，而对它就不行，它受不了。只要是在训练时避免这样子，它就……”

这一次佐治能看见他们三个人，完全像是他当时在场一般：这三个人在一起（那时候，驯马人——从前的副手——已经离开很久了。根据佐治从依格莱兹亚口里哄骗出的几句话，无法弄清楚到底是由于驯马人看见科里娜糟蹋马，因此不愿继续干下去，还是科里娜搞得他被辞退。驯马人走后，据依格莱兹亚说，由他来驯马时，她就再没有不管三七二十一要马奔跑，只为了一时高兴揿揿那计时器的启动装置）。佐治看见三人在马厩分隔栏中，或更确切地说，在栏前，那管马厩的男孩子，头大如患脑积水似的，四肢小得像玩具娃娃，脸部却早衰（浮肿，眼睑下有鼓泡，目光也像含着化脓的肮脏东西，这是说，十四岁的孩子却充满六十岁人的人生经历，可以说差不多是这样，或更糟糕一些），这男孩子使劲把那小牝马抓住不动，这时依格莱兹亚蹲下来把它的护腿套弄好，科里娜和德·雷谢克站在旁边看着他干。她一边眼睛盯着依格莱兹亚，一边从牙缝里用低微而忿怒的声音说话：“你打定主意要干这蠢事吗？你真的要骑它？”德·雷谢克：“对。”闪光的细小的汗珠从他的前额连串淌下（不是由于害怕和担心，只是由于快下暴雨的六月下午那种沉闷、令人透不过气来的、窒息的气氛，这使那栗色的牝马也在原地不停跳动），他头也没转过来地作了回答，也没提高嗓门，既非毫不客气也非挑衅，甚至连固执己见也不是，只说一声对，眼睛细看着蹲在下面的依格莱兹亚的动作，直接地对他说，不过现在声音提高了："不要勒得太紧。"她忿怒地顿脚，重复说："这有什么意思？这对你有什么好处？"他说："没什么好处，我只是想要……"她说："听着，让他去骑好了，他……"德·雷谢克："为什么？"她说："这有什么意思？"他说："什么理由？"她说："没什么理由。只是因为他的职业就是骑师，我认为是这样，不对吗？难道不是为此你付给他工钱吗？"他说："这不是钱的问题。"她说："这是他的职业，不对吗？"他大声说："你让马喝点水解渴怎样？它……"这时依格莱兹亚重新站起来："先生，用不着担心，没问题，照我对你说过的去做，没问题，这种天气使它有点暴躁，过一会儿就会好的，没问题。"科里娜现在和依格莱兹亚在说话，但好像是用眼睛多于用嘴巴，她的冷酷、气忿的目光盯住依格莱兹亚的眼睛，或更确切地说，像钉子般钉进去，与此同时，眼下面的嘴唇微微动着，她要说什么，彼此都不需要听见或了解。"你们不认为，暴风雨就要到来时，这马会——总之，你们最好是……"德·雷谢克说："就是这里，把海绵块往上……这儿，对，就是这样，对，行啦，这儿……"牝马："呜呜！……"依格莱兹亚说："您不必担心，没问题。只要让它自由，就没问题。它要的是……"她突然打开她的手提包（动作突然，出人意料，像野兽那样动作迅猛快捷，似乎不是在打定主意之后而是在立意或想起要做之前就付诸行动。她在手提包里狂怒地翻找，马上就把手从里面抽回，两个男人仅来得及看见闪亮——闪电似的——她戴着的钻石手镯的亮光，还有听见袋子重新合拢起来的清脆的声音），那指甲修得光滑的手，像陶瓷般容易损坏的手指，现在拿着一叠乱糟糟的揉皱了的钞票，往依格莱兹亚的鼻子下伸过去，或更确切地说，捅过去，带着愠怒的声音说："拿去，去替我——替我们——赌去，赢了平分。你亲自去，你爱怎么赌就怎么赌，我也不要你拿马赛彩票给我看。要是你认为不值得费工夫，你甚至不必去要那些彩票，要是你认为他不会知道……"德·雷谢克说："够啦！这是……"她说："我不要看那些彩票，依格莱兹亚，我……"德·雷谢克（现在脸色有点苍白，下颌的肌肉突起，在皮肤下面一起一伏，太阳穴上直淌着大量汗水，他还是如同平常一样没有提高声音——总是像与己无关似的平静，但这时也许声音有点生硬、急促）："够啦，行啦，您别说了。"他忽然改用"您"来称呼她，也许是说"你们"[1]，把依格莱兹亚也包括进去，也许也对那看守马的男孩子说话，那头部像癞蛤蟆的学徒正把海绵块揿在牝马的头上。德·雷谢克走上前去把他手里的那块海绵拿过来，将水挤干，然后把只带点潮湿的海绵块在马颈圈上揩了几次，头没转过来，柔声向那男孩子——癞蛤蟆——说话，那男孩子说："是的，先生——不是的，先生——是的，先生……"与此同时，站在他们后面的科里娜和依格莱兹亚两人仍然在舌战。科里娜说得很快，她极力在控制和压低自己的声音，但总还是高了半度，不过弄不清到底是生气、担心或是别的原因，好像是她那樱桃色遮阳阔边帽的透光，使她的脸孔、喉部、那直至胳肢窝都裸露的胳臂都呈粉红色（使人可以看见肩膀和乳房之间联接处，两边各有一道扇形的娇嫩

[1] 法语中的 vous，可以指"您"或"你们"。

的肉皱褶，这实笃笃、胀鼓鼓的肉体怀着一种狂热的欲望），她穿的长袍过分裸露身体，但不具刺激性，而似乎是受了刺激，这是说，这些一撕就破、毫不结实、紧紧裹着身体的衣服给人一种印象：它已被撕去了一半，剩下的一点仅靠像一根线似的东西维系着，比睡衣还显得不登大雅之堂。（或更确切地说，在别的女人身上会显得不成体统的衣服，在她身上就变成超出了不成体统的东西，这是说，使人惊讶，连庄重或不庄重的意义和观念都谈不上了。）科里娜说："依格莱兹亚，咱们对分。押这匹马，押头彩。你可以选择：押在它身上，说服他让你去骑，拿到差不多半年工资的钱。或者是，你认为他会使这马赛赢，那也一样。或者是，你认为他不能使它赛赢，那你就把钱留着。我也不要看买来的彩票。现在，你是不是还要继续对他说不成问题？"依格莱兹亚说："我没时间去赌，我得管……"她说："跑到票房去再回来，两分钟就足够了，你完全有时间。"依格莱兹亚在叙述中说，这时他感到她完全不同于他头一次看见她的样子。那一天，他看见她在德·雷谢克身旁往前走来，他似乎感到面前的人不是一个小姑娘或一位少妇或老妇，而是一个说不出年龄的女人，像是所有女人的——年老或年轻的——总和，说她是十五岁、三十岁，或六十岁或几千岁都可以，这时一种忿怒、愤懑、敌对的情绪激动着她，在她身上散发出来。这种情绪不是产自某种经历或某些时间的累积造成的结果，而是别的什么。依格莱兹亚在想（后来他说他曾经这样想过）："臭女人，老婊子！"但这时他抬起眼睛一看，只见那天仙般的脸孔，透亮发光的金黄色头发，狂热、光洁、一尘不染的青春肉体，他急忙重新垂下眼睛，看看自己手里那叠钞票，心里计算着这笔钱几乎等于他得费两个月才能赚来的数目。要是他赌得恰当，那会得到工资的多少倍？他又再看看科里娜，心里想：“她到底想要什么？她知道自己到底想要什么吗？胡来，甚至是毫无道理。”他最后还是垂下眼睛，嘴里说：“好，夫人。”科里娜说：“好什么？”德·雷谢克仍旧背着身体，不过现在蹲下检查马的护腿套的扣子，他呼唤：“依格莱兹亚！”她说：“好什么？”而德·雷谢克仍然背着身子说：“听着，我们还有别的事要干……”她顿着脚说：“那你就让他骑马吗？是不是……你……”依格莱兹亚说：“夫人，你别担心，我向你保证，一切没问题，我向你保证，你看着吧。”她说：“这就是说，你不管怎样还是要去赌，或者把钱留下？”他还没来得及开口回答，她又说：“这我不想知道，你爱怎样干就怎样干。你就帮他去干蠢事吧。他花钱雇你，说穿了也是为……”后来她和依格莱兹亚并排站在看台上。依格莱兹亚（他已在第一场比赛中骑马参加）他那亮闪闪的颜色鲜艳的骑师穿的绸上衣套上一件毛了边的短上衣，现在汗流满面，由于跑来会她而有点气喘——刚才在排队出场时他得伴着小牝马碎步疾走，现在手里又提着一满桶的水（其实他可以让那小学徒提，但他从那孩子手里拿过来，或更确切地说，抢过来），他用那骑师特有的短小的上半身和腿跑着，像被水桶的重量压倒一般。他现在抬头朝着德·雷谢克，不时给他递去海绵块。依格莱兹亚先把它在桶里浸一浸，把水挤干，让海绵重新鼓胀，一刻也没停止碎步疾走，也没停止说话或中断从他嘴里倾出的滔滔不绝的语流——劝告、建议，还是央求？——德·雷谢克情绪激动，气喘吁吁，只是不时一边点点头表示同意，一边用劲使牝马向前直走。这马从队伍的后部跑上来，以斜角线从旁边走，不停地跳动。他（德·雷谢克）用一只手接过递来的海绵块，揿在马的两耳之间的头部，然后把它扔给依格莱兹亚，他在半空中把它接住了。当他们已到达栅栏时，德·雷谢克最后一次把海绵块朝后扔去，看也不看。那牝马像弹簧般松开，起步奔跑，用全力把缰绳紧拉，它的颈围稍向侧倾，一肩拱前，长尾巴在空中猛烈挥动，脚步跳弹像一颗橡皮子弹。德·雷谢克与它完全一致，几乎是站在马镫上，上半身稍向前倾，骑马者粉红的绸上衣的斑点很快缩小，无声地一蹦一跳远去了。依格莱兹亚站在那儿，靠着白色的栅栏，望着德·雷谢克和牝马远去，缩小，步伐不变，稍为快奔地越过那拐弯之前的小树篱，这以后，他只看见那黑色的窄边软帽，现在绸衣的彩色斑点不再缩小，只是在移动——在树篱上朝右边轻巧地一起一伏，然后在小树林后面消失了。这时依格莱兹亚放下水桶和海绵块，转过身去，尽两条腿能跑的最大速度（这是说，尽一位骑师所能跑的速度，即几乎像马跑的速度，但它四肢的长度已被截短了一半），他朝看台直奔，碰撞了一些人，头高抬起，眼睛到处寻找科里娜，走过了头，最后终于看见她，又返回走了几步，他三步并作两步爬上阶梯。一旦走到她身旁，突然站住，转身望那小树林。那巨大的望远镜（德·雷谢克经常用的那架）已对准，好像是魔术师变戏法似的，他早已捏在手里准备好——虽然这望远镜足有三十厘米长——或者是藏在袖子里：好像不是从镜匣而是从空中出现，抽出来的，因为不能在这么短的时间里打开匣子，而且在这么短的时间里把望远镜拿出来，这是说，在他气喘吁吁地出现在科里娜身旁到他双手拿着望远镜，贴在像鹰的（或像木偶戏中的丑陋人物的）鼻子上的眼睛上面这段时间，好像这东西是他身上天生的一部分，一种具有功能作用的器官（像固定在钟表匠的眼睛上那黑色小圆筒的作用），向前突出，超乎寻常地放大，忽然出现，早架好准备使用——似乎巨大无比，亮闪闪，用起粒的黑皮包裹着，好像在微型摄影片上看到的苍蝇或某种昆虫头部突出的黑色复眼。

这时他静立不动，比雕像还固定。科里娜也如同雕像似的，她也一样急切想知道小树林后面的情况，她口也不张，头也不转过来，嗓门也没有提高，完全像刚才和德·雷谢克争吵时一样地说：“贱奴才。”依格莱兹亚好像整个人都钻入了那巨大的望远镜之中，也许根本没听见她说话，或者知道她在跟他说话，但不想费神去听，去了解。他说：“好，这牝马赛前试跑得不错，对，就是这样，是这样，应当……好，它在——它要……”在他们的周围一片和平的嘈杂声，最后一批赌马的人拥向栅栏或向看台冲去，像黑色的海潮慢慢涌起，虽然大部分人纷纷奔跑，但已不往前头看，全部的人头转向那小树林，包括那些奔走的人，那些早已安坐在看台上的或站在那些在平台上凌乱地到处搁着的椅子上的人，那些被摄影师包围着的像上了釉的陶瓷似的时装表演者①的头，年老的上校戴着灰色圆高帽的充满皱纹的干瘪的头，举止像马贩子似的百万富翁的头，还有一些头是属于做某种生意的商人，酒厂老板，父子相传金银走私者，高利贷者，拥有马、女人、矿山、整片房产、棚屋、设有游泳池的别墅、古堡、豪华游艇、黑奴和骷髅似的印第安人、大大小小的吃角子机（从高达六层用大块石头和混凝土建造的大楼，用钢铁装甲的机器，直到用油漆过的铁皮，颜色像水果糖盒发亮的蹩脚货，都包括在内）这一类型或阶级或种族的人，父辈或祖辈或曾祖辈或高曾祖辈曾经有一天找到办法，通过暴力、诡计或多少算是合法的强制手段（也许不合法的多于合法的，如果考虑到权利、法律都永远只不过是认可、神圣化力量的地位）聚敛了他们现

---

① 法国大马赛会上，往往有时装表演者乘机做广告并点缀会场。

在大肆挥霍的财产。但由于因果关系，由于暴力、诡计带来的诅咒，那些人遭到厄运，看见在他们四周活动的只是这类雌性人身羊足的怪物，她也在寻求机会获得（或利用）这些同一的财产（或只是一份财产），也是采用暴力或诡计的方式。那些捷足先登的人通过各种花招获得成功，得以接近那些拥有财产的人（与他们呼吸同样的空气、踏着同样灰尘飞扬的石铺路，仿佛与他们曾在同一个沙龙里聚会过一样），但感到那些人在场，甚至——也许——看见他们时，若无其事。那些职业可疑的赌马者，衣领的标志[①]可疑、面孔可疑、鹰似的眼睛，脸部表情冷酷无情，不得其志，苦恼心烦，为激情所折磨着；还有从事体力劳动的北非人，仅为了能够享受一下靠近看一看自己在它身上押下本周拿到的工资的心爱的马，付出了差不多半日劳动所得的钱；还有靠妓女生活者，走私者，贩卖赛马赌博内部消息的商人，学徒，汽车司机，比赛监察员，年老的侯爵夫人，此外还有那些由于天气晴朗而来到的人，不管风吹雨打也来赴会的人，虽然下雨时得在泥泞中走，在过堂风中发抖。这些人现在全部挤到装点着石膏雕花的看台，浮动在像掼奶油似的凝固的云天中，看起来像覆盖着烤蛋白的糕点，这是说，上部膨胀，鼓起，下部压得扁平——像是曾搁在一块看不见的玻璃板上，一行接一行地笔直排列，在远处这些景象看起来间隔很近（像路旁的树干呈现的景象），在那远方，在朦胧的天边，在树顶上和工厂细长的烟囱上，形成了一个悬空固定不动的顶棚，但仔细看看就可以发现它是整个在慢慢地难以察觉地移动，像无定向地浮动的群岛，在房屋和绿得出奇的跑马草坪、小树林上航行。在小树林的右面出现马

① 一般是白领属职员，蓝领属工人。

队，现在它们以正常的步子朝比赛出发点走去。不是看得清一匹、三匹或十匹，而是骑师穿的颜色缤纷的绸衣的斑点，飞扬的马尾巴，看起来像纤细树枝般的马脚的高傲的步态，一切混杂在一起，像中古时代骑士幽灵的幻影在远处闪耀着彩色的斑点（不仅是在那边转弯处，而且像是从远古的深处走出来，走在战争中的鲜艳的草原上，在这地方，在一个阳光明媚的下午，在一次进攻，一次策马奔跑的时间中，失去或取得王位或公主的下嫁）。根据依格莱兹亚后来所讲的，他当时看见德·雷谢克的身影，他从望远镜中把德·雷谢克从那些无可名状的五颜六色中单独分离出来，看见他骑着那像浅铜色熔流的小牝马，戴着黑色窄边软帽，穿着奇异可笑的粉红接近浅紫色的骑师绸上衣。这种颜色的衣服是她硬要他们（依格莱兹亚和德·雷谢克）穿上的，认为这是肉感和色情的象征（像勋章的颜色，或更确切地说，像精液和生殖器隆起的功能的标志）。在两者（绸上衣和窄边软帽）之间，他可以看清德·雷谢克的脸毫无表情，似乎是没有任何感情或思想，甚至也不是精神集中或全神贯注，而只是无动于衷（依格莱兹亚当时在想，后来他说："天哪，他只要让我去骑这马就好了。要是只为着这样表演一番，真见鬼！他到底还希望些什么？难道是希望从此她只跟他睡觉，再也不随便碰见什么男人就让人家消遣消遣。只因为她可能曾从背后看见他跑马吗？这男人要不是我，别人也一样，因为她在发情，这种闷热天气，更解决不了问题。甚至未起跑之前，那牝马已浑身湿透！……"）。像仅离几米远，他能看见马的颈圈与缰绳摩擦着的部位布满着灰色的泡沫。庄严呆板的中世纪式的马队行列一直朝着石墙走，因为现在已越过第八个分岔点。马又被两旁的树篱遮到腹部，下半身消失了，因此这些马的样子像被剪去半身，只有上半露出树篱之上，看来像在沼泽里的宁静水面上浮游的鸭子，在绿色的麦田上慢慢移动。随着马队朝右拐上低洼的道路上，我能看见那些骑马的人，德·雷谢克走在整队之前，像是七月十四日国庆时那样。先是看见一位骑师，接着是两个、三个，然后是第一队全体人马，后来又看见第二队。马平静地以常步一匹接一匹地走，有点像过去小孩子玩的布马，像水生动物以腹部浮动，由看不见的带蹼的脚推动着，慢慢地鱼贯前进，同样的用棋子似的东西环绕着马颈圈，同样的疲惫不堪的骑师，同样的弯拱地轻轻地摇摆着上半身，大概有一半人睡着了。虽然天已亮了好一会儿，晨曦使天空呈粉红色，懒洋洋的田野也像在半醒半睡中，田野上有湿漉漉的水汽腾起，也许是有露水，有挂在草叶子上的晶莹的水珠，太阳一晒就化为蒸汽了。我不难辨认出他，就在那儿，跑在最前面，身体挺直地坐在马上，与其他人的懒洋洋的身体姿态完全不同，似乎他从来不知疲劳。当骑兵联队朝向十字路口涌回时，几乎有一半陷于无法转身的状态，这是说，像一个手风琴，像一个看不见的活塞在打气推动着他们，后面的队伍一直继续往前走，而前头的部队却好像是在退缩。嘈杂的声音是续后传来的，因此有段时间（也许只是一秒钟的几分之一，但似乎显得更长些）在一片寂静中只有这些现象：那些玩具马和骑着它们的骑兵被推在一起，乱七八糟地彼此相撞，十足像连续推倒的棋子。当声音传到时，在时间上与形象的出现存在距离。这声音完全似象牙棋子一把把地连续落在棋盘上发出的咚咚响的空洞的声音，就像这样：哒——哒——哒——哒，机枪发射的声音好像是重叠、堆起。后来，在我们头上，像有一些无形的吉他琴弦被刮擦着，形成一连串无形的气流，这种被刮伤的轻柔的空气令人难以忍受。我也听不见喊命令的声音，只看见自己前面的人的上身晃动，越往前越密集，与此同时，笔直的腿一条接一条地在臀部上移动，像一部书反向翻页。一旦下了马，我就用眼睛寻找瓦克，打算把缰绳交给他，同时右手在背后对付那讨厌的短枪搭钩。后来我们背后传来马蹄震天的响声，没有人骑着的发疯似的马奔腾着，它们眼睛瞳孔放大，耳朵垂后，马镫是空的，缰绳在半空中挥舞，像蛇一般卷曲并发出响声。有两三匹浑身是血，有一匹背上还有骑兵，他大声喊叫：后面还有，他们放我们通过，后来他们……他还没说完的话随着人远去了。这人伏在马颈圈上，嘴巴张得很大，像一个洞似的。现在我再不去应付那短枪的搭钩，而是在对付那正在发泄不满的劣马。它的头高高举起，颈子僵直像一根桅杆，瞳孔全反翻，好像只想看自己耳朵的后面，它不受控制直往后退，不是突然来一下而是好像有条不紊地一步步往后退。我打了它几下作为警告，几乎把它的下颌打掉，嘴里重复说：够啦，够啦！好像是在混乱中能听懂我的意思。我逐渐地收短缰绳，直至一手能抓到马的颈圈。我一边拍拍它一边说：够啦，好啦！好啦……直至马停下来站住不动，但紧张地抽搐，四条腿都在发抖，四蹄分开，硬直得像柱石。当我忙着对付它时，大概有人喊过别的命令，因为我意识到（不是看到，因为我忙着对付马，但我感觉到，猜想到是这样）大家都在乱纷纷中重新上马，这时我走近那匹马（仍旧紧张，僵硬，像木头似的），尽可能地慢慢来，留神着它突然发作，直立起来，或腹部贴地飞奔，可是直到我的脚已伸入马镫，它仍然不动，只是站在原地不断发抖，像一台迅速放慢的发动机。它让我把脚伸入马镫中，丝毫不动，只是当我纵身上马抓住马鞍的前桥和后桥时，马鞍才乱转，对这一着我早已有准备。三天前我不得不放弃艾德加（马）后，曾想找一个农民交换过长不合适它的马鞍肚带，你去和这些农民打交道看看吧，向他们提出交换一条马鞍肚带似乎就是想使他们上当受骗，布吕姆的那条也是太长。这种时候发生这样的事，我可真够走运了！当时四面八方同时射击，我连咒骂也来不及了，气也不够，也没时间去说出一句诅咒的话，只来得及想想而已。当我试图把那不合适的马鞍重新装上它的背上时，周围的人现已全都在我四面骑马飞奔走过，这时我意识到自己的手在发抖，但我没法停止不抖，马也是这样，它全身继续不停地抖动。最后我只好不骑，开始拉着缰绳在它旁边奔跑。马小跑起来，现在马鞍几乎挂在腹下，四面走过的是有人骑着的或没人骑的马。那要命的吉他弦线网像天花板似的在我们头上紧绷着。当我看见两三匹马倒下时，才知道自己处在山坡的一个死角上。由于那些越过去的人是骑着马的，所以远远跑在前面，敌军把他们这些人像打九柱戏里的小木柱那样扫倒。后来我看见瓦克（事情在自相矛盾的状态中发生：在沉寂、真空中发生似的，这是说，枪声和炮声——现在他们大概也发射迫击炮或坦克上的小炮——一旦被视为既成事实，似乎被忘记了，互相抵消了，在这种情况之下，什么声音都听不见了，既听不见人在呼喊也听不见声音，因为没人有时间可以叫喊。我记得我一直跑了一千五百米，当时只有呼吸喘气的声音，人群拥挤时咒骂在出口之前已被堵塞的声音，好像胸部收集身上所有可用的空气，以便应付当时有用的事：张望、决定、奔跑，因此事情的发生有点像是在一部没有配音的影片中）。我看见刚经过的瓦克，他俯伏在马颈圈上，脸转向我，嘴巴张开，大概想对我叫喊什么，但气不够喊得使人听见。突然间，他从马鞍上竖起身子，好像有一个钩子，一只看不见的手抓住他的军衣领子，他的身子慢慢地腾空，这是说，与他的马奔跑的速度相比，几乎是静止不动（这是说，推动他的速度与马跑的速度一样）。他的马继续不停地跑，我仍旧在跑步——虽然没刚才那么快——这样，瓦克，他的马和我构成了一组物象，三者之间的距离变化很慢。现在他正在马的上面，他刚从马背上被举起，拉开，渐渐地升到空中，双腿一直呈弧形分开，好像他继续骑着人们看不见的那匹称为珀珈索斯的马[①]，它一尥蹶子使他身子扑前，像在做一种两次翻身的惊险动作，但速度放慢而且好像就在原地翻动。他在我跟前出现，头朝下，嘴巴依旧张开着，像刚才同样叫喊的样子（或者他想使我听见他的劝告），但没有发出声音，接着他平躺在半空像一个卧在吊床上的人似的，两腿左右分开下垂，接着又恢复头朝上，身体垂直，腿开始改变了骑马姿势，变为平行地吊着，然后是双臂在腹部上向前伸，双手张开，好像是要抓住一件很远的东西，像马戏团的杂技演员一时身体凌空，处于空中竖起的两架高秋千之间，脱离了地心引力，现在头又再朝下，两腿分开，双臂交叉像要挡住我的去路。不过，现在他是贴卧在山坡的背面，再也不动了。他瞪着我，脸上呈现诧异发呆的神情。我想，可怜的瓦克，他一向傻里傻气，现在更是这样了。后来我什么也不想，这时有什么东西像一座山或一匹马朝我扑来，使我摔到地上。这东西在我身上踩踏，与此同时，我感到缰绳从我手里滑掉，接着是一片漆黑，这时几千匹马继续在我身上奔跑过去，后来我甚至连马也感觉不到，只是闻到一种像乙醚的气味和感到黑漆一片，耳朵里嗡嗡响。当我重新张开眼睛时，我躺在路上，马不见了，只有瓦克一直躺在那山坡上，头部朝下，睁大的眼睛带着惊愕的表情瞪着我。我动也不敢动，等候着开始感到疼痛难忍的时刻来到，因

① Pegasus，希腊神话中的有翅膀的马，据说它一尥蹶就能使泉水喷涌。

为我听说过，重伤首先会产生一种像麻醉的状态。可是过了一会儿，仍然没感到什么，我试着动一动身子，仍旧没感到什么。我终于能在地上爬，头与身体同一方向直伸，脸朝地面，我看见地面铺着的石子，三角形的或不规则多角形的，在浅赭石色的泥土杂质中显得白中带蓝，在路中央有一块像青草编织的地毯，左右两边，小推车和汽车轮子常经过处有两条光秃无草的道痕，再过去一点的人行道上又长着青草。我抬起头看见自己的影子，颜色浅淡，拖长得样子古怪。我想，太阳终于出来了。这时我感觉到四周寂静，看见离瓦克所在的地方远一点有一个人坐在山坡背，他的一只手臂稍抬到肘上，一只血淋淋的手垂在两条叉开的腿中间，这人不是骑兵联队的，当他看见我望着他时说：我们完蛋了！我没回答，他就不理睬我又再细细端详他自己的手。很远的地方仍有阵阵枪声，我望望我们后面十字路口那边的路，看见地上有一堆黄褐色的东西，动也不动，还有几匹马。靠近我们的地方有一匹侧卧在血泊中的马，四条腿微微一阵阵地往后踢。后来我坐在山坡背那个人旁边，心想着：现在不过天刚破晓。我问：几点钟了？但他不搭腔，接着一阵枪声掠过，这次扫射得很近。我扑倒在壕沟里，听见那人又说：我们完蛋了！但我头也不回，从壕沟里爬到山坡终端，接着我开始低弯着身子奔跑，直到一丛小树林，这时没人射击。当我从小树林跑到一道树篱时，也没人射击。我翻过树篱，越到另一侧时双手着地撑住身体。我平躺在地上直至喘过气来。现在没有任何枪声，只听见鸟在啼鸣，树影在我前面的草场上伸长。我沿着树篱爬行，与树影成正角，一直爬到草场的一角。接着我开始重新爬上在草场另一侧的山冈，一直沿着树篱爬行，现在我的影子又出现在我前头。当我到达大树林时，我在阳光间层中行走，我留心使影子落在自己的前面，同时估计着，随着时间的推移，太阳应首先出现在我的前头，稍为偏右，接着是在右面，但总是在我前头。树林里有布谷鸟和其他不知其名的鸟类，不过大部分是布谷鸟，也许是因为我叫得出它们的名，所以就注意这些鸟，也许因为它们啼叫得比较特别也有关系。从树叶间透射的分碎的阳光，照出我的分碎的影子，我往前走，把它也推向前去，但有点偏右。我走了很久，除了布谷鸟和我说不出名字的鸟的啼声外，听不到别的声音。由于沿着林中小径穿过整个树林，感到十分疲劳，我的影子这时出现在我的左面。过了一会儿工夫，我找到另一条与原来那条垂直交叉的小径，我沿着这另一条小径走去，影子又重新出现在我的右前方。我估计沿着这条小径走比沿头一条走的时间长一点，这样才得以纠正刚才我不得不偏离的差距。在某个时候我感到饥饿，想起自己装在军衣口袋里的那一小截香肠。我一边不停地走，一边吃，连肠衣和同绳子缚的扎口也吃下去，然后把绳子扔掉。后来树林到了尽头，好像不再碰撞天空了，开阔处对着一个池塘，小青蛙在我伸长脖子喝水时纷纷跳入水中，声音只和大滴的雨珠落下一样响。靠近它们跳水的池边，水中浮起一小片被搅起来的污泥的灰色薄尘，接着在绿色的和小手指般大的灯芯草间散开了。水面上满浮着浅绿的小圆叶子，像彩纸屑般大小，我等了一会儿才看见它们重新浮上水面，后来我看见小青蛙一只、两只，接着三只冲开那浅绿色的彩纸屑，露出一点头顶，像小针头似的眼睛望望我。池中有一股细流，我看见有一只在其中慢慢地随波逐流地浮游，让水流把它冲到那些和青蛙同样颜色的粘聚成岛群似的彩纸屑之间，像一个受五马分尸刑后淹死的人似的，头半露出水面，纤细的脚上的蹼趾张开着。后来它动起来，我就再也看不见了，这是说，我并没有看见它动，只是它没在原来的地方，只剩下它搅起的一层很小的薄泥云。水是黏糊糊的，带着泥鳅那种发黏的味道，我一边拨开那些彩纸屑，一边喝水，留心不吸入那些在灯芯草和形似铁矛的大叶子中用不着搅动也会浮起的污泥。我坐在树林边沿的矮树丛后面，一边谛听着布谷鸟在宁静的树干之间，在春天绿茸茸的气氛中彼此呼应，一边望望先是环绕着池塘后来是沿树的大路。虽然不时听见一条鱼噗一声跳跃，但我没法子看见，只见水面的涟漪在它那黑点四周散开扩大。这时有一些飞机经过，但是在高空。我看见一架，或确切地说，像是银点的东西在十分之一秒的时间中，在树枝间隙中的蓝色洞里悬着不动，闪闪发亮，接着消失无踪，但飞机的声音仍在轻飘飘的空气中抖动，后来越变越微弱。我又再感觉到树叶细微的沙沙声，重新听见布谷鸟啼叫。不久，在公路转弯的地方，出现两位军官。当我看清他们穿的是土黄色的而不是绿色的[①]军装，我站立起来，心里想着他们看见我时会出现的脸色，当我告诉他们德国装甲车就在离此六七公里的公路上到处跑，也许人家忘记把情况通知他们了。我站在大路正中间显眼的地方。我仍然听见在平静的树林中布谷鸟在叫，它懒洋洋地突然跳出那毫无变化的水镜外面。后来我想他妈的，他妈的，他妈的，他妈的！现在我认出他来了，认出传到我耳里的声音，或更确切地说，落在我头上的声音，那傲慢、高高在上、安详平静、愉快得几近欢乐的声音在说：你也居然逃脱出来了？他同时转身朝向那矮小的少尉，又再说：您看，他们并没全都死掉，到底还有几个人逃脱。他又朝向我这边说话：依格莱兹亚带着两匹备用的马，你可以骑一匹。我听见流水潺潺的声音，就在那儿，在池塘倾流为

① 第二次世界大战中，法军穿土黄色军装，德军穿绿色军装。

小瀑布的地方，难以察觉的微风摆动着树叶发出的飒飒声。我看见与我眼睛齐平的高处，他的两个膝盖轻轻地挟一挟马，它就开始走了，在我前面经过，先是发亮的马靴，棕红色的毛在汗水干后仍附贴着皮的马的两侧，接着是马的臀部和尾巴，然后又是出现平静的池塘，微风轻拂水面上那些像铁矛的大叶子发出纸一般的沙沙声。虽然他已走远，他的声音还传到我耳中（但他不是在跟我说话，而是和少尉继续那合乎礼节的谈话，我可以听到这声音有点烦厌但保持文雅，漫不经心）。这声音说：……这是可鄙的事。看来他们用这些装甲车作为……后来他走得太远了，再听不见。我已忘记那被他简称为"事"的这类事情，正如人们说"有一件事"来代替"进行决斗"，用这种巧妙婉转的措辞，比较审慎，文雅。好啦，再好也没有，既然大家一直都是在有教养的人中间，那就应当这样说而不应该那样说，譬如不应说"骑兵联队在一次敌方埋伏中遭到屠杀"，而应说"我们在村口碰上一件棘手的事"。后来又听见依格莱兹亚，他那像木偶剧中的丑陋人的脸上的圆眼睛带着落落寡合、不甚耐烦，有点斥责的神色望着我，嘴里说：到底是骑还是不骑？自从我拖着这两匹劣马以来，我又不是干着一件轻松的事，这我可打赌，真见鬼！我骑上马，跟在他们后面走。我不得不策马快步走才能赶上依格莱兹亚，后来我又驱马以常步行进。现在我从背后看见他，旁边走着的是那矮小的少尉。他们平静地骑马走着，马前进的速度十分缓慢，这种不慌不忙的态度，只见诸那些有能力进行打击、行动或以闪电般速度移动的人或物身上（像拳击家、蛇、飞机）。天空中的棉花似的平静的云块继续慢慢地移动，其速度也是慢到难以觉察，但浮动的方向与我们的相反（那些神态冷漠、中古骑士似的风雅的身影与浮动的云块之间出现几场速度慢得令人心烦的马赛。这些身影继续不停地朝那手执长马鞭的马赛起跑发号员等候着的地点走去，在这些马赛中表现了每一位骑士要在尊严方面进行竞争，不在意观众由于兴奋但不起作用的焦急而坐立不安：那身躯纤细的纯种马带着故作高傲、自命不凡的神态，不但能够达到极大的速度，而且能在一眨眼间不是变成某种以不可思议的速度飞奔的东西，而是成为速度的化身。慢悠悠浮动的云块像停在海面上似乎静止不动的、不可一世的舰队。马似乎以跳跃的方式，异常的速度在移动，但倦于看着它们，似乎显然不动的观众的眼睛这时就放弃不看了，只是稍后才再寻觅它们的身影。在地平线的另一尽头处，它们表面上看来动也不动，实际上跑了难以置信的路程。在它们身下，城市、山冈、树林都显得小得可笑。这些总是保持着威武庄严、昂首阔步、不可度量的神态的马，虽然远看起来动也不动，但还有别的城市、树木、小得可笑的山冈不断地相继展现，在马、观众已离开赛场、看台和弄脏了的绿草地以后，仍然是这样。草地上乱撒了无数赌输的彩票，像无数的梦想和希望的胎死腹中的小尸体（不是地与天而是地与人的新婚之夜使这些绿草地变脏和遭到严重污染，这些像腹死的胎儿似的，在忿怒中扯碎的长留不去的小纸片）。在最后一匹马朝身后踢扬起草地上最后一块泥土以后，在它回去后受到比一位电影女明星更多仆人的细心服侍，关心注意它的脾气以后，在最后的狂热的嘈杂声的回音已消失在寂静无人的阶梯座位中，在清洁工的打扫下只剩下毫无诗意的扫帚嚓嚓轻微的回声后，这一切过去之后，情况仍然如此）。科里娜已不用眼睛瞟视在转弯尽头处发生的情况了，她又一边狂怒地顿脚，一边说：“你不能停一停不看这东西吗？你听见我说的话吗？现在没什么可看的，他们要到起跑的地点去。他们……你听见我说的话吗？”依格莱兹亚勉强把望远镜从脸上拿开，那双巨大的鱼眼向她转去，眼皮眨眨，眼珠子由于用劲适应接近的距离而模糊不清，看东西有点朦胧。他用尖细、畏怯、唉声叹气的声音说："您……您早不该——他……"他话还没完，声音就消失，淹没，沉浸在（但凌驾于那粗暴、令人厌烦的敲钟声之上）从那些如释重担的，既痴狂又贪婪的观众发出的长叹中（确切地说，这种表现不是在情欲高潮中而是可以说在情欲高潮前期，有点像在男人进入女人体内时）。在那儿，现在可以看见五颜六色的长形斑点贴着地面在绿草中迅速移动。马从懒洋洋的半静止状态直接进入行动中。马队快速地横排前奔，好像是装在一条铁线上或小轮子上那样平稳滑动，像小孩玩具似的，所有的马连成一块，在一块厚纸板或着色的铁皮上剪出，然后沿着专为达到这效果安排的一条槽沟快速移动，背景是画得逼真的涂釉发亮的风景。骑师的上身全都向前俯倾，马的腹部以下都被树篱的边沿所遮掩了：后来骑师们从跑道的衔接处跑出来，一时可以看见马蹄急速地前后交替，像圆规一开一合，但总是保持着弹簧玩具的动作节奏，机械、规律整齐但不实在；后来人们又再次只看见在小树林后面另一些树干和树枝所割碎隔断的路。骑师的颜色鲜艳的绸上衣像一把彩纸屑——也许由于它的材料和鲜艳夺目的颜色——它似乎把阳光明丽的下午那闪耀的光线全部聚拢集中在自己身上。那粉红色的小点（不过在它的下面有一个男人的上身、肉体、紧绷的肌肉、沸腾的血流，受到重创和过度劳累的器官）现在出现在第四位上。

"因为他到底懂得怎样骑马。应该照实说，他多少懂得一点。他开步时跑得不坏。"依格莱兹亚后来这样说；现在他们三人（佐治、布吕姆和依格莱兹亚：两个年轻人和皮肤棕黑的意大利人（或西班牙人）。依格莱兹亚已度过的岁月和两个年轻人加起来差不多一样，也许十倍于他们两人的经历，大概约等于佐治的经历三十倍。虽然佐治与布吕姆看上去差不多是同年，后者通过继承的方式获得对事物的认识（佐治说，这是出于聪明，事实上不仅如此，除此以外，还出于一种内心祖传的经验，对人类的愚蠢和凶狠的经验，而这种经验已变为生理反射），这种对事物的认识的价值三倍于一个出身有教养的家庭的年轻人从研读法国、拉丁、希腊古典作家所获得的知识，再加上十日的战斗经历。这种战斗不如说是退却或更确切地说是围猎，在这种场合中，他——出身有教养的家庭的年轻人——毫无准备，突然面临、扮演了猎物的角色），这三个年龄、出身不同的人，可以说是从四面八方被带到这儿来的。（“我们中仅缺少黑人，”佐治说，“怎么已经走到了这地步？我们已有闪、含、雅弗[①]，还得有第四种人；我们早该把黑人请来：老实说，把手上戴的表脱下去换东西，比找到这些面粉还要背到这儿来要容易些！”）我们蹲在还没建好的集中营的隅角上的一堆砖后面。依格莱兹亚在火上烘烤他们去偷来或骗来的一点什么东西（这次烤的是佐治用他的手表换来的一袋面粉中的一部分。这块手表是他的两位年老的姑母玛丽和尤琴妮在他通过高中毕业第一次统考时送他的——是跟一位黑人换来的——这是殖民地的塞内加尔人[②]——天知道他从什么地方偷抢来的（天知道是怎样从哪个地方偷抢来的，怎样运到这俘虏营来，天知道为什么——出于什么目的，也许是出于偶然，为了享有从偷抢、占有、储存中获得的带点

① Shem，Ham，Japheth，均系《圣经 · 旧约》中的人物。
② 当时塞内加尔为法国殖民地。

迷信的乐趣——这里什么东西都可以买卖或交换，这是说，几乎什么东西都有，货色齐全——甚至可以说更丰富于一家大商店里的货物，包括不值钱的小商品、古董、食品，样样都有，不仅有可用或可食的东西——像一袋面粉——还有无用的甚至累赘的，甚至贻笑大方的东西，像女人的内裤，或袜子；还有哲学书籍、假珠宝、旅行指南、色情照片、女人的阳伞、网球拍、农业论著、磁带录音机、鲜花的球茎、手风琴、鸟笼——有时还养着鸟——青铜的巴黎铁塔、挂钟、避孕套，当然还有没计算在内的几千块手表、计时表、小牛皮、鳄鱼皮式或普通的母牛皮制的提包，这些货物都是这个地方常见的东西，由那精疲力竭、饥肠辘辘的人群经过许多公里路辛辛苦苦扛来的物品，纪念品，战利品，然后埋藏起来，逃过搜查，不顾禁令或威吓而保存下来，在静悄悄的地下市场中，在激烈、艰难的交易中又控制不住地出头露面。这些市场的存在往往不只是为了获得什么东西，而是为了有点东西可卖可买）。由于是用手表的价值换来，使面饼（依格莱兹亚亲自动手烤，在一块生锈的小铁板上，倒上和了水的面浆、面粉、一点植物奶油，加上每一个俘虏可以分到的几小薄片的木炭）的价值，昂贵到等于连豪华酒家的老板也不敢要顾客付出的一份鱼子酱的价钱），三人在这个角落里（一个蹲着，其余两人望风），像三个饥饿不堪的逃荒流浪者置身于城市近郊的荒地上，身上没有一点士兵的样子（或更确切地说，仅穿着溃败的士兵命中注定得穿的那一身破烂褴褛、滑稽可笑的衣服，连这样的衣服还不是他们自己的，好像那些爱开玩笑的战胜者想拿他们来寻开心，使他们更进一步陷入战败者，穷途潦倒者，被废弃的无用者的困境（也许并不是这样，也许原本是合理的安排、秩序合乎逻辑的结果在付诸实施时却变得荒谬紊乱，像每次相当刻板的机械措施，像军队的机制，或像革命那种迅速的行动，不经修改就给人带来那由于不忠实的执行或由于时间、人那种干巴巴的思想确切的反映而产生的麻木不仁的状态）。三人现在身穿的不是原来的骑兵军大衣——这已被拿走了，而是交换来的捷克或波兰士兵的带风帽的斗篷（也许是已死亡的士兵穿过的，或者是战利品，对华沙或布拉格的后勤物品商店没动过的存货查封得来的），当然尺寸不合身。佐治的那件袖子仅稍长及手肘，那从来没这样像吓唬麻雀的稻草人或木偶剧中的丑陋人的依格莱兹亚在这太宽大的斗篷中摇来晃去（那骑师的轻盈骨架消失了），只露出狂欢节戴的假面具的鼻子和手指尖）：三个幽灵，三个古怪虚幻的影子，脸孔瘦削无肉，眼睛因饥饿而发光，头部剃得光秃秃，衣服褴褛可笑，俯身在暗地里偷燃的微弱的火上。幽灵似的背景中是沙石平原上一排排的棚屋，在远处地平线上零星分散出现几株松树，一轮静止不动的红日。另一些面无血色的身影在游荡着走近来，围着他们三人怀着仇恨（羞愧）的情绪打转，带着羡慕和饿狼般狂热的眼光（他们也是一样穿着破烂的衣服，颜色像胆汁和烂泥，像发了霉似的，好像有一种腐烂的东西笼罩着他们全身，侵蚀袭击着还能站得住的他们。首先从他们的衣服开始，以潜伏阴险的方式逐步扩大：像战争、泥土的颜色那样，逐渐占有他们，于是他们的脸呈现土色，破烂的衣服是土色的，眼睛也是土色的。这种龌龊暧昧的颜色似乎使他们如同陶土、烂泥、尘灰一样。他们每天从这些东西里走出来，游来荡去，心情羞愧，神色痴呆忧郁，每天返回到这些东西中，心情神色更加恶劣），他们甚至比狼还不如，这是说，他们不但饥肠辘辘，骨瘦如柴，一触即怒，令人生畏，而且受着一种弱点的折磨，这是只有人能体会到，狼没尝过的滋味，这是说，人有理性，这是说，要是他们真的是狼的话，那行径就要与自己所作所为相反。由于他们意识到推动狼去进攻（它们成群结队而上）的是什么东西，使他们不能采取像狼的行动。这些人事先就感到泄气，因为估计到他们所垂涎的这几个小面饼一旦在上千人中分摊，自己会有多少。他们站在原地上，一味游来荡去，眼睛里射出凶狠的光芒——一块砖头忽然飞来，打在依格莱兹亚的肩上，弄翻了铁板，半生不熟的面饼撒在火上。佐治把手里早已捏住准备好的砖头朝那逃走的人那边扔去（也许并非出于杀害或袭击的意愿，而是出于绝望，出于饥饿像在肚子里待着的老鼠的咬噬难以忍受，而这种行动——扔掷砖头——当时是由于失去控制，无法控制。那饥寒交迫的汉子立即逃走，并非由于面临反击而害怕，而是逃避面对自己的羞愧、堕落），依格莱兹亚好歹把那些面饼拾起，重新搁好铁板，又再烤起来了。现在面饼中粘了一些黑色的炭屑，他们试图弄掉，但没法全弄清。当他们吃时牙齿咬得咯咯响，还有一种说不出的味道，他们只好吐掉了几口。不过他们最后还是全吃下去了，连最后的一点饼屑也吞了。他们吃时像猴子般蹲在自己的脚跟上，为了把面饼从炉子——或更确切地说是一块代用的生锈有缺刻的铁皮——上面揭起，手指都烫痛了。依格莱兹亚（现在已打开话匣子，说个不停，慢条斯理地、继续不停地耐心地讲，好像是在说给自己听而不是给他们听。他那双圆眼睛呆瞪着直望前面，充满同样的既惊讶又认真、羡慕的表情）在咽下两口面饼之间，他说："在这次马赛中，和两三个已认出他来的猢狲一起跑马，那可不是一件容易对付的事，我跟你说，因为一个绅士身份的人跟职业骑师一起参加马赛，那他可以等着瞧，他们不会让他占便宜的。不过，他却很能应付困境，现在跑第四，目前他要做到的是能保持这个位置，而他已有足够要忙于应付的事了。我跟你说，这匹牝马，它会要取得些什么，这婊子……”

他们终于在跑出最后一株树以后重新出现了，仍然是原来的排列，那斑点，那粉红色的小圆点仍旧在同一位置上。当他们开始跑到转角的最后部分时，马队渐渐变为混杂的一堆（最后的一匹马似乎赶上了最前头的一匹）。这一堆出现在跑道直线末端的东西，像翻滚的浪涛，人头在原地上一起一伏，聚成一堆的马一时似乎不再前进（只有骑师的窄边软帽在起伏），直到马头捅穿而不是跳越过树篱——就是说，马突然在树篱上出现，前腿伸前，笔直并起，或更确切地说，一个马蹄稍为在前，两蹄不是举到完全同一的高度，马的半个身子进入栅栏的棕色木枝之间，高出其上，看来是靠着腹部支撑以保持平衡，它一瞬间好像静止不动，过后才摇摇晃晃着向前。这时候，第二匹马，接着是三匹，最后几匹马一起，全体陆续地呈现保持平衡静止不动的姿态，像那跳动的玩具马，看起来是在原地不动，身躯向前倾，再动起来时蹄落着地。现在马队又奔跑起来，重新连成一块儿，走向看台，形象越来越扩大。它们越过接着出现的阻障，最后出现在眼前：一阵闷雷似的声音，马蹄下的地面隐约地颤动，草坪上的泥土远飞溅到蹄后，骑师们揉皱的绸上衣在马的飞奔中啪啪发响。骑师的上半身俯向马的颈圈，不像在反向的线上看起来那样静止不动，而是按着马的步伐节奏微微地前后摇摆。他们全都张大嘴巴在吸气，那样子全都像离开水后处于半窒息状态的鱼。他们经过那四周包围着或更确切地说笼罩着一种全神贯注、眼花缭乱的沉默中，这似乎使骑师们与人群隔绝了（从观众中发出的几声叫喊似乎——没传到骑师的耳里，而只是传到观众自己的耳朵——来自很远的地方，像小孩子口齿不清，结结巴巴地说话，声音低微，毫无意义，空洞无物，不合时宜）。这种沉寂伴随着他们，在他们走过后好一会儿还跟着他们后面像一条寂静的痕迹。马蹄敲踏的声音在寂静中逐渐变弱，缩小，只是偶尔被马鞭清脆的响声（像树枝折断的声音）所打破，微弱的轰鸣也远去了，越变越弱，最后一匹马十足像一只兔子般，越过那稍为倾斜的坡道上面的具有生命的树篱后，后部作尥蹶子样子的形象一时留在人们的视网膜上停住不动，最后消失了踪影。现在看不见的骑师和马重新跑下树篱另一侧的山坡，好像这一切刚才并不存在，好像这十二三匹马和骑马的人迅如闪电的出现突然烟消云散了，只在身后留下如轻烟的薄云，小神仙们和魔童就从其中消遁了。一条由红色的雾和灰尘组成的横带悬空滞留紧靠树篱前，就在过去马追捕猎物的地方，在午后斜阳中这带子渐渐变亮，散开，消沉。依格莱兹亚那像狂欢节面具的脸转过来对着科里娜，既可怕又可怜，但这时带着一种童稚的兴奋、天真的回心转意，他说："您看见吗？他……我早说过那马……没一点问题，只要是……"科里娜望着他没回答，仍旧是带着忿怒、沉默、冰冷的激怒。依格莱兹亚结结巴巴、慌乱地说："他就会……它就……您……"接着不说下去了。科里娜还继续盯着他看了一会儿工夫，仍然不说一句话，怀着同样的无法改变的蔑视，最后才突然耸耸肩膀，两个乳房在长袍的轻盈丝绸下抖动，她那年轻、结实、惹人注目的肉体散发出某种无情、强暴而又带孩子气的东西，这是说完全没有道德观念或仁慈之心，只有无知的孩子才能如此。这种单纯的残忍是孩提时期固有的天性（也来自无法控制、狂热、傲慢的翻腾激动的生活）。她冷淡地说："要是他能跟你一样使马跑赢，我倒要想想为什么要雇用你了。"两人相互盯着（她穿着那象征性的衣裙，四分之三的身体裸露在外。他穿着肮脏的旧背心，和那背心下露出的闪亮鲜艳的绸上衣几乎可以反衬，正如和背心上那瘦削的长着痘瘢的脸可相匹配一样。他那（惊愕怔住的）神色，有点像是她用拳头和手提包或望远镜打他的腹部）。这发生在一刹那间，也许是一秒钟的几分之一，并不像他所想的那样长。照他后来所讲的，使他们俩醒过来，使他们从互相陶醉中脱身出来，从那狂热无言的对接中摆脱出来，不是一声叫喊——或千百声叫喊——或一声惊叹——或千百声惊叹——而是像一种嘈杂声、一种叹息、一种嗦嗦的响声、某种像从观众上浮起、奔走的奇怪的东西。他们俩抬头一望，看见那粉红色斑点不再名列第三而是差不多跑在第七名的位置上，刚越过土冈的马群也不再连成一块而是拉长二十多米的距离，而且是走在跑道的斜线上。科里娜说："我早就说过了，我有把握。这蠢家伙，傻瓜笨蛋。而你却……"但依格莱兹亚正朝望远镜里看，没听她说话。在望远镜中出现的德·雷谢克的毫无表情的脸上汗水直淌，只有每次拿着马鞭的手放松时，他的脸才短促地抽动一下。那小牝马跨着大步，腰部拉长使劲，一匹匹赶过前面的马。当马群跑到河边时，它又重新几乎处于第三位了，这匹栗色牝马，像浅色的熔铜长流，这时似乎身躯显得更长，四肢伸展，轻飘飘的，好像从地面腾起，摆脱了地心引力。看起来它腾起后又再落下，而且继续保持稍离地面。现在它进入第二位了。当马群跑过交叉路口时，它那浅色的斑点在横向地波动起伏。德·雷谢克不再扬鞭策马了。科里娜重复地说："傻瓜、傻瓜、傻瓜……"直到手里拿着望远镜的依格莱兹亚粗暴地说："别说了，他妈的！您别说了，行吗？"科里娜一时怔住，张大嘴巴，这时马群出现在他们俩的左边，在浮悬不动的云岛下——也许只是画在天空中——在反光照出的金色浮尘中远去了。现在马群明显地分为两队：前头的四匹，约有十五米之后，接着的第二队相当密集，后面跟着一些跑得慢的马，零零落落，越往后距离拉得越远。最后的一匹落后很远，骑师每跑一步抽一鞭。前头的一队往右斜走，在小树林后面再次消失了。色彩斑斓的骑师绸上衣像不久前那样在树木间时隐时现，但方向与刚才相反，这是说，从左到右。这时草坪上的观众纷纷离开了（最先呈现一个黑点，接着是两三点，后来是十点，最后是整串）刚才马群经过的栏杆，与马朝着同一方向奔跑（黑点像苍蝇似的，像一把弹子），最后沿着横向的跑道聚集在一起。现在那粉红色的绸上衣跑在最前头了，但与名列第二的马几乎是紧贴着，德·雷谢克跑外圈。当两马几乎并驾齐驱突然转弯时，德·雷谢克朝左偏离方向。他走在笔直的跑道，几乎是处于跑道中央，稍比第二匹马在前一些，其余的两匹马约在后面五米处，这四匹马朝障碍赛马用的树篱奔去。现在马的步伐不大平滑，一冲一冲地跑。开始时似乎那栗色牝马只是由于疲乏稍为缩短步子，依格莱兹亚没有看错，拼命地抓住那贴在眼睛上的望远镜，这时牝马继续前跑，不是直朝着障碍走去，而是采取斜线。德·雷谢克用尽全力紧抓住右边的缰绳，一边扬鞭，终于把马带回左边。牝马还是放慢步子，好像在他身下蜷缩起来，一纵身跳过那巨大的障碍（他终于使马服从他的意志），它不是像刚才越过小河那样，而是完全停住，四蹄同时高举像枝形灯似的，接着猛地落下，使德·雷谢克几乎是全身扑倒在马颈圈上。这时他用马鞭狠狠地抽，马又再腾跃起来。现在落后于刚才开始到达障碍赛用的树篱时跟在后面的那两匹马有两米远。科里娜和依格莱兹亚看见那执着马鞭的手不停地往下抽，他们俩的耳朵嗡嗡响，充满了观众失望、粗野的嘈杂叫喊声。现在四匹马跳越过最后一道树篱。德·雷谢克紧追在第三匹马后面，接着他们前面只有一片广阔无垠的长得茂盛的绿草地。在这草地上他们（骑师和马）似乎小得可怜，像解了体，动作狂乱，失去协调，以缓慢的速度一冲一冲地前后摇摆着，样子既可怜又可笑。四匹马精疲力竭，腰部深深陷入；四位骑师的脸像淹死的鱼，嘴巴张大着吸气，现在几乎是处于窒息状态。观众的叫喊声包围着他们，像一层坚固厚实的物质，似乎他们要穿过它前进是不可能的（他们似乎在原地踏步的印象由于望远镜使远景显得矮小的效果而加强了），像穿过一层无形的敌对的情绪，像水一样的密度——或像真空的密度——后来叫喊声停息，消失了。依格莱兹亚放下望远镜，意识到她已不在原来的地方，发现那挑逗人的红衣裙已远在他下面的地方，已经走到阶梯座位的下边，摇摇摆摆三步并作两步跑下台阶。依格莱兹亚跑去赶上她，这时她头转过来，但继续走（依格莱兹亚心里一闪念："她到底要去哪里？她要干些什么？"），她看着他的神色，好像他与一只苍蝇差不多，甚至是什么也不是，接着眼睛看也不看他。依格莱兹亚说："他到底跑了个第二，他到底有办法追过前头两匹马……"她不答话，甚至似没听见。依格莱兹亚仍然用那短小的两腿在她旁边跑着，他说："那牝马到底很棒，你看见的，它……"她仍旧不停地往前走，嘴里说："得个第二！很好，很棒，第二名！他原该以十身之差[①]获胜，你认为这……"接着她突然停步，朝他转过身来，动作如此出乎意料，依格莱兹亚几乎撞到她身上。现在她大声说话（虽然她没提高嗓门，但是，他说，这比她大喊大叫还要利害）："你是买头奖还是二三奖的彩票，你对我说。到底你是不是在他的马身上押注？"

---

① 赛马中以马身长度估计差距。

在他还没来得及开口之前，她又喊起来，声音仅勉强可以听见，但比大吵大闹还要利害。她说：“不，我不要你看看！我跟你说过，我甚至不要你拿彩票给我看，我说过，你愿意的话，可以把钱留下给自己……作为赏钱，作为……”依格莱兹亚说，这时候他惊呆住了，看见她哭起来。“也许只是由于大发脾气，”后来他在叙述中说，“也许只是由于发怒或其他原因。对于女人，我们弄不清，不管怎样，她当场痛哭起来，无法控制，在这许多人中间……”依格莱兹亚说，这时他们俩面对面站在那里，在渐渐退走的人群中动也不动。她重复说：不，我对你说不，你听见吗？不，我不要，我不想要看见，我只想你把事情告诉我，只要听见你告诉我，那我……接着她又说：“我的天，啊，我的天，你还欺骗他，你……你欺……”她呆望着他慢条斯理地从口袋里掏出递给她的那一叠彩票，但她不伸手去接过来，好像那是一团火或类似的东西。依格莱兹亚就这样一时间保持着伸手姿势，接着一边继续看着她，一边慢慢地缩回手臂，两手靠拢，用手指平静地撕碎那一叠彩票，但不是气愤地扔到地上而是让它们落在他们俩之间，在两种不同的靴子之间，一种是皮已龟裂的旧皮靴，似乎由于老擦油而变得像卷烟纸那么薄，一种是娇嫩杏色的双脚，趾甲染得血红，穿着一双难以想象的鞋子，好像是有一位制鞋匠发了疯打赌发誓要制造一种东西使一位女人（这是说，也算是个人，是跖行动物）能站在上面行走而不失平衡（说是站在其上，因为实在无法说是把脚搁在其中）。这种鞋子不仅用于走路，也可供杂技演员作为道具；这不仅是对通常意义的平衡概念的挑战，也是对经济规律的对抗。这种商品的价值与制造所费的材料之多少成反比例，似乎做生意的规律是以最少的皮革卖最大的价钱，而且……

布吕姆说："你是想说，你押了这匹牝马要赢头彩的赌注么？他妈的！你是想说，你把这些钱全押在这么一个人身上，要么全赢，要么全输，而这人……"

依格莱兹亚仍旧用那细柔、审慎、固执的语调说："不是押在他身上，是押在牝马身上，这匹马……还有，他也骑得不坏，只是有点过分紧张，而牝马感觉到这一点。这些牝马，这些奇怪的坐骑工具，能猜测到不少事。要是他没那么紧张，用不着使用鞭子就能使它跑赢。"

布吕姆："就这样，她后来只想要你的鞭子吗？呸！你可一点也没马赛冠军的样儿！"依格莱兹亚不答话，正在忙着把最后一点残火弄灭，用泥土覆盖起来，那样子（穿着那滑稽可笑的破衣服，那过于阔大的泥土色、胆汁色的带帽斗篷，从中露出一双细小的手和胆汁色、泥土色的鹰嘴状的脸）更像木偶戏里的一个人物，他说："那些臭德国鬼子要是发现我们在这儿烧菜做饭，这下子可要有得看的……明天出工，得想办法排在前头，一到工具棚就赶快抢上去，因为德国鬼子让前面的人把所有的铁锹领走，轮到你的时候只剩下铁镐了，那你一整天就得刨到手臂断掉。要是领到铁锹，那你就轻松了，因为你只要装装样子动两下，甚至用不着挖起什么东西，因为你只要动动就行啦。要是你每次都得举起铁镐而不是……"

布吕姆："后来怎样……"（这时，依格莱兹亚不在了。整个夏天，他们都是手持铁镐度过的（或是拿着铁锹，那是碰到好运的时候）。他们整个夏天挖泥填土，后来到了初秋时分，被遣派到农场去挖马铃薯和甜菜根。后来佐治试图逃跑，被抓了回来（不是被派出去追捕的士兵或宪兵捉到的，而是出于偶然——星期日早上——他睡在树林里被温和的猎人捉住的），后来他被带回俘虏营，单独监禁。后来布吕姆装作生病，也回到营里来。他们两人在冬季几个月中装卸煤车，手持巨大的长柄叉，哨兵一旦走远，他们就直立起来。他们的身影可怜巴巴，古里古怪，橄榄形军士帽耷拉到耳上，斗篷的领子拉起，背向着风雨或霜雪。他们一边呵呵手指，一边试图间接地通过第三者，使自己置身于别人的生活中（这是说，运用想象力把在记忆里的自己所看见过的，听见过的，阅读过的东西全部收集起来加以组合——置身在那潮湿发亮的铁轨，黑黝黝的车厢，由于潮湿而发软的黑松木中间，在萨克森[①]寒冷灰白的冬天里——运用语言和词句转瞬即逝、起咒语作用的魔术，使一些绚丽多姿，闪闪发光的形象出现，满怀希望这些词句能使难以名状的现实变为可吃的东西——像那些哄骗小孩子吃的包裹着苦药有点甜味的糖衣），在这无聊，难以理解，狂暴的世界中，身体既不能活动，精神就活动起来。这些东西比梦，比从他们嘴唇上吐出的语言更缺乏现实性：这些声音，嘈杂声发出来只为对寒冷、铁轨、灰白的天空、黑森森的松木驱魔祛邪：）“后来他——我是说德·雷萨克……（佐治说：“该读成雷谢克”。布吕姆说：“什么？噢，对……”）他也想骑这匹栗色小牝马，这是说想制伏它，大概是因为看到那粗俗的骑师居然使它赛马获胜。他想，骑上它就是制伏它，因为，也许他也想，她……（现在我谈的是那和栗色牝马等同的女人，他无法对付她，也不知有什么办法，他的眼睛——很可能不仅是眼睛，还有别的——只盯着这……）总之：也许他认为，要是可以这样说的话，这样一来可以一箭双雕，要是能成功地骑住一匹，就可以打击另一个，或反过来，这就是说，要是他制伏了其

① Saxon，德国境内的易北河口地区。

中之一，就会骑着另一匹取得胜利。这就是说，他会把它牵去拴在柱子上，就是说，拴在他的柱子上，胜利地把它牵到柱子那里，他过去大概从未能做到，这样一来就会使她改变胃口，或是喜欢另一条柱子了（我说得清楚吗？），或换句话说，另一条棍子，这是说，要是他运用他那棍子得心应手像这位骑师，他……”佐治说：“别说了！别说下去了！你要像这样继续下去，直到……”布吕姆说：“好，对不起，我以为这会使你开心。你现在坐在这里反复思索，猜想，渲染，虚构一些故事、神仙童话，对这种故事，我可以打赌，除你以外，大家都会看作这不过是关于一个臭女人和两个大傻瓜肉体关系的粗俗故事，特别是我说到……”佐治：“一个婊子和两个傻瓜，而我们却在这儿几乎像死尸，和死尸一样几乎一无所有，也许明天我们就十足是死尸了，只要那些一直在我们下身乱钻乱动的蚤子中有一只运来了伤寒病，或一位将军想起要轰炸这里的车站，那时候，我能怎样？我们能怎样，我还有什么，除了……”布吕姆：“很好，很好，好一番演讲。精彩极了，让我们继续谈下去吧！是这样，他——我仍然是谈德·雷萨克的故事——他有……”佐治：“Reixach 该念雷谢克，x 该念成 ch 的音，最后的 ch 应念成 k 的音。他妈的，自从你……”布吕姆说：“好吧，好吧，就是雷谢克，好啦，要是你硬要像依格莱兹亚那样使人厌烦……”佐治说：“我可不是……”布吕姆：“你不是穿他家仆人的制服的吧？你不是受雇为他工作的吧？他可从来没付你工钱去对那些损伤他声誉的人提醒注意吧？要不然你自认为也受到损伤、触犯？要不然是为了对你们共同的祖宗的尊敬，为了纪念另一位戴绿头巾的人……”佐治：“戴绿头巾的人？”布吕姆：“……他演戏似的把一个左轮手枪子弹打到……”佐治：“不是左轮手枪，是小手枪，那时候左轮手枪还没有发明。可是戴绿头巾？……”布吕姆说：“好，就算是小手枪。这一点也不减少戏剧性和舞台上的生动色彩。你不是说过，他为这事请了一位画师来吗？为了得以永久保留给后代子孙看看，特别是为了提供谈话资料，当令堂接见……”佐治说：“画师？什么画师？我跟你说过，他留下的唯一的画像是早在这事之前画的……”布吕姆：“这我知道。但后来由于时间、损坏、光线的侵蚀，使这肖像得到补充，涂上了血，好像是子弹穿过了他的头。你童年时经常在墙上寻找子弹的痕迹，这子弹后来好像打到画像总是表情安详平静的脸部，我知道：后来又有那幅版画……”佐治：“不过……”布吕姆：“……这版画绘了那个场面，你按照你母亲的说法加以解释，这是说，根据最能美化你的家族声誉的说法。也许按照一种规律，它希望历史……”佐治说（要不然仍旧是布吕姆，他滑稽地打断自己的话，要不然是他（佐治）正在萨克森地区的冷雨下跟一个身体羸弱的矮小犹太人在对谈——或是跟这小犹太人的影子在交谈，不久以后他将成为一具死尸——多了一具——矮小犹太人的死尸——或是和他自己，这是说他的另一化身在讲话，他孤零零一个人在灰蒙蒙的雨下，在铁轨、煤车之中；或者是许多年后，他仍然是孤单一人（虽然他现在是睡在一个女人温热的体旁），一直在和这另一化身，或和布吕姆或与不存在的人在密谈）：“我们现在竟谈到‘历史’，我不久前想过我们将谈到这个问题。我等待着这个词出现。它很少不会在这时或那时出现，像‘天意’这种字眼在多明我会的神父布道中总少不了要出现一样。还有像贞洁的圣母马利亚怀胎：这种闪闪发亮使人狂热的幻象通过传统的力量保留在那些心灵单纯的人，自由思想家，良知的揭露者和哲学家头脑中，还有那些经久耐用的寓言——或笑话——

由于有了这些东西，刽子手自认为负有慈悲修女的天职，像那些基督教初期甘心情愿的受难者，像小女孩和童子军那样轻松愉快地受刑，施酷刑者与殉难者和解，共同一致沉溺于带泪的荒唐放荡的生活中，人们可以称之为真空吸尘器，或更确切地说，精神的粪便污水排泄系统，它不停地为那聚积如山的垃圾堆提供更多的东西。在这些公众垃圾中占上座的是与橡树叶色的法国军帽、警察的手镣铐有同样资格的我们那些思想家的睡衣、烟斗和拖鞋。智慧的大猩猩希望有一天在这堆垃圾山的顶上爬到一个它的灵魂被禁止随它的肉体进入的高度，这样它就可以最终尝到一种由于冰箱、小汽车、收音机大批生产带来的保证长期使用不会腐烂的幸福。继续说下去吧：不管怎样，总不至于不许想象那德国哨兵肚皮里发酵的德国优质啤酒从肠胃里排出气时，还可以使人听见音乐会上演奏的莫扎特的小步舞曲……”布吕姆（或佐治）：“说完了吗？”佐治（或布吕姆）说：“我可以继续说下去。”布吕姆（或佐治）：“那就说下去！”佐治（或布吕姆）：“可是我也应当有所贡献，掺进这堆垃圾，增加点东西，用这些煤块使它增大……”布吕姆说：“好。那就是说，这规律想教‘历史’……”佐治：“你吃吧！”布吕姆：“……‘历史’（要是你认为更确切地说该是愚蠢、勇敢、骄傲、痛苦）留下来的不过是能为那些被认可的小学教科书和家谱等所用的残渣，这些东西已经过不妥当的办法消毒，部分没收的处理，最后成为可以食用……不过，实际上你知道些什么呢？只不过是一个女人唠唠叨叨的叙述吧，这女人也许更多的心思是在保全与她同样身份的女人的声誉，而并不大在意要擦亮——这种工作一般是像依格莱兹亚那样的仆人干的——那贵族纹章和已有点玷污的声誉……”佐治：“喂！你认为这堆煤自己就会走动吗？要是我们不起码装个样子帮个忙，那批爱听莫扎特音乐的鬼子已在那边开始斜着眼看我们了，我们再不动手……”布吕姆：“……这场悲怆动人崇高的自杀可能不……对，你瞧瞧！”（他那作滑稽状的机灵的身影开始动作，东奔西跑，用力靠在铁叉上，短促地搅动几下，直至铲上四五块潮湿的大煤块，接着叉子匆匆画了圆弧形，煤块一时停在半空中，像失去了重力，慢慢地变成自动，最后落在卡车的车板上，发出沉闷的响声。接着叉子重新竖直，齿耙朝下，布吕姆的双手合拢搁在叉柄上，下巴靠在手上，因而当他说话时不是他的嘴巴下部在动——已固定——而是整个头部随着对每句话教训式的赞同态度而轻微起伏：）“……因为你认为那女人也许是女仆，那女人身体半裸露，在半掩着的门中瞥见，胸部和脸孔被一支蜡烛从下面照上来，她那样子像学校或市政厅里摆设的玛丽安娜的石膏像[①]，上面厚积着灰尘，鸡毛掸子从来没去打扰过，凡是突出的部位都积满灰色的尘土。在这样的光照下，颠倒了立体感，或更确切地说，颠倒了光感甚至表情，因为眼球的上半部呈现阴暗发黑，好像瞎了似的眼光一直朝天望着——你认为这女仆跑在你称之为随身男仆或家奴的被枪声惊醒的人后面，也许他并不是她的情夫，——不是女仆的，因为这个她不是一个女仆而是一位夫人，一位妻子，这就是说，是你们共同的高曾祖母，至于那男人——那情夫——也许实际上像你所说的是属于家仆之类的人，虽然在性爱方面，她也有点对平民或更确切地说，对马的爱好，我是想说，她同样倾向于骑马，我是想说，同样有兴趣在马厩旁选择她的情夫……”佐治说：“不

① 法国的学校或市政厅里一般都摆设象征法兰西共和国，代表法国女性的玛丽安娜的石膏像。

过……”布吕姆：“你不是对我谈过，悬挂在另一幅鲜血淋淋的画像下有一幅同时期绘的肖像，在这幅画上她不是打扮成女猎手的样子与她丈夫匹配，而是画出（她的长袍、姿态、风度，她肆无忌惮地盯着那画出她的面貌的画家的眼光，后来她也以同样的眼光盯着那察看她的脸色的人）她那傲慢、挑衅、压制住的狂暴的神态（再加上她手里拿着的是远比武器、猎枪更可怕的东西：一个假面具，一个威尼斯狂欢节中常出现的面罩，既古怪又吓人，上面配着一块黑色的半截面具和一个像可怕的怪鸟的巨大鼻子，再加上那四面飘动着衣裙的斗篷更显得可怕。这些衣裙在休憩时像折叠起的双翼把身体裹住）。在她那内衣开口处露出一些难以捉摸得住的东西，像泡沫似的东西，一些精细复杂的花边皱褶从中越出，好像是从她的肉体，从她那藏在柔软光滑的阴影下的颈子散溢出的香气，她那肉体幽藏的花香……”突然间，声音改变了，调门提高两度，刺耳，发怒：“这叫第爪尼尔的女人……”佐治：“是维尔日妮。”布吕姆：“什么？”佐治：“她叫维尔日妮，”布吕姆：“这婊子倒是有个好名字[1]，好吧，就是这贞洁的维尔日妮气呼呼赤裸裸，或比赤裸更甚，这是说穿着——或更确切地说，并没穿着衣服——一件那种衬衫，大概是专门发明创造出来为了那些受约束的手可以从底下钻到腹部，摸到那湿润温热的皮肉。这种衬衣可以翻过来往上卷到乳房，堆成皱褶，像丝绸的波浪翻卷在臀部之上，裸露、呈现那秘藏的开口处——像奢华的商店的陈列，把宝贵精致的、价钱贵得出奇的东西搁在皱泡状的缎子上展出一样。开口的秘处呈现出来——那女人不仅是平躺着而是被翻倒，滚动着身子，用准确、机

① Virginie 这名字含贞洁的意思。

械的说法，就是说像自古以来的为了满足她的需要而蹲下的姿态，身体作半圆周转动——她只有一种姿势以满足一切需要，那就是双腿曲起，大腿紧靠胁部，膝盖几乎触着阴暗的腋窝——现在地面好像翻动，使她仰面翻倒，她背朝着地脸朝着天，像在期待那家喻户晓的繁衍生殖、期待着金色的雨滴。她那两股，那珠光的皮肤，那毛茸茸的小树丛，那持久的伤处在受到压力之前已汗湿淋淋。她这样无耻地奉献，似乎在等待着一种准确的完全裸露的行动。如果不是带外科手术性质，给人暗示想到，像有什么东西钻入，带着摩擦声深进到结实的肉体中，那起码是属于医学性质，因为动作本身（是属于肉体的，完全剥去，失掉其感情的一面）显然是属于生理范围：因而产生许多形形色色模棱两可的画片。在这种画片中，灌肠器提供了无数的变化花样，但主要是表现一种东西不仅是坚硬而且能猛烈地射出体外，四面流溢像鱼精子似的东西。这种东西像是用液体的形式使自己的生命得以延长，这易于冲动的鱼精，这种溅射……”

佐治说：“可不是这样！……”

布吕姆：“而你却忙着在墙上茫然寻找一颗子弹的痕迹，要不是认为这是一颗有光荣历史的子弹，起码也是值得尊敬，而且具有浪漫主义色彩。不过你从未见到这样一种情景：床畔放着的蜡烛照射出一个背部拱起的模糊的影子在跳动，肌肉发达的背压在另一人的腰部，这人的乳白色的两脚和杏色脚跟的两腿交叉着——像一个落水的人紧抱着一根船桅。（这影子）扩大到像一座巨大的山，一直伸展到天花板上。这影子由于身下那人狂热的翻动而猛烈地跳动，那人的影子像一头怪兽，它有两头、四臂、四腿和通过共同的器官在腹部联成一体的两个身躯（也可以说不是共同的而是异体的器官，因为这男人的器官似乎没有深钻入另一人的身体内部，像深钻入一个女人的体内那样，以同等匹配的器官达到她的脏腑的最深处，你见过这种情形吗？），这肌肉，这锥子，这深红色的臼杵，光闪闪，发狂地出没在两片毛蓬蓬的浅黄褐色的毛丛之间，而他（德·雷谢克、或简单点称呼，雷谢克）突然来到……”

佐治：“没这回事！”

布吕姆：“……他出乎意外地进来（你愿告诉我么，他为什么又走回来，难道不是为着她？在我看来，要把自己打发到阴间，任何地点都可以，像倒掉垃圾，随便倒在哪一丛最先看到的树后面都行。我不认为这种时候需要安排好一个死得特别舒服的环境……），就这样，他留下他的溃败的军队、下级军官、逃兵。这些逃兵也许也在大声叫喊被人出卖了，他们惊慌失措，像患了精神上的腹泻（你可记得人们称之为拉肚子？）无法控制，莫名其妙——难道对士兵要求做到的就是这样子吗？难道他所受的训练正是为了使他以这种或那种方式在不正常的情况下完成违背理性的行动吗？这样他在逃亡时大概只陷于同样的违背理性的力量支配下，或者可以说是陷于绝望之中。在另一种情况下，这种绝望会使他做出或将做出一种他自己的理性肯定会反对的行动，例如一边大喊大叫，一边直朝着正向着他扫射的机枪冲上去：这样，一支军队可能在很短时间内轻易地变为惊慌逃跑的部队了……而德·雷谢克却是双重的叛徒——首先是背叛了他出身的阶级，他否认，背弃了这个阶级，自己毁了自己，可以说进行了头一趟的自杀，为了那瑞士人[①]的伤感著作带来的教益，为了他迷人的眼睛（要是可以这样说的话），要不是他的财产、等级为他提供条件，这是说，闲暇的时

---

① 指生于瑞士日内瓦的卢梭。

间和阅读的能力，他永远不可能认识这个瑞士人。第二重背叛了他所选择的事业，不过这次背叛是出于无能，这是说，出于过错（出身贵族阶级的他，打仗是专业，这是说，从某方面看来，战争可以忘却自己，这是说，可以无拘无束，随随便便或无所事事，这是说，某种内心空虚）。这过错出自企图把勇气与思维两者混合——或协调——没有正确认识那思索与行动之间无法克服的对立，因此到了目前这种处境，他只能眼望着或更确切地说，避免看见（我想，同时还吞咽下什么东西，像一次少有的恶心想要呕吐）这些败类四处溃散（不用败类这个词，还有别的什么字眼？因为这些人现在一方面懂得过了头——或不够——像蹩脚的补鞋匠或面包师那样苟延残喘，另一方面懂得不够——或者过了头——如何在举止上像个士兵）。在他的想象或梦想中，他大概以为通过阅读那难以消化的二十五卷书[①]这些社会败类就可以晋升到上层……”佐治说：“是二十三卷。”布吕姆说：“是海牙的一家书店印刷的二十三卷，作为出口商品输出[②]，全用小牛皮装订书皮，上面还刻有纹章……我想，你说过的，是三只没头的鸭子[③]吧？……”佐治：“是白鸽，不是鸭……”布吕姆：“那就是三只雄鸽象征性地斫了头……”佐治说：“不对！”布吕姆说：“……这些东西组成的纹章可以说对他的家族具有预言性：因为他简直忘记用他的头脑到这种程度，以至在他那纯种的可爱的头颅里，从来就没有脑子……”佐治说：“对，不幸的是眼前这堆煤块，这堆具历史性的煤……”

---

① 实指卢梭全集二十三卷。

② 法国大革命前卢梭的著作被禁止在本国印刷发行，所以全集在国外印刷并作为出口商品输回法国。

③ 贵族的纹章刻有各种象征性的东西。

布吕姆突然兴奋异常，在发黑的水洼中跳来跳去，东奔西跑，嘴里一边说："好吧，好吧，我们也来搞'历史'！我们也来写我们日常生活的'历史'小篇章吧！不过我认为，再没有比毫无报酬地为普鲁士皇帝去死，去铲一座煤山更屈辱更愚蠢的事，好吧，就为他的一点工钱给这喜爱莫扎特音乐的德国人……"，那铁叉快速地来回铲了几趟，总共铲起三块半的煤块，其中两块落在卡车外面，接着他气呼呼地停下手，他说："可是我没说过！我还没全告诉你。我刚才说到哪里？呀，对，想起来了：他突然回来了，留下他的那些溃散中的蹩脚补鞋匠，他的幻想，田园诗似的梦，以便跑到他还剩下的东西旁边避难——至少他相信这东西还是他剩下来的——这是说，他还能认为是可靠的东西：也许不是爱情（因为他大概最终没有过去那样天真幼稚了），总之，是那位阿涅丝[①]的肉体，那温热可以触摸的身体……（你不是对我讲过，她比他小二十岁，因此……"佐治："不是这样，你把一切都搅混了，你混淆了……"布吕姆："……不错，我搞到他的曾孙身上去了。不过我认为可以这样想象：那时有十三岁的女孩子给父母嫁与老头子的事，虽然在那幅肖像上，他们俩看上去差不多一样年纪，这大概是由于画师有本事（这是说，他懂得处世之道，这是说，他有奉承取悦的本领）把那位夫人画得返老还童。是这样，我没搞错，我说得清楚明白：是说夫人，画师把她在谎言和口是心非的生活经验中透露出来的东西冲淡减轻了，因为在这种经验上，她比他要老一千年左右。）……这位仁慈的人、雅各宾党徒、好战的阿尔诺耳弗[②]终于

---

① 莫里哀《太太学堂》中的贫家少女，几乎被迫嫁给老头阿尔诺耳弗。
② 《太太学堂》中的人物，老年时用尽策略要娶阿涅丝。

放弃改善人性的心愿（这也许是以说明为什么他的远代后裔由于对这往事记得很清楚而且比先人更聪明些，专心致力于改良马种），飞奔疾驰那他与她相隔的二百公里……”佐治说：“三百公里，”布吕姆：“三百公里，按当时的尺度计算，约等于八十古公里[①]，不顾马的死活飞跑至少也得四天（就算五天吧），最后到达已经是第五天的深夜，全副武装，浑身是泥……”佐治：“不是泥，是灰尘，这个地区几乎从不下雨。”布吕姆：“他妈的！还有什么？”佐治：“还有风，要是可以说是风的话，因为这儿的风像真正的风，有点像打炮与打汽枪一样。不过，你要说……”布吕姆：“那就说是浑身灰尘，好像他身上带来残垣破瓦的细得摸不出但长留不去的尘土，他的幻灭的希望留下的粉末残余：头发未老先白，像撒上了焚毁他过去所喜爱的东西的柴堆灰烬。大概在那四天五夜的行程中，在溃败逃走的路上他把一切都细细想过，逐一回顾，焚毁了他过去热爱而现在再不认为是可喜爱的一切，除了他焦急地想重见的那女人外，他觉得其余都是不可喜爱的了：在夜间沉寂，马蹄声和各种声响中他急于重见那女人，他大概不是单独一人，伴随着他的是他叫来跟随的一个忠心的男仆，像另一个雷谢克把那忠心的骑师一起带去出征以便洗刷他的马或擦亮他的马靴一样。这骑师不如说是一匹种公马，由不忠的阿涅丝擦亮——或者像人们所说的，搞得那年轻力壮的东西亮闪闪的……”佐治：“噢，他妈的！……”布吕姆：“不过当时的情景可以想象是这样：在庭院中响起马蹄铁踏在铺路石上的嘈杂声，疲惫不堪的马匹在喷鼻息，蓝色的夜晚——或者也许是拂晓之前——看门人跑来，手持着的灯笼在马的

① 法国一古公里等于现在的四公里。

发红冒气的前脑上照出成圆锥形的肌肉。当他们下马时，大衣下摆飞扬起来，他把缰绳扔与骑师，发出简短的命令，或甚至不是命令，连说话的声音也没有发出，只听见他的脚步声，马刺碰响声。他很快走到台阶，登了上去：这一切她都听见，惊跳醒来，虽然仍处于睡眠后和淫乐后懒洋洋、有气无力的状态中，但已在思索——也许不是她的头脑在活动，因为她尚在睡梦惺忪中，而是她身上一种睡眠或淫乐都不能使之迟钝的东西在活动，这种东西不需要等她完全清醒过来就开始迅速地可靠无误地运转；本能和狡猾不需要得到通知才运行起来。在头脑本身尚未活动，尚在睡眠状态中时，敏捷的身体跳动起来（一把推开被子，霎时间可以瞥见两条大腿像踏自行车那样摆脱出来，刹那间可以隐约看见那阴影，那像火焰的东西——你不是谈过她那浓厚的金色毛发吗？——现在这蜜糖色的金色的毛已看不见了，她这时坐了起来，在团团转着，那卷起的衬衣露出平行合拢的大腿的轮廓，像珍珠色的发亮的长带，那粉红色的脚在摸索着寻找她那高跟拖鞋），她不停地在思索（身体不是头脑），在估计，在组织，以闪电般的速度在布置策划，同时跟踪着那几级一跨地上楼梯的靴子发出的响声，现在这声音走过楼梯平台，穿过一个房间，逐渐迫近（现在衬衣放下，大腿看不见了），她——那贞洁的阿涅丝——站起来，推着情夫——马车夫、饲养员、惊愕的庄稼汉——的肩膀朝那大壁橱或小房间里去。在滑稽笑剧和悲剧中每逢到了一定时刻，这种必不可少的幸而来得正好的壁橱或小房间就出现了，像那些笑剧中的神秘的匣子和陷阱，一打开就立即会引起哄堂大笑，同样也会引起出于惊吓的发抖。我把滑稽笑剧和悲剧相提并论，因为前者不过是失败的悲剧，而悲剧不过是缺少幽默的滑稽笑剧。她的双手（一直是身体，肌肉，而不是现在刚从黏糊糊昏沉沉的睡梦中摆脱出来的头脑在活动，因此是靠有视力功能的手）在走过时把东一处西一处散落的男人的衣物拾起来乱扔到壁橱中。靴子的声音已停息，现在紧靠着门后站住（靴子，或可以说是听不见了的，突然停止令人惊慌的声音），门把柄四面转动，接着是拳头擂门，她大声说："就来啦！"同时把壁橱重新关上，然后离开朝门走去，这时又发现一件男人的背心或一只男人的鞋子，她一边拾起来一边又朝着门喊："就来啦！"她返身跑到壁橱旁，又把它打开，看也不看就胡乱地往里扔刚才拾起的东西。门壁现在回响着肩膀猛烈顶撞的声音（你听到响声的那扇门在一个男人猛力的冲击下碎片飞扬，这人原来不是随身的仆人！），她站在那儿，一副天真无邪、纯洁无罪、令人无法生气的样子，揉着眼睛，微笑着向他伸出双臂，向他解释她把门锁上是因为怕有贼进来，一边说一边把身体紧靠着他，搂抱他，包围他，那衬衣出于偶然从她的一个肩膀上滑落下来，袒露出她的乳房，她就把那柔软致命的乳头紧贴在那充满尘土的制服上装上面，磨来擦去。她已开始用那双炽热的手解开这上衣的扣子，现在嘴贴嘴地跟他说话以避免他看见她那由于另一个男人的亲吻而肿胀起来的嘴唇，而他站在那儿，思想混乱，惶惶不安，走投无路：彻底失败，晕头转向，哑口无言，失去一切，也许已经摆脱一切，也许已经毁灭过半……难道不是这样吗？"佐治："不是这样！"布吕姆："不是这样？你知道什么？"佐治："不是这样！"布吕姆："他曾经想要当真地演那两只鸽子的寓言故事①，但扮演公鸽的是他，这是说，当这公鸽

① 拉封丹的寓言故事诗《两只鸽子》中，写了一只远行冒险的鸽子不听另一只鸽子的劝阻，几乎丧生。

带着折断的翅膀、靠不住的梦想回到鸽棚时，发现自己上当受骗。他不幸曾产生一个念头，不顾自己经营农业的绅士身份，不仅到妓女区去胡搞，还和一些思想一塌糊涂的人鬼混，而且居然会想让他那小母鸡或者可以说是他那喜爱的小雌鸽单独留在后方。她却利用机会与人私通，好像这是开天辟地以来就发生的事那样理所当然，但与她勾搭的是腰身结实的年轻小伙子而不是那想入非非的患萎黄病者。当他意识到悔之过晚时，他大概看见自己身体赤裸裸地站在那儿——可能是她利用他那种发呆、瘫痪的状态把他的衣服脱掉——二十妙龄的小雌鸽正在咕咕叫并偎着他厮磨，而他（也许他当时感觉到那翻乱的床上乱七八糟是淫乐所致，或者他听到一种响声，或出于本能）像受到一种推动力，以坚决的步伐走到壁橱旁——虽然她现在抓住他，哀求他，否认一切，极力把他留住，但一个女人是不够的，他能拖得动像她那样的几个女人。他四天以来拖着自己那梦想幻灭的沉重，解体，发臭的尸体——他走到壁橱前，把门打开，然后拿起手枪，正面紧贴着自己的头部猛开一枪，慈悲的命运之神至少免除了他遭遇第二次也是最后一次的不幸，这就是说，知道在壁橱里藏了什么。滑稽笑剧中的匣子和陷阱在指定的时间就发生作用，一声爆竹也起了作用，这就是说结束了这痛苦难忍的‘悬念’，带来了令人松一口气的缓和，带来了通过——要是可以这样说的话——脑浆的溅溢而产生一种有益身心的减轻苦痛的东西……”

佐治：“不是这样！”

布吕姆：“不是这样？不是这样？不是这样？你知道最后是怎样？你怎么知道他们没有把他布置在那里，把那还在冒烟的小手枪塞进他手里，就在其他的仆人跑来之前他们俩仅有的几分钟之中干的。他们甚至不肯费工夫（也来不及）试试（情况紧急、仓促，每一秒钟都很可贵，她现在完全清醒过来，运用全部的头脑再加上那可靠的本能。凭这种本能，一个女人能一眼就看清楚是否一切就绪，以便迎接来客，还有足够的智谋布置那饲马人站在过道上，吩咐他听见别的奴仆跑来时就顶撞那扇已经撞破的门壁板）把那她不久前怀着一种希望从他身上脱下的充满尘土的衣服，重新替他穿上……”

佐治：“不是这样。”

布吕姆：“你不是亲口说过他被仆人们发现时一丝不挂的吗？怎么能解释是这种样子的呢？难道是由于他信仰返回自然的结果？由于他阅读了那日内瓦人[①]的动人心弦的著作？我是想说，那喜爱音乐和抒发感情者和哲学家，其全集雷谢克是能背得出来——他不是也有些裸露癖吗？他不是也有把屁股露出给年轻女人看的那种温存的怪癖吗？……”佐治：“噢，别说了！他妈的，够啦，够啦！你真令人厌烦！停一停，我们……”后来他的声音停息了（也许是他再听不见这声音了）。现在佐治看着布吕姆却认不出来，这是说，无法辨认这个人就是布吕姆，他只见到悲惨、痛苦的化身，一无所有，那消瘦、疲乏、饥饿的脸模，凄惨地否定了声音滑稽诙谐的真实性。他似乎又再次体会到那种情景：那漫长、孤单的苦闷，那沉沉的黑夜，沉寂无声（也许在这睡梦中的破旧旅店中，仅可听见一匹马在马厩中用前蹄踢蹬发出的沉闷回响，也许还有那阴森森的风，轻柔但惶惶不安地猛烈吹入庭院中，刮起一阵时起时伏的狂风）。雷谢克却站在那绘着风流韵事的刻版画中，从身上剥下那些

---

① 这里与下面提到的瑞士人，同样是指卢梭，他主张人类返回自然。

衣服，扔掉了放弃了那件矫饰浮夸、引人注目的制服。现在大概这制服已变成某一想法的象征，过去他曾经相信这种想法，而现在他认为毫无意义了（那高领的蓝色礼服、绣金线的翻领、两角帽，还有鸵鸟毛的装饰：现在变成毫无价值的古里古怪的故衣、被盗过的陵墓（埋葬的不是权力、声名、荣誉而是田园诗般的绿荫，理性和美德之神统治下的充满纯朴柔情伤感的王国），这是他从所阅读的书籍中隐约看见的）；在他的内部有点东西已解体，由于可怕的腹泻而身体摇晃起来。这种腹泻，像残酷地泻空他的血水一样，使他内在的东西都变空了，正像布吕姆所说的，不是在道德上泻空而是精神上泻空，这是说，不是提不出一个问题或产生一种怀疑，而是没有任何能提出问题或怀疑的智力。（佐治）高声地说："连将军也自杀了：并不是只有他在这公路上寻找到一种掩盖真相的得体的自杀，那将军也在他的别墅中，在他的有平铺砾石小径的花园里自杀……你可记得那次阅兵，那次军事仪式，在那潮湿的田野中，在阿登的冬日清晨，而他——我们在这儿仅见过他的一次中——那骑师特有的短腿穿着发亮的小皮靴毫不在乎地在泥泞中行走，那细小的头像发皱、收缩、因煮过度呈深棕色的苹果，而雷谢克在我们前面走过一眼也不看我们：这小老头，或可以说是像刚从那酒精浸液的短颈大口瓶里拿出来的小胎儿，到这里来阅兵，他保养得异常之好，毫不变质，动作迅速，干巴瘦削的身体一跳一蹦地走，以很快的速度沿着排列成行的骑兵队走过去，后面跟随着一群穿着有标志军衔条纹制服的，戴着手套的军官，手弯上挂着军刀的护手，气喘吁吁地在那海绵似的草场上追赶他，可是他头也不回一直飞快往前走，也许还一边与军中兽医在谈及——这是他肯对谈的唯一的人——马匹的身体情况以及由这个地区的土地——或气候——引起马蹄底患一种令人伤脑筋的马蹄疫）。后来他知道，这是说，明白过来，最后了解到他的联队不再存在了，并不是按照战争的规律——或按照他所想的战争规律——被破坏、被消灭了：不是像正常的符合规则的作战那样，譬如说在进攻一个难以攻破的军事地点或再加上敌方猛烈炮轰，或加上其他——而使联队被消灭了——这也许使他迫不得已地还勉强能承认它是被敌人所吞没，但像这样的情况，他难以接受；他的部队就这样从参谋的军用地图上被抹掉，像一件被吸掉、融化、解体、被喝干的东西那样，而他却不知是在什么地方，什么时间，怎么样发生的：只见传令兵一一陆续返回，因为没有在那本以为可以找到一个骑兵联队或一个作战队伍的地点——村庄、小树林、山冈、桥梁——看见任何要找到的东西。他的部队再也不存在了，看起来并非出于恐慌而逃跑、溃败——如果是像这样不幸的事发生了，他大概也还能接受，至少承认这是属于不幸的事件的范围，总而言之是属正常的事，属于一般常见的任何战争都会碰到的运道，而且对这种事可以用也是常见的办法来补救，例如在十字交通路口布置宪兵来阻拦或当场枪决——这不能算是溃散，因为散失的队伍带来并传达的命令是一成不变的撤退命令，而命令这部队到达的可以找到全军的撤退地点，本身也在撤退的位置上，看来没有一个人到达，因此这溃败的部队继续前行，这就是说，朝一个前面的撤退地点走去。在道路的左右两旁只见乱成一团、一成不变、难以捉摸的灾难遗迹，这是说，甚至看不见卡车或烧坏的小推车，或男人、女人、小孩，或士兵，或死马，而只是残垣碎片，像堆积如山的垃圾延绵数公里长。散发出的气味不是战场上尸堆和在腐烂中的尸体发出的那种传统的带英雄气息的气味，而只是垃圾的臭气，像用过的旧罐头、菜皮和烧焦的碎布所散发的臭味，像一堆垃圾似的既不动人或带有悲剧意味，也许对卖废铜烂铁或卖破烂的人有点用场，仅此而已。这些人（传令兵）继续往前走，直到道路拐弯处遭受机枪扫射为止，这样就在壕沟边再增加一个死人，那翻倒的摩托车继续噼里啪啦地空响或烧了起来，这就增加了一具烧成炭的发黑的死尸仍然骑在那扭弯了的锈铁架上（你可注意到这一切发生得很快，这样的时速加快，在战争中产生的各种异常现象的速度——生锈，积垢，毁坏，对物体的腐蚀——平时却需要几个月或几年才能完成？），像骑摩托车者的骷髅似的剪影一直俯伏在车把上继续以极大的速度向前疾走，同时以极大的速度在解体（在身下的绿草上散落一些——由汽油、已污染的润滑油、烧焦了的血肉组成的？——发黏的深色液体留下含沥青的物质排泄出来的蓝色污渍）。那些传令兵一个个陆续返回，什么部队都没找到，他们后来甚至回也不回来了。他的骑兵队好像是汽化了，似魔术般变没了，被吸收，擦掉，不留痕迹，只剩下几个发着呆到处流浪或躲藏在树林里或喝醉了酒的士兵。到了最后，我只剩下极少的清楚意识了。我现在对着那小锥形酒杯里的刺柏子酒，连喝完它的气力也没有，仿佛被自己的体重紧压在长板凳上，我带着酒醉者那种顽固的意识试图站起来走掉，我感觉到他们（依格莱兹亚和那老头，我们起先是偷这老头的东西，几乎把他杀死，后来他夸口可以在晚间使我们越过战线）也和我一样醉醺醺。我鼓起勇气再把上身往前倾以便带动整个身体从像钉在上面的长板凳上站起来，我的双手同时用劲抓桌子，但却感到这些动作仍不过是一种意愿而已，事实上我一直动也没动，我变成透明可见的像鬼影般的两个人。一个“我”是毫无结果地不断重复同样的动作：上身和臀部同时前倾，手臂推桌子，直到这个“我”看到毫不生效，就返过来往后重新与那一直坐着的“我”的身体合一，他又再试拖动身体，但仍无结果。我努力尝试把凌乱的头脑整理出个秩序来，一边在想：要是我能做到理好自己的感觉，我也就能按顺序指挥自己的动作，那时就能依次而行：

首先是看见门，我要能够走到那道门旁边，然后越过。这门可以从柜台上的长方形镜子的反照中看见，这种镜子在理发店里可以常看见，或可以说，看见自己。镜子上部的角是圆的，框子在嵌着镜边的地方有一条光洁平滑的浅壁凹，还有一行珠形的装饰。这框边有点凸起，但不是像理发店里那样涂上白漆而是粉刷成棕色，框边稍有细如粉丝的浮雕装饰着线脚，像一些半圆环饰。框子的两边中央有一种像棕叶形的装饰，从其中央的图案散开一些星状装饰。由于镜子是倾斜的，垂直的东西在镜中的反照也是倾斜的。镜子紧接的下面那搁物架上排列着的一排酒瓶的粗颈和长颈在近景和下部也反照出来是倾斜的。那没有上蜡的原木地板似乎以约二十度的角度升高，在阴影下呈灰色，在从朝街道开着的门槛起斜照进来拉成长方形的阳光中则呈黄色。门框的两根梃子在镜中的反照也是倾斜的，好像墙壁是向前倾的。接着是看见用一块石板制成的门槛，然后是行人道，接着是行人道边上的长方形的长石条，最后是街道第一排铺路石，我这时是背对着街道的。

也许由于酒醉，只能对这镜子和镜中反照出的事物具有视力方面的知觉。我的视线盯住这些东西，就像一个酒醉的人的视线盯住附有反射镜的路灯一般，把它作为在一个朦胧不清、无形无色的世界中唯一的固定点。从这样一个世界中传到我耳中的一些声音大概是出自一个女人（小酒店的老板娘）和两三个在酒店里的难以确定是什么人的男人，其中有一个说：前线完蛋了。可是我却听到狗完蛋了，同时还看见那死狗随水漂流而下，白中带粉红的鼓胀的肚皮和皮毛像一只老鼠似的粘贴起来，已经发出臭不可闻的气味了。

然后是看见地板上的长方形阳光，先是消失看不见了，接着又重新出现，然后又再消失，但这次不是全部：这次我通过镜子可以看见在门框中出现的一个女人的裙脚，她的腿肚，还有那穿着拖鞋的双脚，全都是倾斜的，好像她全身往后倒。

她的声音从外面传来，她的头半转过来朝向咖啡店内部，说话声音是越过她的肩膀传来的，如果镜子的位置够高，我就可能看见她的侧影了，这样她就可以同时用眼睛尾随着她刚看见的东西而且又使咖啡店内部的人听见她说：瞧，一些士兵！

这时我终于抓住桌子站了起来，在动作中我听见那锥形酒杯翻倒在桌上滚动，以杯脚为中心滚个圆圈，直至碰到桌子边沿，摇晃了一下，摔到地上，我听见它打碎的声音，与此同时，我走到那女人的身后，从她的肩膀上看见一辆车身装配得古里古怪的灰色汽车走掉了，这汽车像一种有隅角斜面，四个圆盔，四个板背的棺材，我说：他妈的，这是……他妈的，你还——

她说：哎，你知道，对那些穿军装的，我一点也不懂。

我说：他妈的！

她说：今天早上我去拿牛奶的时候已碰见一个，他讲的是法语，大概是一位军官，因为他坐在一辆摩托车的侧车上在看地图，他问我是不是这条路，我对他说对的，您就在这条路上。只是过后我才发现他那神色有点古怪……

我返身又再进入咖啡店，把依格莱兹亚摇醒，他正在睡觉，双肘分开支在桌上，一边面颊支撑在手臂上，我说：快醒来，他妈的，快醒来，得马上离开这里，他妈的，我们得快逃！

那女人仍然站在门口，过了一会儿说： 瞧，又来了几个。

这次我立即跑到她身后，跟着她朝同一方向望去，这是说，朝刚才那汽车开走的相反方向，因此那两个骑摩托车走前来的人看起来像是在追赶那汽车，不过这两人穿着土黄色军装。

一霎间我想起，看到敌对两军的士兵环绕着一片房屋在绕着圈子互相追逐，像在歌剧里或滑稽影片里似的，一群人在一场模仿性的滑稽诙谐荒唐可笑的追逐中，出现情夫、挥舞着手枪的丈夫，旅店的女仆，通奸的女人，管房间的男仆，矮小的制糕点师傅，警察，接着又出现穿着短衬裤和吊袜带的情夫，他上身笔直，两肘贴着身体，膝盖高举起奔跑，丈夫持着手枪，女人穿着灯笼形短衬裤、黑袜子和穿在胸衣外面的内衣，如此等等，在阳光下团团转。我没看见人行道上的石级，几乎一头栽倒。我跨前几步，上身几乎横摆在自己的影子上，已达到将失去平衡的极限，后来我一把抓住那人的车把。

那人在头盔下露出的红通通的胖脸，胡子没刮，汗水直淌，他那眼睛的神色又忿怒又惊慌，他的嘴巴也表现出忿怒的样子在吼叫： 这是怎么回事？干什么？滚开！放开我！接着我看见一辆小卡车，一辆送货的汽车草草伪装，用黄、棕、绿的油漆乱抹了一通，在拐弯时车身倾侧失去平衡；但接着又恢复直立。我站在街正中间用手做明显的示意手势。

我看见他军服上标明军种的布臂章，知道他是工兵部队的，他大概是属于管理道路、桥梁、地面工程的后备雇佣人员，样子像公务人员，戴着金属边的眼镜。他从卡车上走下来后就朝我走来，神色焦躁不安，他不听我说话就大声重复说： 你要干什么？你到底要干什么？我极力要向他说明白但他一直焦急烦躁，转过头从肩膀上往刚才那几个人来的方向不断地望一望。他持着手枪先是转身向着我，但接着忘记自己手里拿着枪，一手抓住我的上衣——就是那老头儿给我穿的工人蓝制服——的扣子，一边做手势，挥动着手枪。他大声说：穿这种衣服干什么？我又想向他解释清楚，但他不听，继续望着街的拐弯处，一直心神不安。我拿出保存好的军籍簿和军人的身份牌，但他仍然不断地转过头从肩膀上面前望。这时我说：他们是从那边走的，我指指刚才那灰色小汽车消失的地点。他说：什么？我说：他们刚走过，就在五分钟之前，小汽车里有四个人。他大声说：我要是叫人把你枪毙了，怎样？我又试图重新开始向他解释，但这时他放开了我，向小货车退去，一直朝那些人来的方向急促地望一望（我也望一望，几乎期待那像棺材似的灰色小汽车会出现，估计它大概不久就会走完环绕那一片房屋的路程了）。那人接着退入小货车里，后背先上去，一坐好就把那玻璃已摇下的车门关上。现在他拿着手枪，枪口对着我，那灰白色的削瘦的面孔淌着汗，他俯身向前，眼镜后面的近视眼朝后面又再望望，这时小货车开动走了。

我跟着跑在后面；约有十来个人分坐在篷布遮顶下的两边长条木板上，我手攀车后的护板，一边跑一边想爬上车去，但那些人把我推下来，他们也像喝醉了。我终于一条腿搭了上去，他们中的一人想用枪托打我，但大概他醉得利害，枪托的铁板打到我的手旁边，这时我放手了，但还来得及看见其中一人头向后仰，贪婪地从酒瓶中大口地喝酒。后来他闭起一只眼睛瞧我，把酒瓶扔给我，但车子已离我很远，酒瓶落在离我脚下至少有一米多远，哗啦啦地爆裂了，瓶中还剩下的酒在道路的铺石上留下像带有触须的深色污渍，深绿色的玻璃碎片洒落一地，闪闪发光。接着我听见一声枪响，但没听见子弹飞过，发生这种事并没什么可奇怪的，因为他们醉得那个样子，而且在那小卡车里摇来晃去。后来这卡车也消失了。

依格莱兹亚终于醒过来了，他站在小酒店的门口，在那女人前面。他那突出的大眼睛带着不满的神色望着我，我大声说：我们得赶快跑掉，得把那旧衣服穿上。他想要叫人枪毙我，有人向我开了一枪。

但他动也不动，继续以同样的抱怨、责备、沉郁的眼光看我，接着他举起手指指着他后面的小酒店那方向说：他说过今晚要叫人烧一只鸭子给我们吃。

我说：一只鸭子？

他说：他要让我们吃个饱，他说——

后来我没听下去，我穿过田野，再爬上山冈。太阳在这绵长的春日下午将尽时，老是缠着不肯走，在高空中迟迟拖延不去。一天漫长无垠，好像太阳在要再次落下时变成不动了，但还没下决心让那样的约书亚[1]来停止它运行，好像从它升起时起至少有两三天忘记落下，它首先把那百合花般洁白的天空，那有花瓣般手指的晨曦微染上玫瑰红色。不过我没有看见它出现的时刻，只见自己在路上像四脚动物的半透明的长影。在路上只有那些固定不动的一堆堆东西，例如破布和瓦克翻倒在地望着我的呆痴的脸，现在他整个人出现在我眼前，动也不动地躺在苍白的天空下。

我转过头来看见他跟在后面，他终于下决心走了。他现在还在山冈脚下，刚走过最后的几间房子，他一边爬上草场一边身体有点

---

① Joshua，《圣经 · 旧约》中的人物，据说他曾创造奇迹，使太阳停住不动。

摇晃着。有一次他脚步踉跄，跌倒在地，但马上爬了起来，这时我停步等他走近来，他又步伐紊乱，再次摔倒。这次趴在地上呕吐，过了一会儿才站立起来，一边用袖子揩揩嘴巴，又重新上路。

也许是在同一时间里旅长自杀？他可是有一辆汽车，一个司机，还有汽油。他只要戴上头盔，戴上手套，走出别墅，走下台阶（我想大概是一座别墅，因为按照习惯，旅长的总部一般设在别墅中，城堡按传统习惯是保留给师长和师以上的首长，农舍分配给上校军官）：那就算是别墅吧，也许在草坪上李树开着花，花园的大栅栏门油漆成白色，铺着砾石的弯曲小径的两旁是有斑点叶子的桃叶珊瑚树篱，还有一间中等资产阶级人家的客厅总少不了的点缀：一束冬青树枝或一簇染色制过的羽毛——银白色或秋霜红——摆在壁炉一角或三角钢琴上，花瓶已被拿开让出位置来摊开军用地图。从这儿（别墅）在八天中发出的命令和指示，其作用是和同时期坐在一间外省小咖啡馆里的那些纸上谈兵的人在议论每日军事新闻公报差不多。他只需要走下台阶，平静地坐上他那挂着小旗子的汽车，一直开往师的或军的总部，在候见室等够接见时间后，人们给他下达一道新的命令，像给别的人一样。但他不是这样做。当他的下级军官坐上第二辆汽车时，发动机已开始运转，三四个传令兵的摩托车也在噼里啪啦地响，那有小旗的汽车打开着车门在等候时，他却向自己的头部开枪。在发动机和汽车的吵闹声中，人们连枪声也没听见。也许这不是可耻的事，不是突然暴露他的无能（也许他并非愚蠢到了极点——怎么知道是否是这样？——也许可以这样想象，他发出的命令也并不是愚蠢的而是最恰当，最精明，最考虑周到的——但怎么说得准呢？既然没一道命令能下达到该接受命令的人），可能是由于空虚，不见底的空洞，极端的空虚。任何东西都失去意义和存在的依据——如果不是这样，那为什么他脱掉衣服，赤裸着身体，对寒冷无所感觉，也许异常地平静，异常地清醒，仔细地把衣物摆在一张椅子上（怀着厌恶的心情但极端谨慎地拿着和摆好这些东西，好像它们是些垃圾或爆炸物），先是摆好礼服，然后是裤子，椅子前面摆下他的皮靴，搁在最上面的是那样子怪诞像一束烟花的帽子。这一切像是给一个想象中的，实际不存在的人物穿衣，穿鞋，戴帽，同时用那干巴巴的，冷漠可怕的眼光看这些东西。他身体一直在发抖，心情沉着镇定，退后几步看看，最后大概用手背把椅子推翻，因为在版画上椅子是倒在地上，还有那些衣物……

布吕姆说："版画？那就真的有一幅了！可是你对我说过……"

佐治："不对，没有版画，你从哪儿找来的版画？"事实上也没有——至少是他从来没看见过——绘画这场战役，这次战败，这次溃散的画面，大概战败的国家不喜欢把这种失败的事件永传后代记忆中，关于这次战争，只有一幅画挂在市政府的大厅中作为点缀，绘的是胜利的战役：但事实上这次胜利是一年后才实现的，而且是约在一百年后才有一位官方画家被派去画这场胜利的战役。他在那些神色像电影里跑龙套角色的衣衫褴褛的士兵前头，画了一个象征人物——一位穿着白袍的女人，一个乳房裸露，头戴一顶弗里吉亚帽[①]，手里挥舞着一把长剑，嘴巴张大，站在阳光灿烂的一天特有的黄色亮光中，周围是蓝色荣光的云烟，还有被推倒的堡垒掩蔽所，前景上是一个出现在远处的死人，他朝天躺着，脸孔表现出

① 法国一七八九年大革命时期流行的一种红色锥形高帽。

痴呆古怪的样子，一条腿半弯曲着，双臂交叉，头部朝下，眼球突出的眼睛直瞪着，面孔的轮廓歪扭形成一个永不变动的鬼脸。连续几代的选民聆听着连续几代的政客滔滔不绝地演说，这次胜利赋予这些政客站在那悬挂着三色旗的讲台上滔滔不绝地发表演说的权利——也赋予听众聆听他们滔滔不绝演讲的权利。

“不过他们首先是以失败开始的，”佐治说，“西班牙军[①]在雷谢克指挥的那一战役中打了胜仗，因此他们不得不从比利牛斯山各条往下的通道撤退，这是说，我想，走的是一些荒径。不管是大路或小路，反正是同一回事：壕沟边沿都是死人，死马，烧毁的卡车，放弃了的大炮……”（这天是星期日，佐治和布吕姆两人坐在那萨克森地区的灰白阳光中想晒晒太阳。他们一直是穿着古里古怪、滑稽可笑的波兰或捷克士兵的带帽的斗篷，背靠着他们住的棚屋的木板壁，两人轮流抽一口香烟。一支烟递来递去，尽可能地长时间把烟气留在肺部深处，然后从鼻子慢慢地喷出来，好让烟吸入得多些。他们虽然感到浑身虱子乱钻乱动但漠然处之。有一天他们发现十来只灰色的小虱，开头感到惊骇，拼命追捕其他的虱子，但最后不再去追杀它们了，现在就让它们在身上到处跑，只是总感到讨厌，无可奈何，总感到自己在解体。那些奥兰[②]人正在争吵的嘈杂声从开着的窗子传来，佐治从那最后剩下的半厘米的烟头尽量吸最后的一口，把那已烧到他手指尖的烟屁股扔掉或更确切地说，用食指一弹把它从嘴唇间弹掉（因为已不够长到可以拿着扔掉）。这之后他站了起来，伸展一下双腿，转身背对太阳，曲起的双臂搁在

---

① 当时西班牙的统治者佛朗哥是站在德意日方面的，因此西班牙军也入侵法国。
② Oran，阿尔及利亚西部地区，当时为法国殖民地。

窗台上，下巴用前臂支着，站在那儿看他们围着那油污的桌子，手里拿着油污的纸牌，他们那赌徒的紧张，无情的面孔带着一种无动于衷的冷酷的神色。这些赌徒忍受着一种得保持冷静，忍耐，全神贯注的激情的折磨，这种激情使他们像关在一个笼子里那样与外界隔绝。在这笼中他们可以逃避那狂暴的，冷酷的世界（像一个游泳者遇雨时有个躲避之处），逃避这钟形碉堡，他们像墨鱼喷出墨汁来保护自己那样分泌出一种具冒险性和粗暴性的光晕来环绕着自己。那赌博的庄主，有点像赌场的老板。这儿押注的是那俘虏营中使用的不值钱的马克，有输有赢，这些马克不断在不同的手上转换（那些再也没有马克的人就用烟草来赌，要是再没有烟草了就用定量分配的那份面包，要是今天的定量面包赌掉，那就用第二天的定量面包，有时甚至是拿第三天的定量面包来押注——有一个波尼[①]人（一个意大利人）赌输了四天的定量面包。从第二天起，这人每晚按时交给那像银行家的庄主他那一天分配得到的一块黑面包和发黑的人造奶油，双方没说一句话，只是默契同意，那拿面包的稍微点点头，似乎连看也不看一下对方就把这份食物加到自己的那一份里。第三天那意大利人晕倒了。当他重新醒来恢复视力和理解力时，那个曾拿过、刚才又拿了他那份定量的面包和人造奶油的人——总是看也不看他——这时把这份食物还给他，说道："你想要吗？"他说："不要。"对方仍然没看他，把那块面包和人造奶油重新放进布挎包里。过一天他（那赌输者）又把定量吃的东西带来（这是第四次即最后一次，那一天他在劳动时又晕倒），对方仍

① Bône，阿尔及利亚东部港口，现称安纳巴。作者后加括号，意指在佐治的回忆中这人是哪个国家的人都无所谓。

然像上几次一样眼睛不看他，一声不吭地拿了搁在挎包里。有一个目击这情景的人像是骂了一句“混蛋”，而他（那像银行家的）毫无动静，继续吃他的东西，像已死去的冷漠的眼睛看了一眼那刚说话的人，没有一点表情，绝对冷漠，接着他转过身去，上下颌不停地嚼动。与此同时，有两三个人扶着那意大利人踉踉跄跄回到他的卧铺躺下）。那庄主，也就是赌场老板——或银行家——是一个马耳他人（或巴伦西亚人或西西里人：是海港、贫民窟、各种交易买卖、形形色色的思想、各种各样的诡计，这一切的原始的熔炉，自古已有的模子，古老的泥潭，汇成大海中的小岛等等的混合物、综合杂交的产品）。这种人的头像食肉猛禽，死气沉沉的小眼睛像蛇一样，瘦削干巴发黑的脸孔毫无表情，看不出年纪，当然他也是和其他的人一样穿着那说不出名堂的旧军服，这种人到这里来干什么，值得怀疑（这是说，到军队里来参加这次战争，这是说，为什么会把像他（也有可能是有犯罪记录在案的人）那个样子的（或像另一个样子的人）家伙招募动员来到军队中。这种人显然没有别的用场，除了一旦有机会就从背后向管理部队钱银的军官或下级军官开枪，然后带着钱财逃掉——要不然就是将来在俘虏营里当上赌场老板发挥作用——组成一支军队什么都要齐备——为了准备好有朝一日可能要当赌场老板这个角色，他得入法国籍，应征入伍，穿上军装，配给一本军籍簿，但不是配给一把枪——这并不是有意的）；坐在他对面的是一个神态安详、威严的肥胖犹太人（不是出于脂肪太多：他大概是全俘虏营里唯一的长得肥胖结实、令人敬畏的人物——但他怎么能是这样的呢？头两个月，他在俘虏营中并没有像其他人那样，接到任何寄来的小包裹——但他并没有瘦掉一两肥肉），他过去在阿尔及尔大概是以拉皮条为生的，在他身上，那可笑的军服，那可笑的黄色斗篷，那难看的橄榄形帽像是一件长袍和犹太祭司戴的圆锥形金冠。他的神气总像高踞宝座上，像帝王般庄严，像来自《圣经》，无所畏惧，周围簇拥着由一小群面无血色的流氓无赖组成的朝臣，这些人争先恐后，抢着为他点烟，但他似乎没看见他们。他并不是没有力气拿起他那几乎没有动的饭盒——佐治亲眼看见的——他把它递给群臣中一个最像死尸般的人，简短地说："我不饿。拿去！"对方推让时他打断那人的话说："吃吧！"语气是在下命令、施号令，就这样。他抽出一支烟，把它点燃——或让一个"小爬虫"替他点烟——然后安详地、庄严地、呆板地坐在那儿慢慢地一口一口地抽烟，也许脸色有点苍白。他周围的那些人狼吞虎咽地在吃那些发出酸馊臭气令人恶心的汤，他似乎连这汤也不放弃，他既不消瘦下去，任何人也从来没看见过他从事一点劳动，连做个样子劳动也没人见过。他把人家塞到手中的铁锹拖到工地上，一旦到达，就把铁锹插在面前，八小时中一直双手交叉着靠在上面，抽烟（正如他似乎由于还有一点君权的剩余东西，可以不必吃那些食物，大概也就是由于这同样的特权，他总有香烟可抽）或以并不带蔑视的眼光看着俘虏们在他四周忙忙碌碌，而哨兵或监工从来没对他提出批评。犹太教赎罪日[①]那天，他这个一生从未踏入犹太教堂的人，不但从来不知遵守而且也不知道犹太教安息日的人，更不知摩西五书[②]是什么，连一个字也不识的人（这一点佐治很清楚，因为——或是他不想让那些围着他转的小流氓晓得他的这个缺点，或是他宁可请外国人——这就是说请布吕姆或他

---

① 犹太教历提市黎月初十是犹太教赎罪日，在这一天犹太教徒要斋戒沐浴。

② 即《圣经·旧约》前五卷。

（佐治）替他干这种差事，根据他的口授替他写信给他的母亲（不是给他的几个妻子，而是给母亲），并且为他念回信），赎罪日那一天，正当他处身所在的国家成千上万地屠杀和焚烧犹太人时，他让人去报告他生病不能劳动，不但一整天不干事，胡子刮得干干净净，不吃东西也不抽一口烟，甚至有本事使他的同伙们（如果他过去曾是君王，现在也还是，这些人就是他的臣民）模仿他；于是，那西西里人和这位出自《圣经》的君主面对面坐着，他们两人四周（或可以说，在他们的内部，这是说，在他们身上所散发出来的东西之中，在他们所建造的笼子中，或更确切地说，一旦他们坐下来拿出纸牌以后，就自己会建立起来的笼子中。这笼子的板壁上似乎有一只看不见的手写了"外人不得入内"这几个字，像大赌场或俱乐部的私人订用的房间的门上写的一样）经常是一圈赌徒，这些像雉鸡、鸽子、拉皮条的、百货商店的小职员、样子放荡的理发店勤杂工的人到这里来让别人骗取钱财。这些人的脸容呈现既狂热又冷静的神色，嘴唇微动，双手稍把每张纸牌慢慢移动到露出一个右角。每打出一张牌后，不是从那脸上总是毫无表情的赌徒而是从那围观的人嘴里发出轻轻的叹息，抱怨或流露出性欲高潮的情绪。在赌博暂停时间，佐治在自己口袋里搜寻、拿出他那一小点财产，迅速地把那几张小钞票点了一下数（这是战胜者发下的一点工钱，虽然他在某处一角心安理得地屠杀儿童，却自认为——并非出于讽刺或戏弄而是按照一种原则，一种规定，一种由于习惯而变为神圣的道德观点（约在一百年前，这种神圣观念完全不为人所认识），那就是任何劳动都应有报酬，哪怕是微不足道的工作，这报酬也要付给。这种道德观念是由于习惯而获得的或更确切地说是学习得来的，或可以说是根深蒂固，莫名其妙，表面上神圣不可侵犯。本来这战胜者可以让这些俘虏白干活，其实也等于让他们白干，但出于对这种原则的迷信和象征性的尊敬，自认为应当付给他们一点工钱），从中抽出三分之二，对围观的一个人打个手势，那人站起来，把那点钞票拿了，走到西西里人身旁，向他说了一句话，接着返身走到窗子旁把两根香烟递给佐治。把烟点燃，佐治转个身子把背靠着墙的板壁滑下，直到屁股触到自己的脚跟，这时他把这根点燃的香烟递给布吕姆。“你疯了吗？”布吕姆说。“噢，他妈的！今天是星期日，对吗？”佐治说。他这时坐好了深深地抽一口烟，直至他感到烟吸到底，到达肺部深处，然后尽可能地慢慢喷出，一边说道：）“这样，他就在这公路上狼狈地撤退，头戴着那顶像木偶戏中人物插有羽毛的两角帽，他的军大衣的下摆像古罗马人的袍子似的搭在一个肩膀上，皮靴上全是泥浆，或更确切地说，全是灰土——茫茫然沉思，或更确切地说，不知所思，无法思想或把两个有关联的念头集结或连结起来，他面对着那他认为大概是自己的梦全部崩溃，没有想到这可能正相反——他幸而没有能活到可以体验到这件事——，这是说，在这场灾难性的失败中，革命的形势在增强，巩固，最后却变为腐化堕落，在军事胜利的凯歌中崩溃了……”①

布吕姆：“你讲话活像书呆子！……”

佐治重新把头抬起，望了他一会儿，目瞪口呆在发怔，最后耸耸肩膀说：“说得对。请原谅。这是习惯、遗传的缺点。我的父亲拼命要我进巴黎高师，结果我考试不及格。他坚持要我最低限度能从几世纪的思维给我们留下的卓越的文化成果中得到一点益处。他

---

① 这里大概作者暗示法国大革命后，拿破仑在军事上的胜利破坏了革命。

极想他的儿子能特别享受到无与伦比的西方文化。由于他的父亲（我的祖父）是一位目不识丁的农民，以能学到会阅读为荣。他由衷地相信没有一个问题，特别是有关人类幸福的问题，不能通过阅读好书来解决。有一天他居然有办法在我母亲的信后争得五行的位置（我可以向你保证，要是你认识我的母亲，你就会知道像这种事，这种英勇行为和坚强意志的战绩引起的激动与不安），这五行是写在我母亲充满各种乏味的哀叹诉苦的信上的——幸而作为军邮我们可以收到的行数有限。在母亲的一片哀叹中，我的父亲加上他的哀怨，他告诉我当他听见莱比锡被轰炸的消息时的痛心绝望，他担心那看来是无法替代的图书馆……"（佐治停下不说下去，沉默了一会儿，似乎不需要从他的活页夹中拿出信来就能够看见——这是他母亲莎宾娜寄给他的全部信中，他唯一保留下来的一封。平时他的父亲仅限于在信末写下分量重大的文字："我们紧紧地拥抱你"，在那蝇头细字中，只有佐治能看出"我们"应是"爸爸"——现在又再看见（字体更写得细而密，由于不够地方和想在最小的空隙中写出尽可能多的话）那受过大学教育者写的精细雅致的字体，像电文似的笨拙的文体："……让你的妈妈告诉你我们的近况，你可以看到我们景况不坏……当然是在今天有可能算是不坏的范围内。我们知悉，你在那边——不断思念你，在这样的世界中人类不仅在他的儿女身上而且在他所制造、保留、传下的优秀东西中拼命毁灭自己：历史将在日后记载人类曾在某一天中仅用几分钟的时间就失掉几世纪的文化遗产，把世界上最可贵的一座图书馆轰炸毁掉，这种事令人无限悲伤。你的老父。"佐治可以看见他坐在那儿，像犀牛大象似的粗大，几乎有点畸形，就是在他们爷儿俩在他出征前的那最后一晚曾坐着的阴暗亭子中，那时从外面传到亭内深处有时吼叫有时低沉发响的拖拉机声，上面坐着的佃农正割完大草场上的青草，那割的青草的香味在温热的黄昏中浮荡，夏日令人昏头昏脑的气息围绕着他们。头戴着像黑色光环的破边草帽的佃农，高坐在拖拉机上的佃农的黑影在眼镜的两片玻璃上反照出来，在他的父亲阴暗、忧伤的脸上那有弧度的发光的眼镜玻璃表面慢慢移动过去。他们两人相对无言，由于那令人伤心的相互不理解，无法交流的思想存在于他们之间而彼此隔绝，他（父亲）刚再次尝试打破这道藩篱，佐治听见自己的嘴巴继续在讲说（大概没有停止过），他的声音传来在说道：）“……对此我回信说，如果这无可替代的图书馆成千上万的书籍中所含有的东西完全不能阻止像毁灭它的轰炸那样的事发生，我不大看得出在燃烧弹下这些成千上万书籍的毁灭和显然没有一点用场的文章的销毁对人类有什么损失。根据我们在这儿比那莱比锡著名图书馆全部书籍更需要的东西，最有效的物品组成的详细清单看来，这些东西是袜子、内裤、毛织物、肥皂、香烟、香肠、巧克力、糖、罐头食品……”

布吕姆：“够啦，行啦，对的，够啦。我们全都知道。对，他妈的莱比锡图书馆，对，这不用多说了。话说过来，你那人物，你那画像上的家伙，你家的光荣和耻辱，他可不是大将军或传教士或特派员或你随心所欲说的什么人……”

佐治：“是呀，也许是这样，我知道。对，也许事实上不光是这么一场战争，一场溃败：不光是他在溃败中所看见的，惊慌失措，胆怯懦弱，逃兵一边扔掉武器，一边总是大喊被人出卖，诅咒着他们的头目，为自己的惊慌辩护，渐渐地枪声变得稀疏，零零落落，断断续续，毫不认真，战斗在有气无力的黄昏中渐趋衰竭死亡。我们看见过，体验过这种情况：这种逐渐缓慢、逐步变为固定不动的过程。像集市上摇彩的轮子似的，在枪档上的火花中发出的金属滑片（或柔软的金属薄片）密集的枪声好像是在解体，形成一个不断刺耳的声音整体的爆炸声渐渐稀疏、隔远、离解。战斗似乎按照所能达到的速度来进行。在这快到结尾的时间中，战斗放慢，接着重起，后又消沉，接着以胡乱间断的跳跃速度战火重燃，最后又陷于沉寂。这时我们重新听见鸟雀啼鸣，突然意识到它们一直在啼叫，像风一直在摇曳着树枝，浮云向天空飘去一样，——还有几声枪响，但现在已异常稀疏，在平静的夜晚中零零落落，胡乱分散，只有后卫部队与追来的敌军最后发生的交火。这些追来的敌军严格地说不是西班牙部队（这是说，不是正规的皇家军队[①]，这是说，大概不是由西班牙人组成的，而是一些爱尔兰或瑞士的雇佣军由年幼的皇子或头部像埃及法老木乃伊，手像羊皮纸似的干瘪多皱，而且长满雀斑的老将军在指挥着。（小皇子和老将军）都浑身像圣人遗骸盒装点着黄金、勋章、钻石骑士团徽章，他们像圣母像那样穿着洁白的军装，胸前悬挂着宽阔的天蓝色的波纹轧光织物带子，手上带着戒指。小皇子骑着栗、灰、白毛相间的马停立在山巅上，玩耍地从那他不会使用的望远镜中，在广阔的平原上寻找溃退的敌军残余部队。那干瘪的多皱的木乃伊似的老将军坐在他的小轿车中，这时他所担心的是宿营、住宿的农庄、晚餐、床——也许还有少女——他的下级会为他找来的）。胜利的军队似乎自然而然就会在它的四周和前后产生的一些隐匿神秘的同盟者（通过零星继续的枪声），吸引来一些农民、走私者，或大路上或者其周围地方偷抢的盗贼，这些人携带着老式的喇叭口火枪和马虎地修理过的小手

① 当时西班牙国王仍在位。

枪，颈上挂着一串圣牌和过去的纪念品，还有那位头部、嘴脸、手爪像是卡拉布里亚[①]人或西西里[②]人后裔的令人尊敬的绅士，化装为士兵在俘虏营的后面一角开纸牌赌博场，从事香烟买卖，两根香烟就约值我们四天劳动的报酬。（那些农民和走私者）在对着一个受伤或掉队的士兵用他们的喇叭口火枪从背后近身冷不防开一枪或用木栓塞发射之前，从内衣下拿出一个积满污垢的旧十字架来吻一吻。在开枪的同时，带着一种庄严的忿怒，既神圣又凶狠地狂暴大声说像是这样的话："拿去，邋遢鬼，吃吧！"而他（德·雷谢克）看来似既聋且瞎（对于枪声、鸟啼、日落），神色沮丧，心不在焉地甩开缰绳任马驮着他走，已经到达或进入另一境界，另一层知觉，另一层感觉——或无感觉之中——就在这种情况下，有一个汉子——一个没有戴着帽子，也没领章武器的士兵——从一个什么地方跑出来（他藏身的房屋一角，或树篱后面或壕沟），一边向他身旁走去一边大声说：'把我带走吧，队长，把我带走吧，让我跟你们一起走吧！'而他连望也不望这人一眼，或者也许望一望，但像看一块小石子或一件东西似的，而且立刻把头掉转过去，同时用比谈话时稍高的声音说：'滚开！'那士兵却继续跑到与他的马靴齐平处——或更确切地说，是碎步小跑，其实也许用不着这样跑，只要迈开步子与马同一速度走就行了，大概'跑'这种念头是自然而然产生的，是适应他要逃遁、跑脱的愿望——他上气不接下气地用单调的声音说：'带我走吧！我找不到我的部队，带我走吧，我的好队长，我没有部队了，带我走吧，让我跟你们一起……'而他

① Calabria，意大利行政区。
② Sicily，意大利南部地区。

现在既不回答，连听也不听，也许再也没看见那人，转过身子去。在团团围绕着他的高傲的沉默中，现在也许那些已死亡的祖代的侯爵们，所有的那些雷谢克家族的人平等地对他说话……”

布吕姆：“你怎么……”

佐治：“别说了，听着：那时候那个士兵已不跑步了，他朝我们走过来，或更确切地说，根本停下来不跑了。他站在公路正中央，像一只小狗，头向上抬起，高及德·雷谢克的膝盖，等待着我们走到他所站的地方，这时他说：‘让我骑到马上去。’依格莱兹亚手牵着鞍辔已坏，驮着机枪的马，也和德·雷谢克一样不回答，仿佛也没看见这个人一般，这时我说：‘你看，他没有马，要是我们快跑，你也牵不住。’现在那士兵又开始跑起来，或可以说再次碎步小跑，以一种一跳一颠的步子走前，头部摇来晃去，好像再走一步就会摔倒在地，他的眼睛一直望着我，以同样单调、沮丧、哀恳的声音不停地重复说：‘让我上马吧，让我上马吧！求求你，下令让我上马吧！’我最终说：‘喂，你要骑就上来吧！’像他那样随时都要倒下去的人，我绝不相信他能骑上去，但我话还没说完，他已把身一挺，抓住鞍辔，疯狂地猛地腰身一使劲，居然坐到马上，挺起身来了。德·雷谢克这时转过头来，好像背后有眼睛似的，而这时仿佛连前面的东西也看不见的他却大声说：‘你到这儿来干什么？我已跟你说过滚开！谁让你骑上这马跟着我走？’那士兵又开始叽里咕噜、又开始他那老一套：‘让我跟你们一起走吧！我找不到我的部队，我会给敌人捉去的，让我……’而他说：‘马上下来，快滚！’接着我就再也看不见那士兵在马上，比他刚才上马时更迅速滑下地了。我回头一看，他直直地站在公路旁，孤零零、可怜巴巴，六神无主，眼看着我们去远了。过了一会儿，依格莱兹亚说：‘那是一个特务！’我说：‘谁？’依格莱兹亚说：‘那家伙。你没看见？那是一个德国鬼子。’我说：‘德国鬼子。你发神经病了吧。凭什么说是德国鬼子？’他耸耸肩膀不回答，好像把我当是呆子。马蹄声仍然有规律地笃笃响，德·雷谢克的背影挺直地坐在马上，微微地摇摆。太阳、疲劳、缺睡、汗水、尘土形成一层东西粘在我的脸上，像一个面罩似的使我与空气隔离。过了一阵子，依格莱兹亚的声音从这层皮膜外，在浮尘飞扬的阳光和稠厚的空气很远的地方中传来。他说：‘我跟你说，这是一个德国鬼子，他讲法国活，讲得太好了。可是你没看见他的头吗？没看见他的头发吗？毛发全是红棕色的！’我说：‘红棕色毛发？’依格莱兹亚说：‘他妈的，你怎么昏头昏脑到这个样子？你甚至不能……’”

“就是在那时候，机关枪开始扫射，”他说（他站在她前面，她继续仔细看他，神色好奇、厌烦，但不失礼貌，有时眼睛里闪过一种鬼祟、尖锐、凶狠的眼光（不是恐惧，而是对窥伺怀有一种隐蔽的、傲慢的戒心，像使猫的漠漠然的眼睛突然变为锐利的那种难以觉察的东西），一旦眼睛里的闪光熄灭，脸上又恢复了那经久不变的表情，像戴着一个线条均匀、漂亮、神色安详但空虚的面具，“像那些雕像，”他想，“也许她就是这种雕像，对她不能有更多的要求，正如对大理石、花岗石、青铜那样：只能看看摸摸，对她也只能希望能让人看看摸摸……”但他没有动一动，继续在想：“不过她哭过。依格莱兹亚说过她哭了……”），接着他看见他们俩——科里娜和骑师——站在马赛观众的各种脚步声中，在铺路石子被踏得吱吱响中，路面由于散落一些输掉的彩票而显得十分肮脏。依格莱兹亚那像猴爪的小手正在扯碎那现在已毫无价值的小纸片，两个人面对面僵直地站着：他，黄铜色的脸带着惊愕、可怕、忧郁的表情，穿着白色的马裤，细小的皮靴，在上衣破的翻领之间露出那发光的粉红丝绸骑师上衣的三角形，而她现在真真实实并非虚构地出现在眼前（并非如同布吕姆所说的那个虚构人物——或更确切地说，这人物是由于战争中漫长的岁月、长期的俘虏营生活和强制的禁欲而制造出来的，所根据的不过是在赛马那天短时间看见她一次的印象、莎宾娜的闲言闲语或通过耐心和诡计从依格莱兹亚嘴里挤出的片言只语交心话（这些片言只语仅表现了零碎的现实），或更确切地说，挤出几乎是单音节的低沉怨声，或根据比上述更不如的材料：一幅根本不存在的版画，或一幅一百五十年前画的肖像……），但现在他真的看见她在自己前面，千真万确，因为他能够（他也将要）摸到她，一边还想着："我要摸她。我会挨揍，被赶出去，但还是要干……"她继续仔细看他，好像是隔着一块玻璃板望他，好像她是在一堵如玻璃般坚硬、穿不过去的透明墙壁的另一侧，虽然这墙是看不见的，但他在另一侧，她在墙后就可以有掩护，或更确切地说，要摸也摸不着。与此同时，她让自己的两片嘴唇（只是她的嘴唇，不是她本身，——这是说，那尖锐的或可以说是磨快了的，既狡猾又凶狠的东西——也许连她自己也没意识到——迅速在动，那泰然自若的、冷漠的眼光有时随着闪亮）去用一串无足轻重的词句、无动于衷的套语（她说："原来你那时是……我想说的是，你那时是在同一个骑兵团中，我是说，是在同一个骑兵队和他在一起……"她没把话说完，也没有说出（仿佛由于尴尬、害臊——或只是由于懒得说）一个人的名字（或两个人的名字）。德·雷谢克在他的信中没有能够下决心写下名字，只是提到骑兵队和团部的番号，好像他也曾经感到同样的尴尬、同样的说不出口）。一刹那间，佐治听见他在笑着说："我想，我们好像是有点亲戚关系，是姻亲的表兄弟，对么？……”事隔六年，现在又听见他（德·雷谢克）的讲话，几乎是逐字逐句仍然清晰可闻，那是在一个冬天严寒的清晨，德·雷谢克对他说的。这时一些从水槽饮完水归来的马红色朦胧的身影在他的背后来来往往。他那时不得不敲碎水槽里的冰，马才能饮用。现在是夏天，——这是一切结束后的第二个夏天，不是第一个了，这就是说，一切的伤口愈合、结疤了，或更确切地说（不是结疤，因为过去的痕迹已完全看不见了）一切重新整理好，粘合得看不出一点裂缝，像在一块小石子沉下时水面裂开又再合拢起来，它所反照的景物曾一时碎裂、击碎、分裂成各色各种天空和树木的杂乱无章、支离破碎的残骸（其实不是天空和树木，不过是一片蓝、绿、黑的混浊水面），现在重新结合起来，蓝、绿、黑的东西又聚集成一块，可以说是凝结在一起，变为整齐的形状，像一条毒蛇般微微波动起伏后，就静止不动了。这时只呈现不忠实的、安详而奥妙的虚饰表层，在其中树枝、天空、悠然飘动的云彩组成有条不紊的丰富的图像，现在只剩下这像上过漆的难以进入的表层，（佐治）在想：“在这种情况下，他（父亲）也许对这种表面的东西又重新开始相信了，又着手把它们排列成行，有条不紊地组成漂亮整齐的形式，把这些毫无意义的，夸夸其谈的东西构成一些毫无意义、夸夸其谈、合乎社交礼节、令人十分放心的词句，像那重新联成一片，腼腆地遮盖某些事物的闪闪发光的水面那样光滑、平整、冷漠、脆弱……”

不过佐治现在不再跑到亭子里去了，只是窥视他、密切地注意他但并不看他（因为他用不着看见他，用不着使用眼睛去观察他，佐治不用眼睛去看他，视网膜上就印着他的形象：现在他那庞大的躯体越来越长满奇形怪状的肥肉，越来越被自己的体重所压倒，脸部的轮廓越来越下坠，似乎不仅是受脂肪的影响，而是由于有一种东西逐渐占有了他，侵袭了他，把他禁锢，圈围在无言的寂寞、带有傲气的沉重忧郁中），正如佐治归来时曾经藐视他、留心观察他一样，当时的情景是这样展开的：佐治声言他已决定经营土地，并且得到莎宾娜的支持，她以喧闹的声音、庸俗母性的态度表示赞同（虽然佐治装作没听见父亲说话，装出是同样地对两人说话，但故意朝向着她一个人，故意背向着父亲，虽然话是对他说的；与此同时，公然表示并不把她或她所说的话摆在心上）。那像一座肉山的沉重的躯体一直动也不动，沉默无言，既没有说一句话或发表任何意见，也没有表示对我的决定感到遗憾。在那已松弛、衰退的器官，那沉重、哀伤的躯体内部或更确切地说是下面，有一种像是佐治的一部分的东西。虽然他完全不动，完全没有表现出任何反应，佐治却清楚地感到他的某种隐秘的纤细的机体正在碎裂，发出一种极微的声音，一种撕裂的响声，比莎宾娜的震耳欲聋的唠叨更强烈。这事发生后，就再没有什么了，除了剩下那沉默的保护层。经过在漫长而空虚的一整天开拖拉机后，佐治傍晚回家坐到饭桌旁时，身上穿着肮脏的工作服，双手不仅是肮脏而且可以说是积结了泥垢和油污。他跟着长条的犁痕慢慢地开拖拉机，每次往返看着自己的影子首先是伸展拉长，在慢慢地变形的同时，像时钟上的指针一般缓慢地围着他转，逐渐缩短，叠在一起，最后变为扁平，然后又扩大、变长，随着太阳落下而最终变为庞大无比，反映在善意的冷漠的大地上，在那重新变为无害、熟悉但虚假的凶险世界中，有时布吕姆的瘦削的面容，他和依格莱兹亚在烘面饼时的形象模糊地飘过，有时隐约出现骑在马上的那人的身影，手臂高举，挥动着军刀，慢慢地朝一侧倒下去，最后烟消云散，而佐治或可以说是他们几个人已把她形象化了（现在佐治再没有人可以交谈到她的事了，而且莎宾娜说过，人家告诉她，科里娜的行为使得人家——这大概是指那些属于莎宾娜认为配得上的社会圈子或她把自己列入的等级的男女——再也不接待这女人了），他们（这是说，他自己、布吕姆——或确切地说，他们的想象或更确切地说是他们的身体，这就是说他们缺少女人的年轻人的皮、肉、器官）构造了她的形象：她在午后斜阳的反光中站着，穿的长袍红得像英国水果糖（也许这鲜红的颜色也是他虚构的，也许不是由于她的性格而是她的嘴唇、嘴巴而引起的想象，也许是由于她的名字，因为“Corinne”这个名字使人联想到“Corail”（珊瑚红）？……），在赛马飞奔的苹果绿草地上突出显现；他经常看见她以纸牌上的一个皇后的面貌出现，现在他也赌牌，也拿着纸牌在手里慢慢搓捻，脸上呈现满不在乎的表情（一边在想：“不管怎样，我最低限度应当从战争中学到一点东西，这样我才不至于白白打了一场仗。至少我应当学会玩纸牌……”现在他经常赌牌，晚上在牲畜市场附近的一家小酒店的后厅中（他像平常那个样子，像他在父亲家中吃晚餐那副样子到这地方来，这就是说穿着工作服，洗不干净的双手充满泥垢和油污的混合物），与三四个人在一起，这些人具有同样毫无表情的面孔，同样的简短节力的工作，下的赌注很大，饮的是价钱最贵的香槟酒（以赌博时同样的姿态，同样沉默、迅速，显然毫无兴趣的方式饮酒）。与此同时，两三个妓女在等候着，她们坐在磨损的软垫长凳上一边打呵欠一边相互展示自己的戒指，这些妓女，他们每人都轮流玩过了），这些纸牌中的皇后中的一位，不过是一张小硬纸片而已。这些皇后穿着猩红色的衣服，神秘莫测，对称地一分为二，好像是在一面镜子中的反照，她们穿的长袍一半红一半绿，上面有许多按规格的沉重的装饰物，戴着合乎惯例的象征性的标志（玫瑰花朵、权杖、白鼬皮饰带）：她们不过是由单线条画在白纸上的面貌，既没有深度也没有现实存在性，她那像风险本身的面貌，毫无表情，难以捉摸，无法抵御；后来——通过赌纸牌者之一——佐治得知科里娜已重新结婚，居住在图卢兹。现在把他与她分隔开的只是那层玻璃，她似乎是从这玻璃后面在望着他，对他说话。对她的词句话语，他没留心听（可能她自己也是这样），完全像他是在玻璃鱼缸的另一边在看他，心里一直在想："我就要动手，她会打我，把人叫来，把我赶出门外，不过我还是要动手……"而她——就是说，她的肉体——微微地动着，她在呼吸，这是说，一张一缩，轮流不断，似乎空气不是从她的嘴巴、她的肺部而是从她全身的皮肤吸入体内，好像她是由一种与海绵相同的物质造成的，但皮肤上有一种微细到难以察觉的颗粒像花朵似的一放一收，像石珊瑚这种属于植物与动物之间的海底生物在透明的水中轻微地颤动、呼吸。佐治一直没留心听，甚至懒得装出个留心听的样子，只是一个劲儿看着她，而她力图再次笑起来，在笑容后面带着一种审慎、一种交杂着好奇和猜疑也许还有害怕的心情仔细地看他，好像他是有点像是幽灵或鬼魂。他在她后面的镜子的蓝绿色玻璃深处看见自己的形象，晒得通红的脸，一副饥饿的瘦狗的样子，他心里想道："就是这个样子！我看起来差不离就是这个样！那样子就是想咬一口……"她总是随便找些话说：你晒黑了，是从海边回来？他说：什么？她说：你晒得这样黑，他说：从海边回来？为什么……噢！你知道，我从事种植了，我整天在拖拉机上……后来他在镜子中看见自己的一只手出现，好像他把手伸入水中似的，他带着诧异惊愕的心情看着这只手向前伸去，离自己越来越远（由于穿过水面视线发生细微的偏差的影响,好像手离开了他，从臂上分开）： 他看见自己那瘦削晒黑的手上，手指修长纤细，在八年时间中他没能使它变成农民的手，虽然他整天和长叉、铁锹、十字镐的柄、土地和油污接触，这手仍然纤细灵巧，使得莎宾娜总是带着母爱和自豪的心情说他天生有一双钢琴家的手，他原该学音乐，他肯定是浪费糟蹋了天才，错过了最好的机会（但他现在连耸耸肩也懒得动了）。他一边继续看着自己的手，一边驱开莎宾娜的形象和声音。他迷惑地看着自己的手现在变为好像与自己脱离关系的东西，这是说，像树木、天空、蓝色、绿色一样成为这亮闪闪、难以置信的奇怪的世界一部分。她（科里娜）置身在这世界中，虽然满身浓郁的香气，具有声音，但使人感到她的存在也是难以置信，缺乏真实性。她现在呼吸越来越急促，她那一起一伏的胸部、乳房像鸟雀的喉部似的颤动，空气（或血液）在急促的搏动中大量涌流，与此同时，她的声音急迫，也许提高了半度说： 很好，我很高兴看见你。现在我得走了。我想大概已相当晚，我得……但她身体并不动。手现在离他很远（像在电影院里，坐在靠近放映室的楼厅的观众挥动手臂，伸出五指分开的手插到放映机发射的光线中，在银幕上映出巨大的活动的影子，好像要达到、占领那无法进入的闪烁璀璨的梦境）。现在手完全离开了他似的，当他触到她身体时（在肩膀稍下的光着的手臂上部），他首先有一种没有真正接触到她的奇怪的感觉，像手里捏着一只小鸟似的： 这种诧异、惊讶的感觉来自明显的体积与真实的重量之间的差异，来自难以置信的轻盈、纤细、羽毛和绒毛的可悲的脆弱性。她说： 这是……你要……她似乎既不能动也不能说完这句话，只是呼吸越来越急促，几乎是上气不接下气，同时带着恐惧、无可奈何的表情继续盯着他看。在他的手心与她的手臂上的光滑皮肤之间还可感到有什么东西阻隔着，像一张卷烟纸那样的薄的东西，这是说，伸出的触觉感到有点往后退，感到像冻麻的手指接触一件东西时，似乎是隔着一层薄膜——一种没有感觉的角质物——来感觉到它。现在两人（科里娜和佐治）动也不动地相互凝视，接着，他的手抓着她的手臂紧捏，这时他把眼睛闭起，呼吸到她身上的花香，听到她在喘气，在她的嘴唇之间空气急促地进出，后来听到她像是叹息、呻吟了一声，她说：你把我弄痛了。又说：放开我，你使我——放开我……她一直说直到他意识到自己的手用尽全力在紧捏她的手臂，但他没有放手，只是稍为放松紧张的肌肉，同时感到自己在微微不停地发抖，无法控制。她说：我求求你，我的丈夫会回来，我求求你，放开我吧，不要这样，但她一直没有移动，只是微微喘息，用一种单调、机械、恐惧的声调重复说：我求求你，好啦，我求求你，我求求你……佐治现在把手搁在原来的位置上，没有进一步的举动，他也完全不动。好像现在空气中——不是夹在他们之间的，而是在他们四周紧围着的——到处像玻璃似的具有一种虚假的坚硬性，既看不见却又非常脆弱易碎。这时（佐治）待在这种气氛中不敢动一动，没有任何动作只是努力屏住呼吸，极力镇定血液涌流的喧闹声。五月日暮呈现的透明绿色像玻璃似的。他感到喉咙里有什么要呕吐，但他极力忍住，使劲往下咽，在两口气震耳欲聋地往前涌之间，他心里想：这是由于跑得太多，又想：也许全是由于喝了酒吧？接着又想：早该像依格莱兹亚刚才那样在田野中呕吐掉；一转念又想：吐掉什么？他极力回想最近一次吃东西的情况，呀，对了，就是早上在森林里吃了一小截香肠（是早上吗？什么时候呢？），他似乎感到在自己胃里灌满的那刺柏子酒是无法吸收消化的奇怪的东西，像一团凝固或更确切地说半凝固而沉重像水银般的东西。刚才他早该用手指伸到喉咙里去使自己呕吐出来，至少当他们在房子里重新穿上军装时不会那么难受。穿好后他单独一人留在房间里（又是套在那些粗糙、僵硬、沉重的呢绒皮装中，又再感到沉重、僵硬、精疲力竭），他一直在想到底要不要呕吐，到底依格莱兹亚到哪儿去了。这时候，他从窗口看见在公路上工程兵的小卡车迅速地在撤退，这些车子看起来像玩具般大小，一辆跟着一辆相继匆促逃跑。后来依格莱兹亚又重新出现，他也没说什么时候、如何返转来的（和他刚才是什么时候、如何走掉的一样没说清），佐治吓得一跳，转过身来，用同样的疲惫、怀疑的眼光看着他。依格莱兹亚说："那些可怜的老马总该吃点东西。"佐治心里想："他妈的。他居然会想起这件事。几乎醉得半死，像另一个人今天早上让马饮水，好像……"后来他不再想下去了，中途停了下来，对依格莱兹亚不感兴趣，自己也去看往现在那双突起的、惊愕、怀疑的黄色眼睛在注视着的东西。两人一时待着不动，这时候在斜坡草场的那边，那些像玩具的小卡车一辆接一辆列队继续飞奔：他们两人一起从楼梯上滚下，飞跑穿过农庄荒芜的院子，朝着早上走来的那条路相反方向走去——现在佐治所能看见的（全身平躺着，腹部贴着壕沟上的草，上气不接下气，老想控制住胸膛里那打铁炉似的巨大的声响，但没能做到）只是一道窄长的水平线，现在他所能看见的世界缩小到这个程度，上端限于他的头盔的遮檐，下端限于出现在他眼前的长在壕沟上杂乱交错的草叶，开始时只是隐约可见，后来变为清晰，接着不是看见草叶，只是绿色的黄昏中碧绿的斑点，这绿点渐渐缩小，后来就在通向公路的沙石道口上停留了，接着是看见公路上的铺石和哨兵的擦得光亮的黑皮靴，在踝骨上的发亮的褶裥裤脚，两只皮靴的轴线下部呈倒

V 字形，从其中间可以看见公路另一边的死马，在铺石上跳动的车轮之间时隐时现。这匹死马依然躺在早上原来的地方，但似乎变为扁平，好像在一天之中它渐渐融解，像那些随着解冻而融化的雪人似乎不知不觉地在地上往下沉，像是从底下开始融化，慢慢地变了形，结果最后仅存下堆造雪人骨架的那些主要的支撑东西——扫把木柄、棍子等。这死马的肚子现在胀得很大，变得松弛，它那上部是圆的骨头——好像躯体的中部吸收了那巨大的骨骼中全部的物质来营养了自己——现在像歪斜插着的木柱勉强支撑着帐篷似的把那凝结的泥层形成的马尸外壳支持住，但现在再也看不见苍蝇了，好像它们也抛弃了死马，好像再没有什么可以吸取利用，好像是它已经——佐治想，不可能在一天之间就会变成这样子——不是熏黑发臭的马肉而是被深沉的大地所吸收同化了。在大地的浓密的草和叶下埋藏着死去的名叫罗西南特或比赛法勒这类的马的骸骨（还有死去的骑士、马车夫和亚历山大之流的骸骨），现在这些骨头都不重新变为易碎的石灰或……（可是佐治想错了：突然有一只苍蝇出现——这一次是从马的鼻孔里钻出来的——虽然他离开有十五米多远，他清楚地看见它（大概是酒醉时产生的一种引起恶心的精细的视觉敏锐度）是毛茸茸的、蓝黑色闪亮的（虽然他的耳朵受到那些全速飞跑的卡车不停的吵闹声所干扰，他听见苍蝇发出的嗡嗡叫声，狂暴、急躁而贪婪），同样清楚地看见踏在路面上的马蹄铁底面钉着的钉头，现在这些东西对佐治来说是在前景上）……重新变为易碎的石灰，变为化石。由于静止不动，他大概也即将变为化石了。他无可奈何地看着造成自己身体的物质慢慢地在转化嬗变，正在从他那弯曲的手臂上开始，他感到这物质渐渐死亡，变为毫无感觉，不是为蛆虫所吞食而是由于一种慢慢地发展的麻痹，这也许是原子微粒正在秘密地调动以便按照矿物质或结晶的不同结构组织起来。在这清澈明亮的黄昏，他总感到有一层薄如卷烟纸的东西把他隔离开，要是这种感觉不是由于卷烟纸的薄层的隔离，那是由于在皮肤上接触到朦胧的黄昏。佐治曾想过，女人的皮肉十分精致娇嫩，往往会使人不敢断然相信是真的接触到了，好像这些皮肉完全和羽毛、青草、树叶、透明的空气一样，其脆弱如同水晶玻璃。在这肉体上，他可以一直听见微微喘息的声音，要是这不是他自己的气息发出的声音，要是现在他不是像那匹马那样已死去，已被吞没了一半，已被大地回收，肉体正在与潮湿的黏土混合，骨头正在与石头混杂。也许完全是由于静止不动，人们就重新变为一些石灰、沙石和泥土，佐治在想，正是这一点他早该和老头说，他现在看见他的形象，就像在同样的黄昏时候在那昏暗的亭子中一样，透过彩色玻璃窗出现的世界，看来整齐划一，由同样的单一的绿、蓝或淡紫色的物质组成，最后整个世界和谐一致。要不然是五月的傍晚太热无法待在亭子里，于是她和他都到巨大的野栗树下喝茶，那时野栗树正在开花，在暮色中那繁茂的白花球串像磷光微闪的枝形大烛台。现在黑得发蓝的浓影落在他们身上，像一层浓黑单色的油漆覆盖了他们。老头和他那些经久不变的稿纸摊开在他面前的桌子上，在他推开的茶盘旁边，一个小茶碟压在纸上以免晚风吹散，现在他大概看不清那纸上写的密密麻麻的细字了。也许目前只能满足于或尽可能满足于知道那些文字、符号都在，像一个瞎子在黑夜里知道——意识到——存在着具保护作用的墙壁、椅子、床铺，必要时还可以摸一摸以体验它们确实就在跟前——而大白天和光亮（佐治在思忖，他一直躺在壕沟里，专心注意，身体紧绷，毫无知觉，由于痉挛而麻痹，像那死马一般不能动，脸部埋在浓密的草丛、毛茸茸的泥土中，全身俯伏，好像使劲要使自己消失在壕沟两个边缘之间，使整个人消散、钻入、溜进那狭缝中，最终重回宁静的原始物质（子宫）。他想起全家在外面吃晚餐的夜晚，到了这时仆人于连就拿来一盏汽油灯。把灯搁好在桌上，他父亲就开始工作了。这时老头被那些涂画过的卷了角的稿纸包围起来——这些稿纸几乎变为他的一部分、他的补充器官，与他不能分开，像他的脑袋、心脏或那沉重的衰老的肉体一样——他被圈围在夜间花园和蚊子嗡嗡叫中汽油灯照射的区域里。幽闭在一个像防护罩似的蚕茧、蛋壳、油亮发黄封闭的范围中），这亮光所能提供的确切的东西只是那些乱涂的字迹令人失望的再次显现。这些字迹只具有一种真实的生命，但赋予它们生命的思想本身也没有真实的生命足以把它所想象的事物表现出来，而这些事物也是缺乏生命力的。因此，归根结蒂，比较有价值的还是她那满天飞的叽里呱啦的议论，碰得叮当响的项链和至少具有生命力的滔滔不绝的荒唐废话，虽然只是通过声音和动作而具有生命，承认声音和动作还不是违背生命的虚幻、毫无意义的表现形式。生命，这就是他早该懂得的东西，早该问那匹马的问题，如果佐治不是喝得那样醉、那样厌倦，他也许能解答这个问题，还有，也许终究这问题会找到答案，只要打出一枪就会有结果，这是说，这样一来就冲破了物质的天然惰性（从枪管内部猛烈地冲出的弹丸、燃烧、物体膨胀）使他真正变为一堆像马的东西，只有形状与那匹劣马有不同之处，只要那个现在来回地在公路旁的一条小路上与公路平行地走着的哨兵，想起要向后转朝着与公路垂直方向向前走十米的话。（佐治）当然总可以试图首先开枪，要是他下手够快，接着够迅速地跃过那篱笆，那就有时间可以在最后一次领略运动（轮到他奔跑约十米或十五米距离的时间）这种虚幻、毫无意义的生命表现形式，在这之后，他才领略到那些苍蝇现在还未懂得的事，但有一天它们也会轮到懂得。一切有生命的东西最后总会懂得这件事，但不论是马、苍蝇、人都从来不能回来把这事告诉那些现在还不懂的人们。要是哨兵的动作比他快，那他真会死掉，连站起来也来不及了，因此只能待在原地，要是说有什么变化，那只是他并不完全保持同一位置，因为他可能试图把枪托上肩瞄准，不过仅此而已，最终一直是那五月的温暖平静的夜晚，清新的草香，开始降落在果园和花园中的蓝色轻盈的湿气：只有零星的枪声可闻，像九月傍晚狩猎季节开始时可以听到的一样，像一天工作结束后，一个农民或农家的孩子偶然拿到一管枪，决定到他某天把野兔从洞里赶出的地方附近去转一转，这次野兔迎面而来，他朝它开了枪，但没人跑去把它拎着耳朵拾起带回，这只兔子一直躺在原地，永远完全不动，也许带着像瓦克那种死人的惊愕发愣的表情，嘴巴呆呆地张大着，眼睛也睁大着视而不见地朝向前面展开的狭长条的世界望着，一直存在着的是那深红色的砖墙（粗短的厚砖表面粗糙，色泽最浅的是锈红色有黑斑点的砖，颜色最深的像晒干的鲜血，紫中带褐，有时呈现近蓝的深紫色，好像造砖的物质含有带铁的炉渣、冶炼后的金属渣，好像烧砖的火使一种血红的、利害的矿物质凝结起来，使屠户的肉案上的鲜肉烧成坚硬的砖头（从橘黄色到紫色各种色调都有），还有大地的心脏，他好像腹部贴着它的紫色的坚实的腹部肌肉），砖缝间用灰色砂浆填充处显得颜色较浅，在砂浆中可以看见夹杂着沙粒、野草，在靠墙脚处嫩绿色的野草杂乱丛生（好像是要掩盖墙与地面的接缝、连接点，两面角的棱边）。往前一点是一些粗枝，由于他的头盔的帽檐的阻挡，他看不见上部的花（或者是花蕾：也许是蜀葵或黄色的向日葵？）这些花只有大拇指般粗，带着浅绿几乎发白的条纹，或更确切地说，纵向的细长凹槽，花上有一种不是平卧而是与枝茎垂直的轻细毛绒。在底下的一些先开的花已晒干枯萎，软绵绵地下垂着，像虫蛀的生菜叶子，边缘已发黄，但在上部的那些花却新鲜坚挺，叶脉清晰，像小静脉、河流、支流对称的网络般的分枝。它们带有柔软、毛绒的叶子般的东西，难以置信的柔和、轻盈（突出地显现在那血红的、带矿物质的粗砖上）。那几乎完全静止不动的草叶只是有时微微地颤动，高大的植物的强劲枝干动也不动，巨大的叶子有时懒洋洋地在宁静的空气中抖动。这时候，从公路上继续不断地传来杂乱的巨响，那不是来自炮声（现在只是在那平静、明洁的黄昏中零星地遥远地传来，似乎战争最后姗姗来迟，毫不认真例行公事般的跳动——像那些职员或工人懒洋洋地拖拉等候下班的那种举动，那种假装工作的样子，那种保持活动的形式），战争汹涌向前发出一种杂乱嘈声——响度特别巨大——像在火车站中所听到的一般，伴和着火车缓冲器相碰，摇动的铁轨发出金属异乎寻常的刺耳声响的回鸣；往左一点，正在那二面角的边上，像从地面和墙壁之间的一条缝中冒出一株野生植物：属于丛生的花草，或更确切地说，是叶子组成的花冠，散开成圆柱形（像喷泉溅落的样子）。这些叶子有成锯齿状缺刻的叶缘而且带有皮刺（像古兵器或铁搭钩），呈深绿色，表面粗糙。除此之外，还有一株高大的植物枝茎——这一枝茎稍向右倾，接着出现眼前的一个系墙扣（大概高一点的地方还有另一个，但他看不见），鸡棚门的木框或可以说是门的木椽子靠这系墙扣固在墙壁上：这铁扣固定在砖墙中已完全长了锈，厚铁片的四周的水泥形成奶油状的环形套圈，从中还可以看出抹刀在抹平水泥浆时留下的浮凸的毛口痕迹（受挤压的物质产生的细小粗糙芽状物）。木椽子——木梃子和门框一样——被雨水冲洗得褪了颜色，变成灰白，而且像烟灰般成层状。那门框一半已七零八落散了架。接连下角的两个木销钉中的一个几乎已脱了臼。由于整个门框松动，下横档与垂直的门梃子形成的不是正角形而是有点钝角形，因此开门时下横档擦着地面。固定在墙上的椽子脚下四周长着浓密的草丛，从这儿开始草就越长越短，直至变为短而扁平的草根伏在地面上的一层草皮，接着是光秃的泥土，上面出现由于木横档擦着椽子四周的地面转动时突出的部位划出的同心曲线。镀锌铁丝网的状况也很糟糕，虽然看来是不久前换过的（总之比鸡棚和木门的建造时间更后），因为它不但还没有长锈（不过连接它与门框的马蹄形的小铁钉都长了锈）而且深陷土中，（铁丝网）鼓胀得表面凹凸不平，铁丝网下部出现一个大袋形（也许是由于关门时需要用脚踢几踢），把那六角形的网眼拉松，或更确切地说不规则地拉长。在门框刚碰着的第二个木梃子脚下，野草又是浓密丛生，一直沿着门框另一边再连续树立的铁丝网长着。佐治的视域到此中止，这是说，再看不清楚别的了：只看见我们视线左右两边展开的流苏状的东西，其中的事物的形象看不大清楚，只是感觉到有些斑点、模糊的轮廓。（佐治）过度疲乏，过度酒醉，连把头转过来也有困难：他没有看见铁丝网后面的母鸡，也许它们已经睡了，因为据说日落鸡就睡觉。当他听见依格莱兹亚低声说话时，他起先不明白意思，重复地问：什么事？依格莱兹亚这时碰碰他的大腿说：……母鸡。我打赌，他们就要来找鸡。现在天够黑了，对吗？……他们两人开始往后爬，头一直保持向前，他们的视域随着向后退的距离而扩大，那大而矮的深红色房子逐渐整座出现，它的左侧是鸡棚，在他们刚才伏着的地方上面有一个窗子，窗台上搁着一个蓝色搪瓷的牛奶壶，在暮色中几乎看不清了，窗子虽然是敞开着的，但黑漆漆、空荡荡、死气沉沉。在二楼的两扇窗子也是空荡荡黑漆漆，毫无生气。他们在壕沟中继续往后爬，当他们爬到转角处才直起身来直往前冲，翻过篱笆，在另一侧落下后，站住不动，蜷缩着身体不敢暴露，又听见两人紊乱的呼吸，一时间别的事都不能感知。后来——平安无事——他们低弯着身子穿过小花园，越过第二道篱笆，然后又再一个蹲在另一个的后面（现在是在果园中），紧靠着树篱旁，他们的呼吸混乱、血液沸腾，但他们仍然不动，昏暗的暮色慢慢地逐渐浓厚，在他的背后，依格莱兹亚的喑哑声音又窃窃低语，带着一种忿怒，孩子气的激愤情绪（佐治用不着回头就可以在想象中看见那双大鱼眼同样充满惊愕、忧郁、遭受到侮辱的表情）：“工程部队的小卡车！你倒说得对！……”佐治不搭腔，也不转过头来，那忿怒、斥责、不满的低语又再响起：“他妈的！差一点就落在那些人的手里。你在望什么？”佐治仍然不回答，开始沿着树篱往后退，眼睛一直紧盯着那砖房子的转角处，在苹果树的黑色树枝之间，房子也是黑漆一片，但现在再没有卡车驶过了。他所能看见的只是那挂在离马不远的树篱上的粉红色破布呈现的明亮的斑点，但看不见马也看不见哨兵，只有那粉红色的斑点在昏暗的暮色中微微发亮，后来连这粉红色的破布也看不见了，因为他们又越过另一道树篱，一直是往后退着走，头总是朝向公路那边，背老是碰撞到树篱上，手往后面摸索着，抬起了腿，霎时间骑在树篱上，上身俯伏，又再跌落在树篱的另一侧。他们一刻不停地注视着房子的转角处，两人的头脑和身体可以说是专注在不同的问题上，为他们自身的利益各自行动，或者可以这样说，彼此分工，他们的手脚自发地出于自己的意志和指挥而完成一系列的动作，他们的头脑似乎对此并不在意。现在夜幕完全下垂，鸡棚里突然响起一阵惊醒的叽叽喳喳刺耳的嘈杂声，夹杂着拍翼、空气摩擦的声音，暮色中一时充满可笑但痛苦的抗议，既不协调又激烈得令人害怕，像是战争滑稽模仿性的附录：它包含骂粗话，在模糊不清的红棕色竖起的羽毛球团中，笨拙捉鸡的手和臂膀在空中横扫乱摸。这些毛团相互碰撞，声嘶力竭地鸣叫，直至力量悬殊的战斗渐渐平息，被无情扼住的惊慌的颈子下发出最后一声鸣叫中结束，接着一切恢复如常，也许只是在空了的鸡棚中飞散的鸡毛摇摇晃晃地静悄悄慢慢落下，还有依格莱兹亚的声音在说话："去他妈的！"过了一会儿又说："他妈的，至少有一整师人在我们鼻子底下走过，我绝没有想到居然会有这么多的部队！我绝没想到他们跑得这么快。既然他们是坐在汽车软垫长凳上打仗，我们骑着蹩脚的马到这儿来干什么？天哪！我们那副尊容气色够好看的了……"

第三部

感官的享受，就是两个活着的人对一个死者身体的搂抱。这里指的“死尸”，是变为与触觉同体的，一时间被毁灭了的时光。

马尔科姆·德·沙扎尔

他仍然在说话，在低声发牢骚，可是我把他的手里的打火机打落：现在我们在黑暗中摸索着，踉跄地在木头的梯级上走。当然，那老头没有回来，那也就没有鸭子，这是早该预料到的，大概他正在让那刺柏子酒的酒劲过去。在房间里还残留着一点微光，好像黄昏后还迟迟未灭，使床的木板发出亮光。我碰上椅子，把它撞倒，在空屋里发出可怕的响声。我们停下一会儿，留神谛听，好像在公路上的人可以听见这声音似的。后来我又在黑暗中摸索着把椅子扶起，把我的枪搁下。当我坐下时，我看见他就那副样子躺在床上。我说：他妈的，至少你脱下你那马刺。后来就什么事也没有了，这是说，我什么也回想不起来了。我现在想，那时我大概是突然睡着了，也许话还未说完，也许还没说到马刺这个名词之前就睡着了，也许我只是脑子里想到这个词儿而已。空虚，沉沉的睡眠落在我身上像一口钟把我笼罩，埋没了。这时我坐在椅子上，身体前倾，手在摸索着试图解开身上的皮带，心里在想，我们怎么会想到要把这些东西带上，既然我们已经把马留在马厩里，这些东西还有什么用？这些马的小腿肚已凝集了血块，星期日那天为了赶在桥梁炸掉之前再次通过，我们一口气跑了十五公里，几乎从头至尾都是策马急跑，以致它们疲惫不堪。他告诉我们，那些穿条纹裤，戴灰色高筒帽，长着海豹似的小胡子，纽孔里别着玫瑰形徽章[①]的老人中，有一个曾付钱叫他骑在那人的身上（骑在他身上？我说。对，就是像骑马那样。是不是需要给你画个图？——他那双大眼睛惊讶地望着我，好像我是或差不离是个傻瓜），依格莱兹亚在他的嘴唇上穿了一条细线，手里拿着马鞭，穿上骑师的鲜艳的绸上衣和皮靴，他大概还带上了马刺。对那个一丝不挂趴在他的房间地毯上的汉子，他大概用鞭子抽了一顿，用细丝锯他的嘴巴，用马刺划破他的肚子。依格莱兹亚仍用那同样老是沉郁、自然而然引起气愤的声音来叙述这一切，因此无法知道他是不是真的气愤，也许他充其量只是觉得干这种事有点难以理解，但说到底，还达不到这种程度。他也许觉得干这种事卑鄙可恶，但也并不觉得怎样了不得的可恶。他已习惯于有钱人的古怪脾气，对这些人他抱着一种小心翼翼的讨好的态度，含讶异的成分多于气愤，也稍为怀着一点穷人、妓女、鸨母、仆从的蔑视。那黑沉沉的睡意向我扑来，像突然间有人把一床被单扔到我的头上，使我不得脱身，忽然间一切变为黑沉沉，也许我是死了，也许那哨兵更快地首先动手开枪，也许我仍然在那地方躺着，在壕沟芳香的野草中，在大地的这条轨迹中，呼吸着、用鼻子吸着腐殖泥土苦涩的黑色香味，舔着土地粉红色的东西，不对，不是粉红色，在这浓密的黑暗中，只是一片黑色。这东西舔着我的脸。不管怎样，我的双手，我的舌头能触到她，认出是她，我确信不疑了。我那放心地瞎摸的双手接触到她全身，到处摸摸她的背，她的腹部，发出丝绸的窸窣声，碰到那在她光滑赤裸的身上长得像

---

① 这种徽章一般别在翻领纽扣上，标志某些勋位或战功。

外来寄生物似的乱蓬蓬的一簇毛。我继续不停地摸她全身，在她下面爬行，在黑夜中探索，发现她的身体无边巨大和黑沉沉，像是处在一头喂奶的母羊下面，在人身羊脚的农牧女神身下（他常说，那些人干那种事，与母羊和与他们自己的老婆或姐妹是一样的），我吸着她那黄铜铸造一般的乳房的香味，终于触到这热腾腾的毛丛，我心荡神摇地蜷缩在她的两腿中间柔软光滑的凹入处，我能看见她那在我上面的臀部在黑夜中发出微弱的蓝色的磷光。当我继续不停地吮吸时，感到自己身上伸出像树枝的东西，这像树的东西在我的腹内、腰内长大生根，把我紧裹着，像长爪的长春藤沿着我的背慢慢爬，像一只手似的把我的后颈抱住。随着这树从我身上吸取营养而长大，变成了我，或更确切地说，我变成了它。这树似乎反而逐渐显得小，我的身体也就只剩下一个干枯、缩小的胎儿，躺在深沟的两边沿之中，好像我可以在其中溶解，消失，沉没，像在母腹下的小猴那样抓住它的腹部，它的许多乳房，在那呈浅黄褐色的微湿的汗水中藏身。别开灯！我说。我及时抓住她的手。她的身上有一股像卤海贝的味道。我不想去多加分辨，也不想知道别的，只想要舔她的——

她说：你并不真爱我。

我说：哎，天啊！

她说：不是我，那不是我，你——

我说：哎，天啊，这五年中，五年以来——

她说：那不是我，我知道不是我。像我这样的人你爱我吗？你过去会爱我吗？要是没有，我想说，要是——

我说：噢，别这样，听我说，这有什么关系？你，这有什么关系，这又有什么意思呢！让我，我想——

潮湿的模子，在那里面可以制造出士兵、步兵、骑兵和装甲兵，我曾经学过用大拇指在陶土上模压出这些兵种（长出来时就是全副武装，头戴钢盔，脚蹬皮靴）。这帮武装者像从潘多拉魔盒[①]里出来散布全世界。他们的颈上挂着一块半月形的金属片，链条闪闪发亮，像军装上标志军衔的银线条，像银的绳形线条，似乎带着丧事、死亡的形影。我现在回想起那草场，他们把我们安顿在那里，更确切地说，把我们圈禁或贮放在那里：我们住宿在这个地方，头碰别人的脚一行行排好躺着，像摆在纸盒里的铝制的士兵。在我们刚到来时，这草场还没有被人践踏过，还干干净净。我一到就躺倒地上，饥饿难忍，心想马能很好地吃这些草，为什么我不行。我努力想象，使自己相信我是一匹马，我在壕沟深处躺着死了，正在被蚂蚁啃吃着。我的全身由于无数细微的变化慢慢地变为一种无知觉的物质。在这种情况下，我成为草的养料，我的血肉使土地肥沃起来。其实，并没发生什么大的变化，除了我是在大地的另一边而已，像从镜子的一面走到另一面去。（在镜子的另一面，）事物也许继续对称地发展，这是说，在地上青草继续生长，照样地漠漠然，碧萋萋，像有人所说的，头发在死者的头颅上会继续长出一样，只有一点不同之处，我吃蒲公英的根，[②]就在它撒水的地方，它使我们布满水珠的身体冒气，使四处散发出草根的、曼德拉草的强烈呛人的气味。我看过一些书上说，沉船遇难者、隐居修行者往往吃橡栗的根来充饥。大地先把它咬在两唇之间，然后再全部置于口中，像一个贪吃的小孩似的。我们好像互相吸啜，彼此拿对方来

---

① 希腊神话传说，美丽如女神的潘多拉有一个收藏所有的邪恶的魔盒。
② 法语中这句话意味死亡。

解渴，互相杀戮，在饥饿中彼此拿对方来充饥。我尝试咀嚼草根，希望能稍减饥饿之苦，同时还想着： 这像生菜，苦涩的绿汁使我的牙齿像被粗齿锉似的，一条细长的根像剃刀般割伤我的舌头，痛得像火烧。后来他们中的一个人教我识别哪些是可以吃的，例如大黄的根： 这些人很快就恢复原始人、流浪者的本能，想出办法生了火，把一条偷来的狗煮熟。我猜度是从哪个人手里偷来的，大概是从那些在办公室里或参谋部里中了埋伏的笨蛋军官或士官中的一个那里搞来的。这些人平时在我们之中，穿着讲究整齐的制服，可能自以为十分安全。有一天早上，一个家伙一脚把门踢开，将他们全都赶到一块儿，用轻机枪的枪口带着讽刺命令他们到院子里去排队。他们双手高举过头，惊得发呆，不知到底发生了什么事。据说敌方就这样把头发蜡得光亮、衣服穿得笔挺的参谋部人员全部俘虏了。我们免不了骂他们几句，但那些人却认为把他们的狗偷来放在锅子里煮更为实惠。他们把狗分来吃，他们那茶褐或青橄色的面色神秘莫测，蔑视一切，他们那像狼的牙齿闪闪发光，他们用喉音发出的刺耳的名字例如阿尔赫麦德 · 本 · 阿伯达哈拉、布哈伯达、阿伯德尔哈马纳等。他们说话生硬，喉音很多，听来刺耳，他们的身体光滑无毛像少女一样。虽然在草地上也有野生的蒲公英，但他们却整队人不断地从那里带回别的东西。他们精疲力竭，衣冠不整，有的戴着便帽，解开扣子的斗篷，拍打着他们的腿肚。不到一会儿工夫，整个草场被践踏弄脏了。一行行头碰着别人的脚的身体完全把它覆盖了。在灰蒙蒙的拂晓中，粘湿露水的草也呈灰色。我吮啜着露水，我从那里把它全吸了，使它全部进入我的体内，像我孩提时吃橘子一样，尽管大人禁止，说那样做是不干净，没礼貌，发出声音[①]，我还是喜欢在橘子上戳个洞，用力压它，挤压它的肚皮吮啜，让那球形的乳房在我手指下像水一般溜走。一颗粉红晶莹的水珠在倾垂的树枝上，在太阳升起前轻轻颤动的微风中抖动，那透明体中反照出，吸入了染上早霞的天空。我现在回想起这些出奇的早晨。在这期间，从头至尾，春日、天空从来没有像这样明朗，洁净，透亮。寒夜深至时，我们相互紧挤在一起，希望能保存一点热气，我们的身体彼此相嵌着，像机枪的击铁。我想，他就是这样抱住她的，就像这样，我的大腿压在她的底下。那光滑的、野蓬蓬的毛丛抵住我腹部，捧在我的双手掌心中的乳房饱含奶汁，乳头呈茶红色，潮湿，发亮（当我的嘴离开时，乳头呈现一种更鲜艳的粉红色，像是一种颗粒状的、致命的物质受了刺激，激动，一条光闪闪的奶汁细线把我的嘴唇和它联接起来。我现在想起，我那时在一叶草上看见一条极其纤细的线，它的后部拖着一条银似的发光的金属尾巴，它是这样的纤细，其重量不足以使草叶弯垂，它的呈螺旋形的细小的壳上，每道涡纹都有棕色的小花纹，它的颈部也是由一种颗粒状的物质组成的，脆弱具有软骨性，能伸长，竖起。它那能竖起但同时收缩的角，当我触到时就会竖起和收缩。它除了曾被男人的粗野的嘴唇吮吸过外，从来没有喂过奶或解过渴：在它的正中，可以猜摸到有一道横向的，有贴边的小缝隙，从中流出，溅溢出无形的使人忘却一切的乳汁）。乳头竖起和紧贴在我的掌心中，像两点色渍，两个嵌入的铁钉头。我心想，他们把我们全部的骨头都计算好了，我这时似乎可以听见自己全身的骨骼彼此碰得咯咯响。我们等候着寒冷的黎明到来，不断地抖动，坐立不安地等待着天够亮

① 西方人认为吃东西时嘴里发出声音是不礼貌的。

的晨光来到，那时我们就有权利起床。我小心翼翼地跨过那些交叠在一起的躯体（如同死尸似的）一直走到中间的道路上，在那儿，脖子上挂着金属颈圈像狗一样的哨兵来往地走着。虽然已经站起来了，我还有一阵子发抖、哆嗦，同时努力回想是在哪种仪式上，人们全都一排排地头碰别人的脚躺在那大教堂的冰冷的地砖上，我想，是圣职受任礼或是少女进入修道院修行。那些处女在教堂中央横开间中到处全身躺直。那年老的主教在烟香缭绕中走过，像一具枯干的木乃伊，满身披戴着金器和花边，用那戴上苋红色手套和戒指的手轻轻地挥动，用那衰弱到几乎听不见的声音唱着拉丁文歌词，说是在这尘世看来，他们这些人已死了。这时似乎有人把头纱给他们披上。灰蒙蒙一片的黎明在草原上展开，低洼处有一点雾滞留在小溪上。可是他们不让我们去洗漱，要等到白日真正到来才行。我们一边等待一边站在那儿，那紧紧地互相嵌入绞结在一起的肢体在发抖、哆嗦。我倒在她身上翻滚，全身的重量压在她身上。我由于过分狂热而抖动，在那湿漉漉有点杂乱的地方，在紊乱中摸索着寻找她的肉体，其入口处或开口处。我那笨拙的手指瞎摸着，试图分开它，但过于急速，抖动过于厉害，这时她用自己的一只手伸到我们俩的腹部之间，通过中指和无名指把开口处的两唇撑成V字形，同时另一只手放开我的脖子，似乎像一只野兽般沿着她自己的身体爬行，像沿着勒达[①]的臀部潜进的天鹅那无脊椎的颈子（或其他象征放肆淫荡，傲慢不羁的鸟，对，就是那在重新放下的窗纱上的孔雀，它那布满眼形的长尾巴神秘地左右摇来摆去）。最后那只手转弯从她那屈起的臀部伸过来，摸到了我。翻转的手腕把向后

① Leda，希腊神话中的一位公主，曾与化身为天鹅的天神宙斯相爱。

仰的掌心平放在我身上，好像是要把我推开，但仅控制住我的心急。她接着抓住那东西，把它引进，放入，吞没。她急促地呼吸，拉回双手，右手搂住我的脖子，左手紧压我的腰，她的双脚交叉在上。现在呼吸越来越急促，每次我重新下压，碰撞了她，把全身重量压在她身上，连气也透不过来。我远离一点，再碰到她的身体时，她朝我反扑过来。有一个时候，那器官出来了，她很快就又把它塞回去，但这次只用一只手，另一只手搂住我的脖子不放。现在她喘气、呻吟，不是很响但连续不停。她的声音完全变了，我认不出来，这是说，好像是出自另一个女人，一个不相识的女人，这声音充满稚气、全无抵抗、不断呻吟，使人听后感到有点可怕、悲哀、迷惘。我说：我是爱你的吗？我碰撞她，喊声碰击，虽然喉咙哽住，她最后还是说出话来：

不是的。

我又说：你不相信我爱你？我又撞击她，我的腰部，腹部又撞击她，打她，直至深处。她的喉咙一时哽塞，说不出话，但终于又再说出：

不是的。

我说：你不相信我爱你，真的，你不相信我爱你，那好吧，现在我是不是爱你？说呀。每问一次，我碰撞她更厉害，不让她有时间和力气回答。从她的喉咙、脖子里仅透出含糊不清的声音。她的头部在枕头上，在她的头发深色的斑点中从右到左猛烈地滚动，她同时仍说：不是，不是，不是，不是。他们把一个疯子关在处于草场高处的农庄猪圈里，这高处本是他们作为哨所用的，这人在一次大轰炸中神经失常，有时他似乎无缘无故不停地喊叫起来，但并不暴跳如雷，或把门敲得咚咚响，而是温和地喊叫，有时在夜里叫，使我惊醒。我边听边问：什么事？依格莱兹亚说：是疯子。他仍旧是那样忧郁沉闷，落落寡欢。他蜷缩着身子，意图把头埋在大衣里。我看见那些人，看见他们的黑影在中央通道上静悄悄地来往，穿着他们那沉重的斗篷显得耸肩缩膀。他们颈上的金属狗圈有时在月下闪闪发光，他们的枪支挂在背带上，双手左右挥动来取暖，像赶马车的人。依格莱兹亚忿怒、沉闷的声音从他的大衣里传来。他说：我要是他们，我就用枪托给他嘴巴来一下子，那他也许就不再叫喊得令人心烦。这样整晚不停地大声叫嚷，真该死。在沉沉的黑夜里，无缘无故不停地喊叫，后来突然停止叫嚷了。我们把交错在一起的下肢分开，像两个死人似的躺着。我们想好好喘一口气，但做不到，好像心脏想要跟着空气从我们嘴里跑出去。我和她都死了，我们被自己的血液沸腾的嘈杂声震聋了。这些血在我们的四肢中奔流，冲前又回涌，隆隆发响，通过我们血管的复杂的分支汹涌奔流，像——这怎么说——怒潮。我觉得所有的河流朝相反的方向逆流，回到他们的源头，好像我们一时全身变空，好像我们整个生命在瀑布的隆隆声中朝着我们的腹部急奔，越出了腹外。整个生命从我们身上，从我身上，从我的寂寞中挣扎摆脱出来，一旦得到解脱，跳跃出外，四面溢散，不断溅射，继续不停地使我们浑身湿透了，似乎事实上不存在完结的时候，好像永远不会终止（但这不是真的：只是一瞬间的陶醉，以为永远如此，实际上只是一瞬间，像我们做梦时，相信真的发生了许多事，但一睁开眼睛，时针的位置几乎没什么移动），后来这一切倒涌回流，现在朝反方向奔去，像碰到一堵墙，一个不能逾越的障碍，只有我们身上的一小部分可能会越过，这可以说是由于欺骗而达到的，这是说，一方面欺骗阻挡这一小部分逃脱，解放的力量，同时又欺骗我们自己。这时，在我们那得不到安慰的孤单寂寞中有什么失望、忿怒的东西在喊叫，当它再次受到束缚时，就狂热地撞击那些墙，那些狭隘不能逾越的限制，狂怒猛叫，最后才渐渐平静下来。过了一会儿，她把灯点亮了，我马上把眼睛闭上，一切呈现栗色，后来变为红棕色。我的眼睛继续闭着，耳边听见响声银般清亮的水流远去，消散……（我在黑夜中听见它在谷仓的屋顶上，黑色、银般清亮的冰冻的水从檐沟吐出，好像在沉沉黑夜中，大自然、树木、整个大地由于这速度缓慢的洪水正在瓦解，淹没，分解，液化，逐渐地消灭了。这时我决心也到跛子家去和他们待在一起，因为他曾邀请我们晚上去他家，这样我就不爬上谷仓去躺在那棕色的稻草堆上，或再到咖啡店去喝酒了。瓦克一直守着马，虽然这天晚上轮不到他看守马厩，但他留在那里。他看着我走过，一声不吭。在黑漆漆的雨夜中，我走了出去。但和白天一样，我没有办法看见她。我到时见他们三人已经和跛子围着桌子坐着，依格莱兹亚和另一个人正低声地和炉旁的雇工在谈论，唯独她不在那里。我站在门口，用目光四处寻找，可是仍见不到她。最后我问这是不是士兵和农民组织的苏维埃，他们转过身子朝我看，带着疑心和不以为然的眼光。我对他们说不必麻烦让座，我说我从来没学习玩别的，只学会打仗。我走到炉边坐下了。炉上有一把搪瓷大咖啡壶，他们赌钱的桌子上铺着一块印着红色图案的黄漆布，图案上画的是棕树，清真寺的尖塔，挎着土耳其军刀的骑兵，还有一些妇女到喷泉去汲水的形象，有些朝长方形的瓦罐里装水，有些托在肩上。每次一个打牌者打出一张牌时，先把它举在空中一两秒钟，然后以一种手势（胜利还是发怒？）扔出摊在桌上，拳头猛烈地碰击着它。我看见一个女人，但不是她，不是那个早晨在马厩半明半暗的光线中瞥见的那洁白、温柔、悦目的身影，而是像与她相反的形象，或确切点说，是她的反面或腐化体，甚至是女人、优美、感官愉快的意念的腐化体，是她所受到的惩罚：一个可怕的老妇人的侧影，她长着公羊胡子，头部不停地发抖颤动。当我坐到炉子后面的长板凳上靠近她时，她转过身来对着我。她的眼珠子浅蓝几乎变白，像已液化。她仔细打量我，窥测我一阵子，同时不停地咕哝和反复捉摸，那灰色公羊须一上一下地动。后来她俯身向我，靠近我的脸直到碰上她那干瘪的发黄的面具（似乎我到这农民家的厨房里来是由于中了魔——事实上，在这个地方是有这类事情发生的。这个山谷深邃，与世隔绝的荒僻地方，只有微弱的钟声可以传到，这里的草场像海绵似的吸水，这里的杂树丛生。山坡被秋霜染红时呈一片铁锈色，就是这样：似乎整个地方陷于一种昏沉、魔力之中，淹没在雨水寂静的水面下，生锈，剥落，受到腐蚀，在那堆积的枯叶形成的腐殖土发出的气味中渐渐地糜烂。这些叶子堆在一起慢慢地也在腐烂，而我这位骑兵，这位穿着皮靴的征服者在深沉的夜里，在时间的尽头，却想来诱惑、掠走梦想多年的百合花般洁白的公主。当我以为找到她，拥抱她，把她紧紧扼住时，却发现自己面对着一个可怕的异样的老妇……），她说：我认出他，不错，他那胡子好认！

和雇工在说话的两人中之一，停下不说话了，从炉子上面望着我，眨眨眼睛说：你可给她看中了。

我说：就是为这个我才来的。

他说：不过她也许不是完全同一年纪。

我说：差不多年轻两百岁，不过这没什么关系。老婆婆，您看见了什么？

她身子更俯向前，朝跛子那个方向很快望一眼。那些赌钱的人仍旧忙着在吵闹声中把牌打到桌面上。她说： 耶稣，耶稣，耶稣基督那类人。不过，他是个狡猾的人。

从炉子上面我望望那个人，他又朝我眨眨眼睛。我说： 这我相信，这是最狡猾的一个。他在哪儿?

在路上。

真的? 怎么回事?

她说： 他留着胡子，还有一条棍子——

我说： 我也看见过他。

他老是拿着棍子。他想打我。

他妈的臭婊子，跛子转过身来大声说，你老是胡说八道没个完。你不会去睡觉，嗯?

他妈的! 老妇说。围着桌子坐的三个士兵哄堂大笑。老妇默默地静坐一旁过了一会儿，眼睛细看着那跛子，等着他重新拿起纸牌。她在长板凳上蜷曲缩起坐着，那眼眶发红，眼珠褪了色的小眼睛发射出恶毒、怀恨的闪光。乌龟王八! 她说（总是从齿缝里说话，仍然嘀嘀咕咕）： 他们坏心眼，欺我孤单一人。她又重复说：乌龟王八! 乌龟王八! 可是那些人已重新开始玩牌，她朝我投了胜利的眼光，又再俯身向我。她说： 他用枪把那汉子赶跑。他虽能拿起枪但仍然是个王八。我又从炉子上望他，而他也再次朝我眨眨眼睛。

他满可以把她关在房间里，她嘿嘿地笑着说。她的身子进一步俯过来，用手肘捅捅我。她那死人一样的略黄的小眼睛无声地笑。

不过钥匙不只一把。她说。

什么?

钥匙不只一把。

你又胡扯些什么！跛子大声说。快去睡觉！她惊跳起来，急忙躲开，撞到板凳的另一端，但默默不响，不停地朝我做出怪样子，眼睛老朝着我看，眉毛抬得高高，与此同时，她的没发出声音的嘴巴做出“恶毒”、“恶毒”这些字眼的口形，那母羊般的极其难看的脸扭歪着）……后来在她的重压下床又下塌了，我继续闭起眼睛，力图把这无垠的黑暗保留，贮存在我的眼皮下。黑夜在我眼皮中交替地由栗色变为红色，然后又换为紫色，最后变为大理石花纹似的紫黑色。模糊的斑点在形成，在变样，慢慢地移动着，像毛茸茸的灰白的阳光一亮一灭。我知道她让灯亮着，她在看我，仔细观察我，运用女人们特有的敏锐洞察的注意力看我。现在我的面颊、前额埋在她的胳肢窝下，可以听见空气吸入她体内，每次吸气，身体凹陷，接着听见空气呼出来。她的心脏仍跳得很快，但渐渐地放慢。我的眼睛一直闭着，身体慢慢沿着她身旁移动，紧贴着她的肋部。她的腹部一起一伏，像鸟的娇弱的颈子似的悸动。（那孔雀也跟着窗纱一起全身跳动，它的线条优美的颈子弯成 S 字形，那蓝色的细小的头上，装点着一把羽毛扇。她把窗纱重新放下后，帘子还继续颤动，像一件活的东西，像藏在它后面的生命一样。我抬头太晚，迟了一刹那，我看见或并没看见或只是以为看见她那半边的脸，看见她的手很快缩回去，让窗纱自己重新垂下。现在孔雀的长尾巴继续摇摆，后来停下不动，她也是这样。第二天我们还是没有办法能够看见她一眼。马在当天晚上死了，第二天早上我们把它埋在果园的隅角上。那些由于下雨树枝变得漆黑的树现在几乎全部的叶子都落掉了，在潮湿的空气中滴着水珠：我们把马尸弄上一辆手推车上，后来把它抛到坑里。当一锹锹的土渐渐把它埋掉时，我望望它，瘦骨嶙峋，凄惨悲凉，它的前腿弯起，从没这样像昆虫或螳螂过。它那带着忧伤、逆来顺受神情的巨大头部逐渐消失，在我们的铁锹下慢慢加高的黑色土堆中淹没了。它那露出的牙齿表现出冷笑的样子，似乎在死亡的彼岸，它在嘲笑我们，它强有力地预见我们所没有的认识和经验，预见那骗人的秘密：肯定不存在任何秘密，任何奥秘。雨又开始下了。当开动的命令传到时，雨下得很大，在我们和山谷的另一斜坡之间隔置了一块几乎是不透光的灰色面纱。我们坐在谷仓里，全副武装，马装上了鞍辔。等候着集合命令，同时一边门框中的雨帘，像银色钉齿耙的雨水从屋顶倾流而下，在地面冲出一条与门槛平行的细小的痕沟。在前面一点的地方（与屋顶成垂直线），地上的石子像是光溜溜，洗得干干净净，露出了下部。寒气袭人，又湿又冷。我们讲话时，口里溢出一股蓝色稠厚的水汽。在窗纱上，孔雀仍然静止不动，神秘莫测。我们一边说话，有时一边眼睛偷偷地朝上望。布吕姆那苍白的脸在黑色的头发衬托下，像一片阿斯匹林药片，只是多了他那黑色发热的眼睛呈现的两个斑点。他手里拿着钢盔，他的头和瘦削的颈子滑稽可笑地伸出，裸露在军大衣外面，在僵硬的呢绒、皮件、皮带组成的战士装备的外面。在这些东西里面，他那脆弱纤瘦的身子像置于一个甲壳里一样。

瓦克说：不开动了。我们已等了一个钟头。我打赌，不会开动了。他们会让我们整一天就这样待着，最后到了半夜，他们才来下令解下马鞍睡觉去。

别哭起来，布吕姆说。

我不哭，瓦克说，我可不自吹自擂。就这样，我——

他妈的，我说，只要是能得到那钥匙，我不惜付出代价。

什么钥匙？瓦克说。

孔雀仍然不动。

田野的钥匙，依格莱兹亚说。我们仍旧在一直望着钉齿耙似的雨水后沉寂的房子、关闭的窗子、紧闭的大门，屋子前部像一张猜不透的脸，有时那巨大的核桃树一片叶子脱落，软弱无力地飘落在地上。这叶子几乎变为黑色，已被虫蛀得腐烂了。

我打赌，就是那助理员。布吕姆说。

不对，瓦克说，她把他赶跑了。当他进入她房间时，她把挂着的枪拿下来。

有这回事？布吕姆说，就因为他跑进她的房间？

我可什么都不知道，瓦克说，你为什么不去问他？

他可什么都不知道！依格莱兹亚说，既然如此，你胡诌什么。

不为什么。瓦克说。

瓦克和他们家的雇工交上朋友了。依格莱兹亚说。就是那个样子像一头熊的人。

熊与熊之间，彼此相互理解。布吕姆说。

去你娘的。瓦克说。

算啦，我说，别发火。你帮他把红薯收进来，因此他帮你弄清楚这一家子发生的事。说给我们听听。

他可从来没有帮我把马搞死。瓦克说。

算了，依格莱兹亚说，不得不骑那匹马的，可不是你。

也不是我把它搞死的。瓦克说。

够啦，别说了。我说。

让他去说，布吕姆说，只要他开心。他转身朝瓦克说：这样看来，是那助理员了？

你为什么不亲自去问问他？瓦克说。

那么是他了？

他是这家的老朋友，我说，是这家最要好的朋友。他很喜欢他们，过去他一直很喜欢这一家的人。

可是她拿枪把他赶跑。布吕姆说。

这家人是打猎的。我说。

这正是那头熊说的，布吕姆说，那老妇人说的可不是这样。

那老女人是疯子。瓦克说。

也许她搞混了，我说，也许她以为还有另一个男人。

另一个？布吕姆说。

我原以为你全知道。瓦克说。

还有另一个？依格莱兹亚说。

那钉齿耙般的雨水没完没了地流下，像银丝一般，像平行排列的金属线把谷仓的入口遮住。有一个地方，槽沟大口地吐出雨水，发出远处的瀑布响声。我说：就因为是这样，他拿起枪阻止他进入。

进入什么地方？瓦克说。

哎哟哟！布吕姆说，你难道什么也不懂？当然是进入房子里，因为他也想进入房子里。

既然你说他有另一把钥匙，瓦克说。

不过是在大白天，光明正大进去，借口要让中士看看那些空房间，以主人身份走进去。你显然什么都没弄清楚，对吗？

这是个不爱外出的人，布吕姆说，他喜欢把所有的东西都收进藏在家里，到处——

你们讲的，我全搞不懂，瓦克说，你们自以为很聪明，我，我要告诉你们，别自以为——

不过另一个男人没看管好他的家，我说。

谁?

跛子，这与名誉有关。

是呀，布吕姆说，我还不知道这名誉已给那四周有毛的东西从正中间撞裂了。

胡说！瓦克说。

对，我一直在找的正是这个词儿。它就在我嘴边，可是我就没找到。这些乡下佬，也真是，他们好像没什么了不得，但会突然——

还有城里的犹太鬼，瓦克说，他们看起来又怎么样?

哎！我说，你闭上嘴行不行?

你以为能把我吓住！瓦克说。

路面金色的沙石上，雨水流成错综交织的小沟网。斜坡的边渐渐缩小，剥落，变成连续崩塌的细微的泥土，一时堵塞了这网的一个分支，后来在被侵袭，蚀缺，冲洗下消失了。整个世界带着水流、雨滴继续不停的潺潺声而离去。雨珠沿着亮闪闪的树枝你追我赶，汇合后又分开，与夏日最后剩下的树叶，最后的残余，永远一去不复返的时光，永远无法重觅的时光一起落下消失了。在她身上，我寻求，希冀的，一直追寻到她的肉身上，身体内的，是一些字眼词句，一些字音。像他那样狂热，像他那样在充满幻想的纸张上写满黑黝黝一片的蝇头细字，写下我们嘴唇讲出的话，自己欺骗自己，过一种用字音构成的生活，比那窗纱更缺乏现实性和稳定性的生活，在那窗纱上，我们以为看见上面织绣的孔雀在移动，在颤动，在呼吸，想象着，梦想着帘后的东西，可是大概既没有看见那半掩的脸也没看见那让窗纱重新垂落的手，只是激动地窥视着穿堂风微微地吹动）。她说： 你在想什么？我说： 在想你。她又说：没这回事。告诉我，你在想什么？我说： 在想你，这一点你是很清楚的。我把手搁在她身上的正中间，那里像绒毛轻羽，像英国谚语里所说的，手中握着的鸟，如同握着荆棘丛。她问： 你为什么把眼睛闭起来？我睁开眼，灯依然亮着。她正面躺着。一条腿稍微分开。另一条高高曲起，像一座山似的拱起在我之上，脚平贴在揉皱的被单上。后部，在踝骨稍下一点的地方，皮较厚，在那带点橙色的脚跟上形成三道横褶。我的一边面颊靠着她的另一条大腿的里向一面。在这种姿态中，这一面变为上部，我可以看见大腿与上身连接稍有稀疏细毛的地方，就从这儿开始，出现较浓的细毛，这儿具有与腹股沟形成对角线的肌腱隆起的部分。大腿上部的皮肤十分洁白，但从腹股沟起就呈现浅棕褐色。在粘膜部位开始之前，开口处两沿呈较深的棕褐色，好像我们古代未开化的祖先留下某些深黑的东西没有完全消失，仍然保留不去，在灰尘中，在浓密的毛里相互紧搂，交配，翻滚，赤裸，狂暴，短暂。在这种姿态下，开口处只是稍微张开，可以看见一点淡紫色的像稍为露出的衬里、折边的东西。随着眼光朝那些褶皱处向下移，棕褐色越来越显得加深，鲜明。这些皱褶好像是一块料子，一块稍带颜色的丝绸，被两只手指从里面夹住，上部显出一个环形，或更确切地说，一个皱裥，一个肉的纽扣眼。她说： 你在想什么？回答我。你在哪里？我再次把手搁在她身上： 就在这儿。她说： 没这回事。我说： 你认为我不在这儿？我试图笑一笑。她说： 是的。你不是和我在一起。对你来说，我不过是一个供士兵玩玩的妓女，有点像在军营里的风化剥落的石灰墙上用粉笔或钉子画的东西： 一个卵形分为两半，四周画着一些放射线，像太阳或一只竖画的闭着的眼睛四周围着一圈睫毛，连个脸孔也没有……我说：哎，别说了。你能理解，你能想象，整五年里我想的只是你吗？她说：正是这样。我说：正是这样？她说：好，放开我。她想把身子摆脱出来。我说：你怎么回事？你到底怎么啦？她仍然要脱身，想起床。她在哭着，又再说一遍，像士兵画的那些东西，讲的那些话。夜里我听着他们继续不停地争吵，白天看着雨水滴落。布吕姆说：他要是有点热的东西喝喝就好了。瓦克说：既然这小子那么机灵聪明，为什么不到那家去敲门，要她做点咖啡喝。布吕姆说：他可不喜欢枪，虽然背上有一管，他从来不喜欢打猎，更不喜欢打禽鸟，何况那跛子有一种很想使用他自己那管枪的神气。他继续说："当然，他有充分权利开枪，既然人人到处在挥舞自己那支蹩脚小枪。总之，这是在打仗。"现在天色又暗起来，什么都看不见，我只听见他的声音。我们对这个世界所知的全部事物，只是这种寒冷，这种在我们全身上下无孔不入的雨水，这守恒不变、复杂多样、无所不在的水流，与大路上各式各样的像世界末日来临中出现的马蹄声混在一起。我们颠簸在那看不见的马上，以为这一切（乡村、谷仓、乳白的身影、叫喊声、跛子、助理员、发疯的老妇，这一群阴暗、盲目、悲惨、庸碌、杂乱无章的人物在大声疾呼，互相谩骂，互相威吓，互相诅咒，在黑暗中踉跄、摸索而行，直至最终碰撞上一道障碍，一部藏在阴影中的兵器（它并不是为他们，并不是特意为对付他们藏在那里），这兵器会对着他们的脸爆炸起来，他们只有时间最后一次（也许是第一次）瞥见一件像亮光的东西。）只是在我们的心灵中存在：一场梦，一个幻象。实际上我们骑着马也许从没有停过步，总是不停地在这雨水淋漓的黑夜里没完没了地骑马前行。我们继续彼此答话但相互都看不见……这样看来，也许她是对的，也许她说的是真话。也许我总在和她讲话，也许是在和那个死去多年的年轻犹太人相互吹牛，开玩笑，讲下流话，说些词句，发出字音，这一切无非是使我们不致睡着，无非是想使对方上当受骗，使彼此鼓起勇气。现在布吕姆说：也许那管枪并没子弹，也许他连怎样开枪也不懂，人们很喜欢把小说、戏剧写成悲剧。

我：也许那枪已上好了子弹。有时会发生这样的事，每天早上都可以在报纸上看到。

那明天就去买报纸，至少有一点能引起兴趣的东西可读。

我一直以为这场战争足够你发生兴趣的了。我甚至想象你对战争有直接的兴趣。

可不是对清早四点钟骑上一匹劣马在雨中跑。

你以为现在是早上四点钟吗？你相信天终归要亮？

现在不是天亮了吗？瞧那右边稍微没那么黑的东西是什么？

哪儿？在这像铁锅般的天底下，你在哪儿看见什么东西？

有时可见一片没有那么黑的东西。

也许那是水，也许是默兹河。

或许是莱茵河。

或许是易北河。

不是易北河。要是的话，早就会知道。

好吧，那是什么呢？

一条河。那又有什么用。

你认为现在可能是几点钟？

几点钟又怎么样？

我们待在这车厢里大概有三天了。

那就算这是易北河吧。

两个面目看不见的声音在黑暗中交替出现，一问一答，但除了声音本身外，没有任何真实感；所谈及的事物，除一连串的声音外，也没有真实感，但这些声音仍然继续进行对话，开始时只有两个有可能死去的人，接着是变成两个活着的死人，最后是其中之一真的死了，另一个仍然活着（佐治想，看来似乎是这样，看来也似乎是差不多一样），这两人（那死了的人，另一个在思忖是否真的永远死掉还好些，因为死去是怎么回事毕竟无法知道）都被这种既静止又同时在动的东西所紧紧抓住，它把大地的表层压在体下慢慢地刮去（也许佐治总是不断地看见的就是这东西，像在马蹄细微、持久的践踏后面发生的一种缓慢的移动，察觉不出而又持续不断极其残酷的刮除活动。这种巨大的冷酷的行进，这从有史以来冰川缓慢的推进、碾碎、压坏一切，在其中他似乎看见自己和布吕姆僵硬、冰冻的身体，穿着皮靴和马刺，骑在他们的精疲力竭的劣马上，站在一群幽灵之中，安然无恙，但等于死去一样。这些幽灵也是站着，穿着颜色淡褪柔和的衣服，全都以一种同样难以觉察的速度前进，像一队冻结的模拟人像，在底座上跳动着摇摆，同样一律并入这青绿色的冰层中。他试图透过这冰层猜测他们是谁，怎么个样子，在镜子里绿色的深处没完没了地重复）。布吕姆的悲怆但滑稽的声音说："到底你知道什么？你全都不知道。你甚至不清楚那枪是不是上了子弹，你甚至不清楚打那一枪是否出于偶然。我们连那天的天气怎样也不清楚，是灰尘还是泥土把他覆盖了。他是空手归来的，一肚子没能推销出去的好意。这良好的心意不但是推销不出去而且迎接它的是放枪。他发现妻子（这是说，你的曾祖母的曾祖母，她现在仅剩下几根易碎的骸骨裹在褪色的绿色长袍中，躺在墓穴深处的一具棺材里。棺木和骨头都被虫蛀了，因此无法知道那些在塔夫绸的褶裥中的黄色细粉末到底是骨灰还是木灰。不过这些粉末昔日曾有过青春、血肉、毛茸茸的腹部，像百合花色的乳房、嘴唇，在这些变黄的骨头上有过为欢乐所激动的双颊），他发现妻子正在忙于把西班牙人不肯采用的那些自然博物家和放血者的办法付诸实践。”

佐治说：“不是的，他……”

布吕姆：“怎么不是？你自己也承认在你的家史上有一团疑云：家丑不可外扬的尴尬、沉默。可不是我谈起那些绘写风流韵事的版画，用肩撞开的门，在夜里的发窘、叫喊、混乱，灯光……”

佐治：“不过……”

布吕姆：“你不是对我说过，在那第二幅画像上，那幅精致微型画像上，他那死后留下的圆形的画像上，你几乎认不出是谁，后来你得看了好几遍它背后写的名字和日期才深信不疑，你……”

佐治：“不错，不错，不错。但是……”（她到了中年身体变得丰满，富有肉感，有点像年轻女子结婚以后那样有点肥腴、发福，也许有点臃肿。她穿的衣服好像是取消衣服的作用，这是说，一件简单的长袍，一件简单的衬衣，半透明的，使她半身裸露，她那诱人的柔软的胸部用缎带束紧突出，几乎全部涌出那粉红色、淡紫色的轻飘飘的丝绸衣料外面。从她全身——从那衣服中——散发出一种不顾廉耻，心满意足，洋洋得意的东西，还有一种感官和心灵全部欲望得到缓解，喂饱——甚至过饱——时呈现的心安理得的饱满，脸上带着懒洋洋的、泰然自若、无情暴虐的微笑，那时代的某些女人画像就是这个样子（也许这是由于当时流行的式样的影响，也许是出于画家的风格、技巧、才能、惯例，他习惯于运用同样的彩笔或同样的能引起快感的铅笔画法，绘画家庭主妇或土耳其皇帝后宫中的淫荡的姬妾在土耳其蒸汽浴后浑身无力地靠在背垫上？），她们的颈子柔软，喉部像鸽子似的，当然完全不同于眼前出现的那个女人的样子，她有点生硬、故作高傲、装模作样。穿上紧身褡、用鲸须来撑开裙子[①]，戴着冷硬的珠宝手饰，披着沉重到使人累垮的长袍让画家绘肖像。佐治想："是这样，好像在这期间她得到解脱，好像死亡使她……"）现在他重新听见布吕姆的声音（嗓门逐步提高，冷嘲热讽，甚至挖苦，但似乎不是对那一个人，也许只能对着饭盒底说话。他似乎是和铁饭盒在温柔亲切地讲话，对话，会谈。佐治在思忖：一个人可以消瘦到什么一种程度而不至于消失，不至于因为走向反面而被消灭，例如膨胀爆炸，皮肤和整个人像受到吮吸朝里面吸入，布吕姆那时瘦得真是可怕，眼睛深凹，喉结突出到像要穿出皮肤，他那嘲讽的声调也像是干瘪无肉。他说）："是不是也许他除了那些受日内瓦人[②]影响的思想外，还有别的毛病，某种见不得人的畸形缺陷？他是不是跛脚或有鸭板脚或者类似的毛病？那个时代，不少的贵族，侯爵，背教的大主教或大使都有这种毛病。老实说，你只是从画像或半身塑像上看见过他，肩上背着双管枪，像那个乡下跷脚的奥赛罗[③]。也许他也是跛子，只不过是这样吧，不过这使他产生自卑感，他……"佐治："也许是这样。"布吕姆："还有，也许他负了债，也许当地的那

---

① 那时代的贵族妇女常用金属薄片或坚韧的鲸须来撑开裙子。

② 大概是指出生于日内瓦的卢梭，他的启蒙运动思想在法国大革命前被封建社会视为洪水猛兽。

③ Othello，莎士比亚同名戏剧中的主人公，他因怀疑妻子另有所欢，最后导致悲剧下场。

个无情的犹太人手里紧捏着一些记名期票使他乖乖就范。你知道，那些贵族老爷主要靠借债过活。这些贵族大都怀有纯真和宽宏大量的情感，但除借债之外，不会干别的事，要是没有那手指像鹰爪那样钩曲的高利贷犹太人——对他们来说，等于是天赐鸿恩——他们也许做不了什么大事，大概只能在战争中立功，过后在家族之间引以为荣地传开，为了以军功战绩显赫的贵族，为了震动亲友，为了威望，为了传统，为了五百年之后他的一位子孙出征时带着那个人——可以说是仆人或尽仆人职责的人——曾经完全像对一匹母马一样地骑在他妻子身上并与她发生肉体关系。这两个男人却并肩地生活，过了整一个秋天，整一个冬天，还再加上半个春天。他们彼此间没有交谈过一句话（除了有时因为马的腿跛了或因工作的问题），直到最后只剩下他们两人在一起，一个始终不渝紧跟着另一个，或另一个有办法使这一个始终不渝地跟着他。两人走在这条公路上，在这种地方，正如你所说的，不是战争而是割喉谋杀的场所。在这种地方，两者中任何的一个都能用步枪或手枪一下子打死另一个，永远也用不着向任何人说明是为什么。你说，他们甚至彼此不交谈（也许只是两人都不感到需要：也许就这么简单），两人之间保持距离，按照各自的等级和社会地位，甚至在这乡下小咖啡馆的后院中他们也像两个陌生人。就在这里，就在他遭到机枪扫射前五分钟，他请你们喝一杯冰凉的啤酒，像他在赛马胜利赢钱后在骑师的酒吧间请喝一杯酒那样，只不过是从洞口流出的不是血而是啤酒。要是你好好看看，你也许就会看见那骑在马上领有封地的骑士塑像撒出的不是尿而是啤酒，而这塑像变为立在原台基上的一座弗兰德啤酒喷泉池……”布吕姆没把话说完，现在全神贯注地拼命刮饭盒底最后剩下的一点汤的残渣，一股酸馊味已够令人恶心，还带着金属的味道。佐治默默地看着他，这是说，现在是看着他那低下的后脑，后颈的两条筋像两根拉长、突起的绳子。现在他那底下的嘴巴好像是藏在饭盒里说话：“这可以说是一件美妙的事，有许多时间可以浪费，有那么多的时间可以任意支配，连自杀、悲惨的事件、悲剧都变成风雅的消遣了。”他又继续说：“但在我家里，事情做不完，没时间，真可惜，我从来没听见过像这样卓绝出众的有声有色的故事。我理解这是我家的一个缺陷，一种可悲的缺乏情趣。并不是说布吕姆家没有一两位甚至好几位大概曾经起过念头有一天要自杀，但他们大概找不到一点时间，甚至必须的一分钟，也许老在想：我明天就干，后来一天拖过一天，因为第二天就又得早上六点钟就起床，接着马上开始裁剪或缝纫或搬运用方块的黑哔叽包裹起来的一包包料子：等打完仗，你要来看我，那时我带你去看看我们的那条街[①]，那儿开始是一家商店，墙上油漆成一种黄色仿木的样子，橱窗的黑玻璃上用金字写着：泽勒尼克毛呢布匹商店批发兼零售。店堂里全是一卷卷的布匹，但不是像在那些讲究的绸缎商店里文雅的、搽上香水的店员从货架上拿出的一些卷在白色薄木板上的，用优美的手势展开在顾客前的精美呢绒：这些布卷几乎有老树干那么粗大，一卷就足够做十家人的衣服，但料子难看、粗厚、深色。店堂里白天也像晚上那样黑暗，点着六七盏毛玻璃的球形灯泡，吊在一根铅管末端，人们仅用一根电线从管中穿过，以代替煤气[②]。这些球形灯泡五六十年来没有变换过。第二家商店漆的是红色，与前面一家不同的地方是墙基是用仿大理石材料砌的，绿

① 做小生意的犹太人往往集中在一条街上，这种犹太人街，在欧美各国城市中常可见到。

② 法国先用煤气灯，后用电灯。

中带浅绿的细纹，但店名仍同样是用金字写在黑玻璃上，这里是：察·大卫衬里毛料法国呢绒批发公司，店堂里也是同样的粗树干似的木轴卷的颜色黯淡、实用但不美观的料子。第三家商店又是漆成尿黄仿木的颜色，店名是：乌勒夫呢绒衬里商店。在这之后，是一个宽阔的能通车辆的大门，它上面挂着一个有涡形边饰的长方形框中写着：出租手推车出售煤炭，实际上煤炭商店是在院子底部。在招牌上面，门上端有一个狭小的半圆形建筑，那儿出现一个近正方形的窗子，它大概与门廊上的一个房间相通。我总是在琢磨，在这样的房间里，一个人怎能直立，但看来有人住在里面，因为窗上挂着罗纱窗帘，小铁栏干上挂着几盆绿色的植物。门廊再过去的一家商店的墙是漆成黄褐色，招牌是用哥特字体写的：上等好酒，甜烧酒老酒窖。接着又是一家商店，门面又是漆成黄的仿木颜色，招牌是：索林斯基男装与青年服装布匹批发半批发商店。再过去是街角，其对面是家小酒店，挂的招牌是白底红字写的[①]咖啡香烟法国雪茄烟。门面漆成深红色，镶板浅红色，朝向两街形成的拐角或隅角斜面的门一直是大开着，除非是天气太冷，因此总可以看见两三个男人臂肘支撑在柜台上站着（这些人不是本街上的人，而是工人、收账员、推销员到这里来干修理工作或定期来兜圈的），煮咖啡的器皿擦得闪闪发亮，还有一个站在柜台后面的女服务员，门的左面有一个蓝色的信箱，它上面又用红底黄字写着字母垂直排列的‘香烟’两字。在另一面，即门的右边，有一条狭长的灰色木板，画着一个红色的竖立的菱形，在其中又是用黄色写着‘香烟’二

① 此句下文指法国小酒店中往往同时出售咖啡、香烟、酒甚至邮票、信纸、报税单、印花税票等。

字，底下还写着‘纸张’、‘邮票’，再下面是两个用画笔绘画的两个半圆环饰。在两个环饰下面写着‘电话’二字。咖啡店之后是一家商店，更确切说不是商店，因为没有正式的门面，只有一个大窗口，一道门，墙漆成棕色一直到二楼为止，招牌用白字写着：制作棉衣，梳理棉花，各式肩章半批发店，专门供应裁缝，制造皮衣帽子者，制造假花者，制造套子者，皮件制造商，抛光磨工，车身制造商，珠宝商等用品……我可以一直说下去，可以背给你听，从中间或倒背都行，随你选择。二十年中我从早到晚穿过我家的窗口看见这一切，还有穿着灰色短衣的人像蚂蚁般来来往往搬运那些大卷的布匹，他们没完没了地从一家商店搬到另一家，从一个后店堂搬到另一后店堂，搬来搬去，好像是在消磨时间。所有的铺子从早上六点钟一直到晚上十一点钟或午夜都没有熄过灯。要是熄灯，那是因为没有找到办法可以二十四小时不断地缝纫，裁剪，搬运成卷的布匹，制造用棉絮充塞的肩章或衬上莫列顿呢绒。即使是有不少的布吕姆家的人不知有多少次很想自杀——这是很可能的，你想想看，不要说他们连自杀的时间也没有，就是必须的地方也没有，甚至没有……”

即使是这样，也发生这种事，我说，只要看看报纸就知道，每天的报纸都登像这样的事。他一直看着我，那毛毛细雨像一阵灰色的金属尘沙，细微的银珠，水银珠子，落在他的制服上，落在他那越出屋檐的肩头部分。这时候，我们听到杂乱说话的回声，不连贯的喧闹声音，忿怒，激情的零星余音——这该怎么说——从暴力、狂热的那永不竭尽的库存或可以说仓库或更确切地说源头中散落掉出。像这些狂风，这些台风，没有别的目的，只是以一种盲目的、毫无结果的狂暴野蛮地任意震撼在路上所碰到的一切，这种暴力、狂热似乎在大地上浑浑噩噩，无所事事，毫无目标地游来荡去。现在我们也许懂得一匹马临死时的体会。它那柔和长形的眼睛带着凝思，温柔，空虚的神色。从它的眼睛里，我可以看见我们细小的身影的反照，我所记起的那肖像上带血的眼睛也是呈现长形，神秘、温柔。他说： 这是戏剧悲剧，虚构的小说。你津津乐道，添油加醋，你——我说： 没这回事。他说： 必要时你就凭空捏造。我说： 没有的事。这是每天都发生的。我们可以听见那半痴的老妇在屋子里没完没了地持续不断地呻吟，眼睛没有眼泪，坐在椅子上一前一后地摇晃。与此同时，那跛子到处巡查，携带着装上了大粒榴霰弹的枪，随时都会自动发射。他在湿漉漉的果园里，在海绵似的田野中跛行，在泥泞中行走，踏下去的脚印慢慢地升起，发出一种微弱的吮吸声。那位将军也在泥泞中行进，跟在后面的参谋上气不接下气。这将军身体敏捷灵活，好像一段枯木那样干瘪、冷漠。他朝自己头上打一枪，大概没有产生什么声响，不过是像一根枯枝折断那样。他躺倒死了，带着他那起皱纹的骑师小脑袋，穿着骑师发亮的小皮靴。这是我凭空捏造的吗？我说： 是我虚构的吗？在我想象中他在跛行，受着痛苦的折磨，啃啮，像一头可怜的狗，一头猎取别的动物的野兽，但又为羞耻心所追捕，为了他的兄弟的女人，他忍受着难以忍受的耻辱。他这么一个人，人家不要他去打仗，不愿交给他一支枪。算啦！德 · 雷谢克说，放下这武器，事故往往就是这样发生的。但他不听劝告，显然他看重这个猎人的用具，这支枪，有了它，就可以使人想起自己代表一种象征或一种东西。在很长的时间里，我相信那是打猎时出的事故，我想就是因为这样，她不愿给我买这管卡宾枪，她总是叙述那永远没个完的家史，祖宗的历史，一再重复，正如她总是坚持拒绝同意我去击剑，借口说她家有一个什么人曾在击剑比赛中因颈子被一把除去剑端包头的花式剑刺穿而身亡，要不然她就是在报纸上，在社会新闻专栏中看到事故、犯罪事件，在社交新闻专栏[①]阅读出生报喜通知、失去控制的情欲的报道。这种情欲之产生是由于那位林中睡美人的娇嫩的肉体，她被围困高墙之内，躲藏在窗纱后面，孔雀的尾巴还在微微摆动。不过，她不是能见到的勒达公主。这孔雀到底是谁的？是哪位美女的？这虚荣，神气十足，愚昧无知的禽鸟在古堡的草坪上，在看门人的靠垫上庄严地展示它的彩色缤纷的羽毛。在我想象中，它以美人的形态出现，我可以接触，揿压，触摸到她的胸部和柔软光滑的几乎全裸露的腹部。她穿的衬衣几乎没有覆盖住那腹部，从衣领伸出的颈子——我可以说——像牛奶一样的颜色。你听见吗？我说，她唯一能使人产生的念头，是匍匐前进，俯身向前，像对泉水那样吮吸。她的长袍像衬衣那样短，浅紫色的，一条绿色缎带紧束着她的……对，她和另一幅像冷酷无情的狄安娜[②]的肖像多么不同。在这幅画像上，她早该身旁有一条利害的短毛猎狗躺伏着。但后来出现的却相反地是一条鬈毛小狗，高兴地跳跃，用潮湿的舌头舔那梳理它的鬈毛的手指，快活地翻滚，同时低声地叫，像鱼在水里那样蹦跳，像她曾经说过的，绘在墙上的画，两种象形的符号，两种元素，阴与阳，有时候阳性只是一种像一把合拢起来的剪子，下部有两个圆圈的符号，在这两个圈中可以穿过大拇指和食指，剪刀尖端向上，下部象征性的圆圈有一些也属象征性的线条像发射的光线那样环绕着。阴性是带有一条中心线的卵形。在天空中两个星

① 法国报纸有一些广告栏中登载结婚、出生、死亡通知。
② Diana，希腊神话中山林狩猎之神。

子发出光芒，像黑色的墙上用钉子尖端刻画的图画。现在她被制伏了，不再斗争了，仅使人听到她那孩子般的吵声，可能是哭泣，呻吟或正相反。有时我身体离开，把那东西完全抽出，我可以看见它在我的下部从她身体内出来，细小的下方发出亮光，但接着中间鼓起像纺锤体，像一条鱼（据说有些人采用在城市和地下墓穴的墙上绘鱼形记号来互通信息[①]），它的一端有尖形拱肋的头，或更确切地说，这头像一顶软帽，上端还有一道裂缝，是无言的嘴巴，是忿怒但已死去的眼睛，眼眶发红，像生活在暗潜地下的河流或洞穴中的鱼，由于长年生活在黑暗中变瞎了，带着哀求和狂怒表情的嘴巴和眼睛像鲤鱼或中风者。鱼离开了水，要求恳求回到湿润的秘密藏身之所，那黑色的嘴巴，人称为龟头，名字来自把生殖器覆盖一半的那层皱皮。那时又是秋天。在一年时间中我们不仅学会脱掉那现在只不过是一种可笑可耻的伤疤的军服，而且学会脱掉我们的外皮，或更确切地说，剥去一年前在我们想象中它所包含的内容的外皮，这是说，再不是士兵，甚至再不是人，因为我们渐渐地学会成为别的东西，像不论什么时间，不论什么东西都吃的野兽，只要是能嚼得动、咽得下的东西，沿着工地的树林的外围有一些巨大的橡树，落下的橡实撒满路上。那些阿拉伯士兵跑去拾取。开头哨兵大声叫喊赶走他们，但这些人像苍蝇般又跑回来，叮住橡实不放，既耐心又固执。最后哨兵只好耸耸肩膀不管，采取视而不见的态度，只是留心注意军官到来。我混杂在他们中间，弯腰俯向地面，装出找东西的样子，一边用眼角瞄他，一边把橡实装在衣服口袋里。他一转背，我就跑到矮树丛中，四肢并用地奔跑，上气不接下气，像

---

① 古罗马帝国时代受迫害的奴隶和基督徒曾采用这种方式。

一头野兽穿过矮林，穿过荆棘丛，我的手划破了也没感觉到，我像一条拖着舌头的狗，四肢并用地急奔疾跑。我们俩像狗似的在喘气，我可以看见她凹入的腰部在我身下，她喘着粗气，半堵塞的嘴巴使她充满唾沫的叫声显得喑哑，她的头部埋在揉皱的枕头中，越出枕外的是她的肩膀，小孩般的斜卧一边的面颊，具致命性的、鼓起的、孩子般的嘴唇半启着，发出嘶哑的喘气声。这时候，我慢慢地钻入，深进，被吞没了。我仿佛又再感到这不会，不可能会有终止的时候。我双手搁在她的张开的一双大腿上部，用力下压，我在黑夜里可以看见那东西呈红褐色。她嘴里发出啊啊啊的声音。我完全钻入那像泡沫的松软的东西中，那浅紫色的花瓣中。我像一条狗，四肢并用地在矮树丛中奔跑，完完全全像一头野兽，像只有野兽才能够那样干。对疲倦，对刮痛的手毫无感觉，我是希腊传说中的那头挺直的驴，像驴的金偶像，把身体的一个器官伸入她那娇嫩柔软的肉体中。我看见这器官一往一返，从她的身体流出发亮的油脂。我弯腰俯身把一只手臂曲折地伸到她腹下，直达巢穴，用手指把卷曲的金色的毛分开，直至我找到那粉红色湿漉漉的东西，像小狗的舌头在抖动，欢乐地吠叫。在这下面，从我身上伸出的树干伸了进去。现在她那堵塞的喉咙随着我腰部的每一跳动有节奏地呻吟。多少人干过，多少男人动手干过这种事。不过，我再不是人，只是一只禽兽，一条狗，不是人而是一头野兽而已。要是我能达到这地步，能认识阿普列乌斯[①]的驴子，不停地朝她推进猛袭。现在这肉体像一个果子，一个桃子那样绽开，直到我的后颈用劲压得要断了。在她身内深处，花蕊绽开。黑色的喷泉不断地溅流，把花朵

① Lucius Apuleius（123—180），古罗马作家，其名作《变形记》又称《金驴记》。

湿透了，又一次湿透了，把她的白皙的肉体湿透了，紫色的衣服湿透了。从她口里不断发出叫喊直至一切变为沉寂。我们俩什么也听不见，侧身躺下，像死去一般。我的双臂一直紧搂着她，在她的腹部上交叉抱着，感到她那偎贴着我的胸部汗水淋淋。同样的狠命打击，同样的羊角撞锤震撼着我们俩，像野兽在笼中暴怒地奔来跑去，来回撞击。后来我渐渐地又再开始分辨出开着的窗户的长方框子，天空比前亮些，有一颗星子出现，接着是第二颗，第三颗，它们发出钻石般的冷光，凝固不动。我这时呼吸困难，试试把我压在我们交错一起的肢体底下的一条腿伸出。我们像一只有几个头，有许多四肢的可怕的怪兽躺在黑暗中。我说： 现在大约几点钟？她说： 知道有什么用？难道你在等“白天”来到？难道会有什么改变吗？你很想看见我们那副肮脏的嘴脸吗？我努力呼吸，想把身上的重压挪开，寻觅一点空气。后来我再不感到重压了，只是觉得在黑影中有什么东西静悄悄地偷偷在移动，在碰压。我这时完全醒过来，我说： 你干什么？她不回答。现在开始可以朦胧地分辨事物了，不过看得清的东西有限。也许她像猫似的在黑暗里看到事物。我说： 他妈的，到底是怎么回事？你干什么？回答我。她说： 没什么。我说： 你……我完全清醒起来，坐在床上把灯点亮。她这时已穿好衣服，手里拿着她的一只鞋。霎时间，我看见她那娇嫩的脸过分美丽、悲惨，两行泪痕在她的面颊上闪闪发亮，这时脸上出现一种似乎是惊慌，迷惘，接着变为狂怒的表情，她那冷酷的嘴巴喊叫说： 把灯熄掉，我不需要亮光。我说： 怎么回事？她说： 熄掉！我叫你熄掉，熄掉，你听着，把灯熄了。接着是床头柜上的灯打碎，摔下的声音，交杂着她扔掉鞋子的声音。有一会儿我什么也看不见。我说： 你到底是怎么回事？她说： 没什么。我又听见在黑暗里静悄悄的偷偷摸摸的声响，我知道她在找那只鞋子。我思忖她在这样的黑暗中怎么找。我说：到底发生什么事？她仍然在找鞋子。她说：八点钟有一班火车。我说：火车？到底是怎么回事？……你对我说过，你丈夫明天才回来。她不回答，继续在黑暗里忙着。现在她大概找到那只鞋子并把它穿上了，我听见声音，猜她是站起来走来走去。我说：他妈的！我从床上站起来，她打我一记，我一跤跌倒在床上。这时她又打我，从她那靠近我的脸上眼泪像檐口排下的雨水，她极力把泪水吞下。我想，她那时说：甭管我，还一直骂：坏蛋！坏蛋！我说：什么？她说：坏蛋！坏蛋！你不能不来烦我吗？从来没有人这样看待我，像——我说：看待？她说：无足轻重，我在你心目中无足轻重，比无足轻重更轻，更——我说：哎！她说：我……我是……我说：好啦！她说：别碰我！我说：行啦！她说：不要……我说：我送你去，你不用乘火车，我开车送你回去。我——她说：放开我，放开我，放开我！隔墙房间里有人敲墙。我从床上起来找我的衣服，一边说：他妈的！又说：哪儿去找我的……她又再打我，在黑暗里乱揍，拿着一件硬的东西打，我想是她的手提包。她用尽全力揍我几次，有一次打到我的脸孔，我感觉到受到殴打的奇怪滋味，猛烈得像颊骨上的皮肉爆开，在疼痛的同时，里面像产生一种青绿苦涩的汁液，苦涩但并不令人厌恶，那痛感四面辐射，我想起成熟的蓝色的李子，意大利李子的裂开的皮、产生的味道和流出的甜汁。我放开了她，重新躺到床上，摸摸自己的颊骨，又听到她快步走来走去，动作快速而又准确，像妇女在收拾时弯腰拾起东西一样。我思忖她怎样干，显然她大概能在黑暗中看见东西，后来我听见她的小箱子搭扣响接着是高跟鞋迅速穿过房间的震响。霎时间我借着走廊的灯光看见她，但没看到她的脸部：她的头发、背部呈现黑色剪影。后来房门重新关上，我听见她急促的脚步声越去越远，渐渐微弱，最后全无声息。过了一会儿，我感到清晨的寒冷，把被单拉到身上，想着现在秋天不久将来临，想着三个月前的第一天，我曾经到她家里去，曾经把手搁在她臂上，想着也许她到底有道理，想着也许不是采取这种和她在一起的办法或更确切地说，通过她，我将达到我的目的（但怎么搞得清楚？难说），像把那些蝇头细字一行行写在纸上，像在文字中寻找解答。也许也是同样徒劳无功，也是同样缺乏现实性，也许他们两个人都有道理，一个说我是凭空捏造，添油加醋，但在报纸上都可以看到这类事情的报道，因此可以相信在兼出售香烟的咖啡店和那些门面漆成黄色仿木式样，挂着黑底金字招牌的商店之间，或在午夜与早上六时之间，或在两卷布匹之间，那些人有时会找到足够的时间，足够的地方来从事这类事——不过，怎么搞得清楚？怎么搞得清楚？也许我应当像那个躲在树篱后面的人，看着他平静地往前去，在这条公路上迎着他的死神走去，像布吕姆所说的那样大摇大摆地，目中无人，愚蠢，傲慢，空虚，不屑策马快跑，也许甚至没有想到要这样干，甚至不听那些人叫喊他不要再继续前去，也许甚至不想他那个身上被人骑着的弟媳妇，或更确切地说，那个被他的战场同伴或骑兵团中的弟兄骑在身上的女人，因为在这件事中他把依格莱兹亚看作地位平等的人，如果说是他的对立物也可以，是她分开大腿骑着，或是两人骑着（或更确切地说被骑着）这个美女，这位气息喘喘，喉咙哽咽的小溜蹄马，在阳光灿烂的平静的下午前进。

我在思忖：大约是几点钟了？

我考虑到那条公路大概是东西向，考虑到这时候我可以看见他骑在马上的影子，其右面已缩短，以约四十度的角度落在他的后面，考虑到我们已在五月的下旬，我想太阳是在我们前头而且在左方（因此眼睛视力减半；再加上砂砾，由于缺少睡眠在眼皮下出现像磨毛了的砂布似的东西，我们只能看见树木黑色阴影的一面，青石瓦屋顶，谷仓，在那黑绿森森的树木中的像金属像钢盔般发亮的房屋，田野绿中带黄，还没有发红。在我们眼前，公路上的沥青也在闪闪发亮），太阳是在西南的位置上，这样看来，大概是下午两点钟，不过，怎么搞得清楚？

我们极力想象，我们四人连同影子在大地表面移动的情况，微小不足道，朝着反向走，几乎是与十天前我们迎着敌军走去的路线平行。战场的方向在这期间已有点改动，总的方位因而由南往北移动了约十五到二十公里，每支部队所采取的路线在示意图上可能用一条曲线或矢径来代表，表示不同兵种的部队（骑兵、步兵、轻步兵）在战场上作战位置的变化。图上以大字标出，为后世留下这些乡村、小村庄、农庄、磨坊、小山冈、草场的名字：

四面风

荆刺

螯虾

狼窟

公驴耐力

美姑

魔鬼的叉角

鸟栖枝

魔鬼的筛选机

白兔

拍马屁

加尔默罗会修士的十字架

跳蚤农庄

疯癫农庄

洁白农庄

铁线农庄

落木

王家森林

林畔

十日

破鞋

小铁锅

烟灰缸

灯芯草

贞洁少女草场

马尔登田园

贝诺亚田园

野兔田园

在示意图上，山冈是用沿着山脊的起伏线绘画的扇形小直线为代表，因而战场好像爬着弯弯曲曲的蜈蚣。每个兵团用一个长方小块来标志，从那儿伸展出相应的矢径。每一兵团遇到情况就弯转折回形成鱼钩差不多的形状，这就是说，从组成鱼钩的直线部分起，矢头朝反向弯曲。这样画下来的曲线的顶点与敌军接触点吻合。刚发生的全部作战情况就这样在参谋部的示意图上用一系列平行排列的鱼钩和朝西回返的黑点标示出来。这种标志各不同部队的进展的图表，显然既不考虑地形的高低不平，也不会考虑在作战中意外遇到的阻障。事实上的战线是支离破碎，迂回曲折，有时彼此交叉，相互交错。绘图时开头应采用一条宽厚有力的前进线条，后来就越变越细（像绘画北非河流那样，开头是波涛汹涌，后来渐渐地——与其他的河流相反，不是从源头到出口处，河身越来越宽阔——而是由于沙漠沙土的吸收、蒸发，隐没消失了），最后变为一些小点，其间距离越隔越远，越来越分散，最终是全部消失无踪。

怎样称这一切呢？这不是战争，不是两军对垒正规地毁灭或消灭对方，而是为死亡所吞没。一星期前原本是炮兵团、骑兵团、装甲兵团、人，这一切现在消失了。还有：甚至连炮兵团、骑兵团、装甲兵团、人的概念也消失了，还有更甚者，所有的思想、概念全消失了，以致那位将军再找不到继续活下去的理由，不仅是作为将军，这是等于说，作为军人，而且是作为一个有思维活动的动物那样活下去，因此他终于朝自己的脑袋开了枪。

斗争着是为了避免睡着。

四个骑兵队官兵不停地向前走，穿过有树篱围着的牧场，果园，像群岛般的红砖房屋。这些房子有的孤零零，有的靠近，聚集在公路边，直至形成了一条街，接着又是重新分开。在田野中分散的树林，斑斑点点，像星罗棋布的绿色云块竖着深绿色的三角形的角尖。

这四个人还算是军人，因为他们穿着军服而且是武装，这是说，四人都同样配备着一把称为马刀的长刀，约有一米长，两公斤重，刀刃有点弯曲，整洁地套在一个金属鞘中，外面还加上一个棕色的布套。刀和鞘是用两根分别称为圆头刀柄皮带和长刀皮带的带子挂在马鞍左侧的护肋与伪装的护肋之间，因而在骑马者的左腿下刀鞘有点鼓起。刀的钢柄位于马鞍前桥的左侧，必要时骑兵用右手很方便就能抓住。除此之外，两位军官还增加配备符合规格的小手枪，两个普通骑兵则用皮带挂着一支短口径的短枪。

他们也不能完全算是军人，因为他们已与任何正规部队失去联系，而且不知道该怎样行动，不仅是因为四人中军衔最高的（队长）没有接到任何指令（也许除非是要他们到某一退却地点的指令，但这命令很可能是前一天或再前一天下达的，现在已无法知道这退却集合地点是否已被敌军占领了（一些伤兵和在路上遇见的人声称是已被占领），也不知道这命令是否仍然可以认为有效而且应当执行）。还有，这位（队长）似乎甚至不想发出（命令），也没有意愿想下属服从他。正像不久之前，仍然跟随着的两个骑摩托车的通讯兵公开宣称他们不想再继续干下去时，他连头也不转过来细听他们的话，也不开口禁止他们离开部队，也不拔枪做出威吓他们的样子，这到底是怎么回事？

五匹马以梦游似的步伐前行，四匹是半纯种塔布马，是由称为英国-阿拉伯杂交生的，其中两匹是未经阉割的，队长的是阉过的马，第四匹（由普通骑兵乘坐的）是一匹牝马。这些马大约在六至十一岁之间。在毛色方面：队长的那匹是棕褐近枣红色，这是说，几乎是近黑色，头上有一个肉疤，少尉的那匹是近金色的栗色马，普通兵骑的那匹牝马是枣红色的，头部前额和鼻梁长有白毛，前后右蹄有白斑，勤务兵骑的那匹是浅枣红色（红木色），左前脚有一块白斑。备用的马（这是一匹驮机关枪的副马，它的马具上的胸带斫断了（是用马刀斫的吗？）在地上拖着）是征用得来的佩尔什[①]

① Perche，法国北部旧地区名。

马，栗色的或更确切地说，红棕色，但不如说是酒滓红色，带灰斑点，尾巴的毛呈灰黄色，有点鬈曲，头部前额和鼻梁长着白毛，一直延到鼻嘴，上唇白中带红，这马像是白嘴喝了红酒似的。这五匹马的鬃毛全按军规剪平，当马头高举时，看起来（除了栗色马以外）像长鬈曲的短绒毛的黑毛虫，颈圈上部棱肋上的皮肤鼓起成重叠的皱褶，尾巴长至膝弯。五匹马中的一匹——少尉骑的那一匹——钉了马蹄铁，一跑步左边后蹄的前端与右边前脚的后跟就相碰撞。勤务兵的那匹由于左后脚的蹄底受了伤而有点跛，大概是前天当它不得不在铁轨上急奔时被铺轨的石渣弄伤。当时队伍从一场敌军的埋伏中跑出，六天以来这些马都未能解鞍或卸下辔头，大概由于摩擦和不透气，马鞍下的部位呈现一大块伤痕。

怎么搞得清？怎么搞得清？四位骑兵和五匹梦游似的马，不是在前进而是举起脚又原地放下，实际上在公路上并没有移动。作战示意图中的广阔的大地、草原、树林缓慢地在他们身下或四周移动。树篱、树丛、房屋各自的位置在难以觉察地移动。这四个人被一个由冲击、吸引或抗拒的力量所组成的复杂、无形的网相互连接起来。这些力量相互交错，彼此配合，好像是用他们的合力组成了这群人的支持多边形，但由于外部或内部事故引起的不断变化，它自身也不停地在变形。

譬如说，那位骑马走在后面，在少尉右边的普通骑兵一霎时间瞥见（当时少尉正转过头回答队长的话）他的侧影，它绘画出装腔作势或愚昧无知的本性，这使得这普通士兵不久前对这少尉所感到的或以为是感到的冷漠，无缘无故地就变为一种近乎敌对和蔑视的情绪。这时候，他发现钢盔下面呈现的青年人的后颈几乎是像小孩一般，瘦而细长，甚至显得灵活。眼光再往下移，仔细看看他的上身、肩膀、瘦弱的肩胛骨，刚产生的敌对情绪与某种怜悯的心情轧平了，怜悯和敌视的冲击力中和了，他又恢复了冷漠的态度。

两位军官的关系大概相当疏远，但多少怀着某种好感和在社交礼貌上彼此间的尊重，他们之间因而可以进行一种既乏味又无聊的无关痛痒的谈话，在这种时候——接近死亡——却是特别难能可贵，两人共同注意态度文雅，举止有礼，因而感到交谈一些乏味无聊的无关痛痒的话是一种需要。

队长和勤务兵一前一后地相随，相隔约四米，走在前面的队长从来没有回过头来跟在后面的勤务兵说话，除了因为注意那不可少的态度有礼外，他大概也宁可选择少尉作为对话者（不过，这也难以搞得清楚），由于两人之间时间较长、较密切的关系，由于队长的一时的感情（出于一种需要）。也是出于一时的感情或需要，他娶了一个大约比他年轻一半的女子，由于这女子的一时爱好使他建立一个赛马用的马厩而且雇用一位骑师，由于这年轻妻子的一时喜欢或更确切地说，她的肉体一时的需要，对他……原因恐怕是在于她感情上一时任性，从这骑师的身体外表看来，似乎完全没有什么特别魅力，要不然是不考虑他的外貌只看他的一些优点（例如他骑马的才能），这样可以使人忘记他那毫无吸引力的身体形态，也许她在他身上看见的只是优点（但也说不准，因为后来——就是说，战争结束以后——她不承认自己曾在某一个时间与他有个人关系，甚至不想知道他怎样了，也不想要见他（在他那方面也是如此）。也许这一切只是一些暧昧的闲言闲语，造谣诽谤，夸口吹牛，是两个被俘后的富于想象力而又没法接触到女人的青年怂恿他或更确切说，硬迫他说出来的），要不然就是她把他视为一种工具（可以说是阳具或淫荡的工具，像日本妻子所称的东西。她们坐在自己脚跟上，其姿态对性爱艺术虽别致但不大方便，略带有东方人耍杂技的样子。她们把这男性特征的骄傲，无法抗拒的代用药引入体内（把自己塞满），经受其猛烈进攻）。这是一件方便的工具，因为他居于仆人的从属地位，每当她感到要满足生理上或许是精神上的基本需要时，与他幽会甚为方便。也许是出于精神上的需要，例如不但对那位娶她的（买她的）、自认为占有了她的男人而且是对她所怀恨的社会等级、教养、风俗习惯、原则和压制的挑衅，报复，报仇。

队长和旧日雇用的骑师的关系上，再加上这两人之间在金钱支配和军阶上存在的巨大差别，还加上两人不同的语言，使他们之间筑起一道藩篱，这些障碍实际上无法消除，无法逾越，除了有关技术上，情感上（指对马）有共同兴趣的问题外，他们两人不是用不同的字眼来指明同样的东西，而是用同样的字眼来指明不同的东西。队长也许对那位旧日雇用的骑师在骑马或骑其他动物时所表现的才能怀着某种不满或妒忌，而骑师则自然而然地，内心全无别种盘算地感到（他幸而生在一种没有时间，没有空闲的社会环境中，那种头脑的寄生副产品（思想）还没有可能为患，因此颅腔内的脑子还能帮人工作，发挥它的天然作用），一种出身劳动阶级的人对赖以为生的东家怀有的感情。结果是——按等级次序，首先是（可能终于产生一种尊敬、同情、带着惊讶的怜悯等的感情）尊敬、钦佩（对拥有的金钱和权力），不过态度既恭敬也冷漠。在他看来，队长存在的意义只是在于有付工资的能力（因为替他骑马和驯马），后来是因为队长有能力命令他。这种种关系和感情在一定的时候必然会消失，队长由于某种原因（破产、关闭马赛的马厩、选择别的骑师或另一位驯马者）不再愿意或能够付给他工资或（由于调动、受伤、死亡）指挥管辖他。

那普通士兵和骑师两人（尽管由于不同的原因）都用不着注意态度文雅、举止高贵，自由自在。隔很长时间才交谈几句，说的话像插曲似的简短，甚至不连贯，一方面是由于骑师天生沉默寡言，不易与人交往的性格，另一方面由于两人都已精疲力竭。骑师只限于继续跟在队长后面走（或更确切地说，是让自己的马跟着队长的马）。现在他对队长只怀着一种隐约的忿怒，带有惊愕而又束手无策的情绪。

但怎么搞得清？怎么搞得清？大约是在下午两点钟，当时鸟已停止鸣叫，花朵在阳光下卷缩，垂下，半萎，人们习惯到这时候已喝完咖啡，卖晚报的小贩推销出一批有大字标题的新闻，但还没有到时间出售《体育新闻》或《好运气》。报告头轮马赛开始的钟声响起，召集到起点处集合。我走过时看见砖墙上贴着一幅褪色、撕破的在卡彼勒举行马赛的广告。在北部省那些地区，人们喜欢打赌、斗鸡，看到五颜六色的公鸡尾巴又红又绿光闪闪的羽毛飞扬、散落。这个地方有草场、树林、星期日可供垂钓的平静的池塘（他们到哪儿去了？那些钓鱼者，游泳者，穿着条纹短裤在嬉水的男孩子，在那城郊外小咖啡馆里喝酒的人，那里有葡萄棚架，有可供女孩子玩的秋千——可是她们哪儿去了？还有她们穿着的白色短袍，她们笨拙的纯洁裸露的大腿……），弗兰德人——俗称佛拉于特人——脸色红通通，牛血色的房屋，在砖砌的门面上贴着黄色的帕尔诺牌茴香酒广告。有人传说推销一种菊苣根替代咖啡的广告背后，写着为敌军提供的情报、计划，地图。我们可能第二天能逃脱而不致被抓住，要是我们得到一份这样的东西，要是我们朝北走而不是——但这得事前知道、认识那些低凹的道路、林中小径、小树林等（我们又气喘吁吁地偷偷钻过一道道树篱，在越过草地和没遮掩的空地时四处张望，上气不接下气）。锥形的树木，成角形的树尖，驯马场，砖厂，背斜谷，铁丝围网，弯曲的路堤，地面，整个大地在参谋部的那些示意图上都极其仔细地描绘，清点，占有。森林是用四周环有小点的小圆圈或月牙形的图案花纹来标志，好像是最近斫伐过似的，在从脚上锯去的树干周围伸出新枝，像用点彩派画笔绘画的矮林（应当添上刚斫伐过的树木呈现的红黄色），沿着树木边上，树干和木桩显得更稠密紧连，像一道神秘不可逾越的障碍。我们可以看见它在南面的山冈上伸展，像墨绿色的浓密羊毛。也许就是因为看见它，我们才朝着那边走去，想着是否能够走到。但我们首先得再次穿过公路，那儿似乎没有任何动静。我们聚在一起，躲躲藏藏地，猛冲飞跑过公路，最后一次看见它，够时间认出了它，心想着现在大概开始真的发臭了，好吧，就在原地腐烂、长蛆、败坏，直到整个大地，整个世界不得不掩鼻，可那里一个人也没有，除了一位老妇提着一壶牛奶沿着工厂的墙走着，她受惊似的突然停步，也许只是惊愕地望着我们像盗贼般走过。

有点像剧场中空空的舞台，像是打扫的人员已经来过，像劫掠者或战胜者只把太沉重或太累赘或实在无用的东西留下。现在这儿连裂开的小箱子也看不到了，连粉红色的破布，连苍蝇也看不见，肯定它们现在又忙着工作，就是说，在进食，嗡嗡地叫着，从死者的鼻孔里钻出钻入。我们继续奔跑，在一个墙角转弯后，我再也看不见它了。归根结蒂，这不过是一匹死了的马，一具动物死尸，仅对解剖牲畜的人有用，也许这人会和拾破烂的、拾废铜烂铁的、拾垃圾的人走过此地。现在演员和观众都已离去，可以来回收那些被遗忘的或派不上用场的道具。右面的炮声现在也越来越远。现在在右边，在西面可以看见田野上有一座洋葱形圆顶的灰色高钟楼，但村庄是否被敌军占领了，怎么能搞得清？怎么能搞得清？我们看见竖在路旁的五颜六色的指路牌，上面写着的地名像谜一样，带着中古时代的色彩："利埃斯"的发音令人联想到欢腾的乡村节日[①]，"埃宁"联想到圆锥形女式高帽，"依尔松"令人想到刺猬，毛蓬蓬，还有"蚂蚁"，使人像看见那些黑色的小虫在朱红色砖上到处沿着墙列队慢慢地爬，后来逐渐消失了，不知到底钻入什么地方去了，或许是在门的加固处，裂开的缝中，最小的隐蔽角落里，最小的洞中，连一只蟑螂也钻不进去的地方。每当一颗炮弹打来，爆炸，扬起一片肮脏的尘土时，它们就缩扁贴着，消失得无影无踪。我们实在不大清楚为什么在这灰泥残屑中，在这城市中，除了这可怜巴巴的蚂蚁队伍行进以外，再没有别的东西了。我们四人骑着不三不四的劣马在行走着。可以相信敌军还有储备存货要推销，也许在夜间他们已卸了货，现在胡乱地发射，仅为了免得要装回到运军火的大卡车里添麻烦。妇女们拼命保护着出自她们腹中，她们脏腑结出的果实，紧偎着母亲的小孩，手里拿着的包裹，裂开的红色鸭绒压脚被，羽毛、绒毛四面散落，飘落在房屋发白的肚肠、内脏之外。这些肚肠像一些带子，一些小蛇，一些彩带，有时钩挂在树上。我曾在一幅画上看到一位不知什么圣者经受酷刑的情景：一个肌肉发达的刽子手把从他肚子里挖出的灰绿色血淋淋的肚肠绕在一个绞盘上。第二次我又看到同样的一张广告，大概至少是一年前的东西，这广告画的是马赛，一些马套着车，但没有人骑着，这不是我骑着的马，是一个不认识的人的，也许这人已死了，这没多大关

① 荷兰、比利时、法国北部地区的乡村节日，这里是由地名的发音引起的联想。

系，我感到惋惜的是我丢失的新电筒和昨天我终于想办法在一所房子里找到的火腿，虽然它已经被彻底洗劫过了。真倒霉，骑兵部队总得走在最后面以掩护撤退，走在前头的步兵或炮兵早就全抢得一干二净了。这一星期以来，我们所能找到充饥的东西只有糖煮水果，这是唯一的他们没拿走的可吃的东西。我们就拿着瓶罐吞喝那些发黏的糖汁，从两边嘴角直淌流下。我们在马上把还剩下四分之三东西的瓶罐扔掉，在公路旁砸碎，因为会到处流溢出来，不能带走。我还惋惜那梳洗的用具，我很想洗脸，洗澡，使自己干净光鲜，感到水在自己身上流淌。死人全都是肮脏到令人恶心，他们的血像一些不合时宜的排泄物，好像是他们不加控制留在身下的东西。那就去洗个战争时期的脸吧，在靠左面的帆布袋里有一个用带子捆住的军用帆布水桶，像威尼斯纸灯笼[①]那样折叠扁平。原则上是为提水给马喝的，但事实上是专门为我们刮胡子用的。每次我想起这些桶，我又再看见它盛满水，上面像一层角膜翳似的浮着一层蓝色的呈碎裂花纹的肥皂薄膜，桶的粗糙的内壁粘附着一串串的肥皂泡。靠右边有一把剪破铁丝网用的钳子。我在思忖这愚蠢的死鬼在他那些单用的袋子里装了些什么东西，弄到鼓胀得要裂开。大概是一件衬衫，一条肮脏的短裤，也许还有一个女人的信，她问他是否爱她。当然喽，她还想要什么呢？四年来我只是想着她，也许也想她为他织的袜子。总而言之这些袋子都太小。对我来说，马镫太短，因而使我的膝盖提起，顶住了那些袋子，而我习惯于，我是想说，我习惯于那种骑马的态势，我是想要说，我习惯于放长步，像那些猴子般的骑师。我骑上马以后，很想把马镫伸长，我总是对自

---

① 像我国所称的日本纸灯笼。

已重复说，我得把它们放长一个或甚至两个洞眼。现在已过去了一个小时，而我仍然没有动手干，一直想着，希望着过一会儿队长总会决心策马奔跑。我一直在想，他妈的，从这儿跑出去，我们腹贴地走离这个危险要命的地方。在这种地方，人们只能像靶子那样神气地慢慢走着。也许他的尊严，还有他的出身家族、阶级、传统不允许他这样干，要不然就是由于他傻里傻气喜爱那些马，无疑他应当策马拼命飞跑以摆脱这场埋伏，也许他只是认为他的马需要休息，即使这样会使他丧生，也得让马休息，像不久前他居然操心要让马喝水。他继续让马以正常步伐前行，因为他从祖上学得，应当让马喘一口气，因为刚刚要它猛烈用劲。就因为这样，我们以贵族、骑士风度，以一种龟行步态庄严地前进。他若无其事地继续走，一边和那年轻的少尉交谈，大概是谈他在骑术方面的成就，谈赛马时用橡皮马勒的好处。对那些埋伏在木栓槠或橄榄树后面等着他的西班牙军队来说，他是一个再好也没有的靶子。这些西班牙军难以捉摸，极其顽固，具变态反应性，对他们来说，应当相信有关普天下博爱、理性女神、美德的令人伤心落泪的说教。① 我现在思忖，那些死神具有什么样的气味、气息，是否像今天那样，死神不是散发出火药的气味、荣誉的光芒，像在诗中所写的那样，而是一些令人恶心呕吐的硫黄和燃烧的汽油散发的强烈臭味，油光光发黑的武器吱吱地冒烟，像在火上的一个被遗忘的煎锅冒出焦肉油、石灰、尘土燃烧的臭味。

也许他选择不必亲自动手干这事，希望埋伏的人中的一个为他

---

① 作者在这里大概讽刺曾为共和国作战，现在却为法西斯帮凶的大多数信奉天主教的西班牙军。

干，免得他要忍受那不好挨的时刻。也许他还怀疑她（这是说，理性女神，这是说，美德之神，这是说，他那小雌鸽）对他不忠。也许只是他来临时发现什么像证据的东西，譬如说，那个马夫躲在柜子里。这样东西使他作出判断，以无法否认的方式向他指出他一直拒绝相信的事，也许是他的声名不允许他看见事实，甚至是摆在他眼前的事实。依格莱兹亚曾说：这位丈夫总是装作什么也没看见。有一次他几乎把他们俩当场捉住，她由于惊骇和欲望未得到满足而在颤抖，几乎来不及在马厩中把衣服整理好，可是他连一眼也不望就直走到那匹小牝马那儿，弯下腰摸摸它的膝弯，一边说：你认为这诱导剂就足够吗？在我看来，它的腿腱似乎还肿起，我想还得用火炙几下。他一直装作什么也没看见。他骑在这匹马上，默默沉思，无所作为，迎着那手指大概已指向他的死神走去。与此同时，我跟在他后面看着他那瘦骨嶙峋笔直僵硬的上身坐在马鞍上。在埋伏的射击者眼中，他的身影开始时不过像苍蝇般大小的一个黑点，在瞄准的枪坐标上只是一个垂直的瘦小的侧影，随着他走近来，身影增大。耐心地等候着杀死他的人眼睛注视着动也不动，食指按在扳机上，看到的正是我所看见的反面，或者可以说是我看见反面而他看见正面，这是说，我是跟在后面，而他是看着队长向前走来，我们两人掌握着他的死亡之谜的全部（杀害者知道队长将会发生什么事，而我知道他已发生的事，这是说，一前一后，这是说像一个对半切开的橘子的两部分，合起来正好），在这全部的谜中央，他保持一无所知或不想知道发生什么事的态度，好像事情将发生在一种全无意识之境（据说在台风的中心，存在一个十分平静的区域），一种虚无乌有之境：也许他需要有一个多面的镜子，这样他就能看见自己。他的身影逐渐增大，直到射击者渐渐看清他的肩章，上衣的纽扣，甚至他的脸部的线条，现在准是选择他胸前最要害的部位，枪口不动声息地移动，紧跟着他，透过春天芳香的英国山楂花树篱，阳光照射在黑钢枪上闪闪发亮，不过，我真的是看见或以为是看见，或只是事后想象出来，或是做梦。也许我在大白天里睡着了，也许我一直在睡觉，只是眼睛睁大着，在五匹马单调的马蹄声中摇晃着。这些马的影子不是完全以同一节奏前进，因此笃笃的蹄声以相互交替，你追我赶，重叠的方式出现，有时混成一体，好像只有一匹马在走，但接着又重新分开，重新解体，似乎又从头开始彼此追赶等等。战争好像在我们周围平静地展开，大炮零星地打在荒芜的果园里，发出沉闷、巨大而空洞的响声，像一间空屋里的门被风吹开在敲打着。静止不动的天空下呈现一片荒漠无人、空空洞洞的景色。停顿、冻僵的世界风化、剥落，逐渐成为碎片崩溃了，像一座无用的被废弃的建筑物任凭时间通过缺乏条理、漫不经心、客观自然的作用把它毁灭。

诗画结合的新小说

一

一九八五年十月瑞典皇家学院宣布将诺贝尔文学奖授予当时七十二岁高龄的法国新小说派作家克劳德·西蒙，其理由是这位作家“通过对人类生存状况的描写，把诗人和画家的丰富想象和对时间作用的深刻认识融为一体”。消息传出后，世界各地，甚至在法国本土，议论纷纷，不少人到处打听此人是谁，连以消息灵通著称的《纽约时报》也得连忙向文学评论家和法国当代文学研究者打听这位作家的生平。法国一家发行量很大的右翼报纸还暗示西蒙与苏联的克格勃有关系，因为他曾反对法军对阿尔及利亚人民残酷的镇压，因此受到控告。法国文学界保守派愤愤不平，认为给属于新小说派的西蒙授奖，等于是承认那“离经叛道”、反对十九世纪以来传统小说艺术的新小说派在世界文学中的地位。

其实，西蒙获奖并非像有些西方评论家所说的是“爆出冷门”。他得奖时已在小说创作道路上艰苦探索长达四五十年之久，并已发表了近二十部风格独特的作品。他的小说《弗兰德公路》曾在一九六〇年被提名为龚古尔文学奖的候选者，并获得当年的《快报》图书奖；他的长篇小说《历史》获一九六七年美第奇文学奖。他的作品已被译成二十多种文字。早在一九八一年法国著名杂志《文学评论》和一九八五年美国的《现代小说评论》均已出了《西蒙专号》。西蒙研究已列入法国大学课程和成为博士论文的选题。西蒙的小说被许多评论家称为自传体小说，因为他所写的都与他一生的经历有密切关系。

二

西蒙的前半生，正如他在受奖演说词中所说的，“与我们古老欧洲的许多居民一样，经历了动荡的岁月……”战争和死亡的阴影曾多次掠过他的身旁。

西蒙生于第一次世界大战前夕的一九一三年，父亲原籍法国弗朗什–孔泰，当时是法国殖民地马达加斯加的上尉骑兵军官，西蒙就在这个印度洋海岛的首府塔那那利佛出生。母亲是带有西班牙血统的法国卢锡伊昂地区的人。由于童年环境的影响，在西蒙的小说中我们可以常见有关西班牙、骑兵、大海、对种族歧视反感的描写。当西蒙四岁时，父亲战死于世界大战的疆场，母亲把他带回法国南部靠近西班牙的故乡佩皮尼昂小镇读小学。毕业后西蒙被送到巴黎一所著名的中学就读，那时候超现实主义正在战后西欧青年中广为流行，这一文艺思潮的反传统观点对年轻的西蒙不无影响。中学毕业后，他到英国的牛津、剑桥大学深造，在攻读哲学与数学的同时，跟随当时有名的立体派画家安德烈·洛特学习绘画，立志当一名画家。一九三六年当西班牙发生内战时，二十三岁的西蒙如当时西欧许多思想进步的青年一样，满怀革命热情，跑到西班牙去帮助共和军和无政府主义者与佛朗哥的军队作战。争夺巴塞罗那的那场激烈残酷的战役，在西蒙的心灵中留下极其深刻的印象。他曾多次说这场战争的经历对他一生的思想影响很大，从此他对“革命”抱着幻灭、虚无、悲观的态度。后来他在几部小说中都描述当时的印象和感受。一九三九年西班牙共和军被消灭后，西蒙到苏联、东欧、印度、中东等地游历以增广见识，扩大视野。第二次世界大战爆发时，西蒙应征入伍，在法国骑兵团中服役。在这期间，他与一位贵族世家出身的骑兵军官亨利·德·柯林斯为伍，这位军官后来成为《弗兰德公路》中主要人物骑兵队长德·雷谢克的原型。一九四〇年五月，西蒙参加了默兹河战役，在法军大溃败中，他头部受了重伤，为德军所俘。不久，他从俘虏营中逃出，回到法国参加地下抵抗运动。这场法国人称为“荒唐可笑的战争”的经历和感受，后来也常出现在他的小说中，他的成名作《弗兰德公路》就是以此为主要题材。战后西蒙在故乡一边从事葡萄种植，一边埋头写作。近年有时居住在巴黎，但深居简出，远离政治漩涡和名利场。这位作家生性孤独，沉默寡言，很少在公共场合露面，也很少谈自己的生活。

三

克劳德·西蒙是二十世纪五十年代后继存在主义文学在法国兴起的新小说派作家之一。这一派和过去的一些文学流派不同，既没有自己的组织和刊物，也没有发表任何宣言。新小说派作家，例如阿兰·罗伯-格里耶、娜塔丽·萨洛特、米歇尔·比托尔、玛格丽特·杜拉斯、塞缪尔·贝克特、克洛德·奥利耶等，都各有自己独特的创作方法，有的作家甚至在后一部小说中否定了自己前一部中所采用的手法，但他们也有一些基本的共同点。

第一点，他们一致认为艺术需要不断创新，每个时代的文艺都应有自己的表达方式，今天的小说不能再走十九世纪以来占统治地位的以巴尔扎克为代表的现实主义的创作道路，因为传统小说的表现手法和语言已无法表达现代西方社会的人瞬息万变的处境和复杂浮动的感受。新小说派的带头人罗伯-格里耶曾说：二十世纪“是不稳定的、浮动多变、难以捉摸的时代，它有许多含义难以掌握，要描写这一现实，不能再用巴尔扎克时代的小说创作方法，而要从各种角度，用辩证的方法去写，把当今那种飘动多变、捉摸不定的境况表现出来”。由于这种反传统小说的观点，这一派也被称为“反小说派”。

第二点，这一派的作家认为客观世界不受人的意志的支配，“人不是世界的中心，他不能赋予事物任何意义。因此，人物不是小说的中心，作家不应从人物的主观感情出发来描绘客观世界。”在罗伯-格里耶看来，“世界既不是有意义的，也不是荒谬的，它存在着，仅此而已”。在诺贝尔受奖演说词中西蒙引用了法国当代文学家罗兰·巴特的话说明自己对世界的看法：“要是世界有什么意义的话，那就是它毫无意义可言——除了世界本身的存在。”从这一共同观点看来，在存在主义哲学流行时代成长的新小说派作家难免不受其影响。

第三点，他们反对像传统小说那样以巧妙安排的故事情节诱使读者进入一个虚构的世界中，使他“忘记自己所面临的现实，从而不能认识自己的处境”。新小说派作家认为读者阅读的过程，也是参与创作的过程，读者凭自己的生活经验和对客观事物的感知来了解欣赏他们的作品，不同的读者对同一部小说可以有不同的理解，可以从不同的“门户”进入小说所描绘的世界，就像一个旅游者可以从不同的途径进入一座城市一样。由于读者享有更大的自由，主动性随之而增加。读者和作者处于平等地位，“作者不是上帝”，不能任意摆布读者。

第四点，新小说派作者认为人只是生活在永恒的一瞬间，小说家要能抓住关键的时刻，像用快镜摄影似的抓住“现在”、“即时”的一刹那间。因此，新小说派作家笔下常出现“目前”、“现在”、“当前”这类助动词；过去事件的叙述，也常用现在时态。这一派的小说所写的时限短暂，很少像传统小说那样情节发展往往持续若干年。

第五点，极力打破传统小说的时间顺序的限制，过去、现在、将来可以自由交织，可以随着联想同时出现。在空间处理上，也要求有更大的自由：现实、梦境、回忆、想象、幻觉、潜意识均交织出现。新小说派作家认为这种创作方法可以更真实地表达现代人复杂多变的心境和细微的感知，客观现实世界的错综复杂、变幻多端。

第六点，以场景组合代替传统小说的情节发展。小说不一定有头有尾，结局不一定完整。在新小说派作家看来，现代世界不断迅速变化，事物的发展难以预料，作家不可能像生活在十九世纪西方资本主义社会稳步上升时代的巴尔扎克那样，对小说世界里的一切事先做出全面的安排，决定每个人物的命运，引出必然的结局。

第七点，注重语言的创新。认为传统小说中惯用的语言由于长期重复使用已变得“陈旧”或“僵化”，不能表达现代人的生活和世界。新小说派反对使用带有感情色彩或人格化的形容词，也拒绝使用那些“内含的、隐喻的、魔术般的词汇”，认为这一切足以使描写的事物失实。相反地，他们主张采用“表明视觉的和纯描写性的明确的词汇”。他们认为用崭新的语言才能透过事物的表面，如实地描写“深在的真实”，使读者认识客观世界和自己。对西蒙来说，语言本身就构成一个奇妙的世界，作家在这世界中不断探索，不断发现“永无止境的景象”。

四

西蒙在小说创作道路上的探索大致可分为三个阶段：第一阶段从处女作《作假者》到《风》和《草》；第二阶段从《弗兰德公路》到《历史》；第三阶段从《双目失明的奥利翁》到《农事诗》和《洋槐树》。

第一阶段，西蒙从德军俘虏营逃出回到法国后，在参加地下抵抗运动的同时，开始写作。一九四一年完成的《作假者》等了五年之后才被一位评论家发现“有新的探索”，因而得以出版。这新的探索就是尝试以主人公生活中最重要时刻的几个场面的描写来代替传统小说中的顺时序的连贯叙述，同时采用一种像巴罗克体艺术的螺旋形结构以代替传统小说的直线形结构，以期表现“一瞬间”在内心活动中不断变化的感觉、回忆、想象、梦幻的“混合体”。无可置疑，西蒙受现代派小说家乔伊斯的影响，这位《尤利西斯》的作者提出“要把瞬息之间出现的精神活动完全按照它们杂乱无章的原状记录下来”。

在《作假者》、《钢丝绳》（一九四七）和《居利韦尔》（一九五二）这三部最早的作品中，西蒙仍未能摆脱传统的小说创作方法的影响，但已出现后来他的小说中的一个特点：多角度描绘同一场景。在《钢丝绳》中，西蒙开始尝试将法国印象派大师塞尚在画面上表现运动的艺术运用于小说创作，企图以此开拓一条新的道路。继这本小说之后，西蒙借用英国十八世纪作家斯威夫特的一部小说主人公的名字作为小说《居利韦尔》的书名，内容描写第二次世界大战结束法国人从德军占领下解放出来后面临的精神生活与物质生活的矛盾，这部作品是采用传统手法写的，据西蒙自己说：当时是想证明自己也能写出传统式的小说，但写成后发现这完全不是自己想创作的东西，这是一次失败之举。

一九五四年西蒙大病卧床数月后，写成了《春天的祭礼》。他自认为这是自己创作道路上的一个转折点，但评论家一致认为这转折点较为明显地出现在一九五七年发表的《风》中，因为在此之前，西蒙尚未能摆脱美国现代小说家福克纳的影响。《风》的书名副题是《试图重建祭坛后面巴罗克式的画屏》，表明作者意图打破传统的直线形叙述方式，运用像巴罗克式图案花纹的线条，把过去和现在同时表现，把自己对事物的感知、触觉、现实生活经历的回忆与印象的零碎片段交织成多幅场景。据西蒙自述，在创作《风》的过程中，他深切感到感知的世界缺乏连贯性，与小说艺术所要求的连贯结构之间存在矛盾，而过去传统小说的写法不过是制造一种假象：感知世界展现有条不紊的秩序，小说的叙述也是连贯的。在《风》里，作者尝试通过零碎的不连贯的记忆和印象所组成的各种画面的描绘，重现主人公的处境，同时也表现经过两次世界大战创痛的西欧人民的心境：在那像法国西南部常刮的西北风那样无法控制的力量下，人在历史中无法驾驭自己的命运。继《风》出版的《草》更进一步表现了这种思想。在这部小说卷首，西蒙引用苏联作家鲍里斯·帕斯捷尔纳克的一句话作为题铭："没有人能够制造历史，也没有人能够真正看见历史，正如我们看不见草怎样长起来一样。”在西蒙看来，随着历史的发展，时间消逝，人无法抗拒地走向死亡。在这部小说中，用声、色、味组成的许多描绘场面，都集中于一个重点：寻觅生活中最关键的时刻，在主人公平凡的活动中抓住独特的一瞬间。西蒙在后来的一些作品中常用的括号和现在分词，在《草》中已屡次出现。在西蒙的作品中，括号的使用不仅起比较、说明、补充、明确的作用，还起延长时间的作用；现在分词主要表示动作的同时性、现时性，有时也起联接过去、现在、将来的作用。从第一阶段过程中，我们可以看到西蒙怎样朝着摆脱传统小说的窠臼在锐意创新的道路上探索前行。

第二阶段，西蒙所探索的小说创作方法全面展开。他在前阶段的探索成果，在《弗兰德公路》中开始显得成熟了。它的独特的风格，使西蒙成为西方文坛受人注目的小说家，这部小说被列入西方现代文艺代表作之一。继《弗兰德公路》之后，是一九六二年发表的《豪华旅馆》。这部长篇小说是以作者青年时代目击一九三六年西班牙内战和参加共和军革命时的感受作为基础写成的。西蒙在一九六二年与巴黎《快报》记者谈话时说：这部小说写的既非西班牙内战，也不是西班牙的革命，主要写的是他自己的变化，小说所叙述的不过是他当时在巴塞罗那激烈的争夺战中的感受以及一个青年人对“革命”的幻灭。像在《弗兰德公路》中一样，他表示怀疑传统现实主义小说再现的“现实”，他如同对他的创作思想影响颇深的普鲁斯特一样，认为小说中所写的“现实”不过是由记忆组成的。而记忆往往破碎凌乱、断断续续、缺乏连贯，而且由于时间的作用而变形或产生漏洞，需要通过印象、感知、想象加以修正补充。由于西蒙强调小说家对历史事实只能有不全面的、主观的一瞥，因此有的评论家把他列入“主观现实主义”一派中。不管怎样，在这部作品中，西蒙朝用空间艺术代替时间艺术的小说创作方法跨进一步。有人把这部小说的结构与现代大画家毕加索以西班牙内战期间格尔尼卡地区大屠杀为题材的名画相比，不无道理。

一九六七年获得美第奇文学奖的长篇小说《历史》，被有些评论家认为是西蒙创作道路上的又一转折点，是最能代表他的文体的一部作品。在这部小说中，人物和情节无足轻重，叙述者的面貌模糊不清，西蒙在后来接受诺贝尔文学奖时所阐述的文字探险旅行占了主要地位。小说主人公从中午十一时到午夜的活动的内容叙述，只不过是提供一条贯串的线索而已。《历史》的主题和西蒙其他好几部小说一样：世事沧桑，时光无法留住；在时间的作用下，人物、事件、事物留下的记忆和印象渐渐变形、歪扭、模糊、消失，人只能无可奈何地兴叹。在这部小说中，作者大量运用连绵不断的很少句点的长句，半途戛然而止的叙述或对话，以及像多层互套的盒子般的长短插入句，有效地表现了主题思想。

继《历史》之后在一九六九年发表的《法萨卢斯古战场》，文体与前有所变化，句子简短，隐喻大减，但色彩更浓郁斑驳。小说结构像一幅三折画，三条线索同时交错出现。在阐述自己的创作意图时，西蒙表示要使这部小说的结构像音乐作品那样，把它分为三部：开始是主题思想逐步的形成，中段是某些主题的开展，最后以加快的节奏综合演奏全部主题。这种意图表明西蒙不断在探索新的小说形式，不断从其他艺术中汲取营养。

第三阶段，作家的注意力集中在叙述文字和形式的探索上。用新小说理论家让·里加杜的话来说，小说不再是人生冒险经历的叙述而是文字与形式的探索冒险。继《法萨卢斯古战场》发表的小说《双目失明的奥利翁》（一九七〇）是受十七世纪法国名画家普桑那幅标题为《双目失明的奥利翁朝着初升的太阳光走去》的油画启示写成的。西蒙曾说："在普桑这幅卓越的油画中，有些令人心神震撼的东西，它象征了一个作家的形象：他在文字符号的森林中摸索前进。朝着……对，正是朝着升起的太阳前进。但奥利翁后来变为一个星座，当太阳升起时，这星座也就消隐了。当一部作品完成时，目标已达到，作为其作者的我也消失了，这不是妙不可言的事吗？"西蒙和许多新小说派作家一样，认为写作是一种文字探险，作家的任务就在于完成这种探险的历程。在这部小说和继之发表的《导体》（一九七一）中，西蒙的注意力进一步集中在小说的形式上，并大量运用现在直陈式的短句来表现"像美国纽约的现代建筑那样的"一种直截了当的印象。在这两部作品中，西蒙几乎完全排除传统小说的叙事，从头到尾可以说都是画面的描绘。在《导体》中，西蒙放弃了过去的叙事法，不再用一个与小说情节有关的叙述人作为回忆联想的中继器，而是把笔墨集中描述"像闪光灯照射下显现的现时瞬间"。通过小说主要人物的意识活动和肉体的感觉，让印象、回忆、想象、梦幻在一瞬间同时出现。时间在小说中不是如在传统小说里那样直线伸延或回旋，而是相反地收缩集中。到了《三折画》（一九七三），小说的叙述方式用画面、场景的描绘来代替的趋向更加明显了。三折画原指一种分为三部分但彼此相连的画幅，中间部分是主体，两旁的两幅可以折叠覆盖在中间立体之上；这三部分不但内容有内在的联系，而且相互辐射交应。《三折画》是由三个故事构成的，通过其内在因素的联系"组成像七巧板拼成的结构"。在这部作品里，西蒙再不是追随普鲁斯特和福克纳探索小说的时间，而是进一步探索小说的空间了。

接着发表的《事物的教训》（一九七五），完全摆脱传统小说的结构形式，没有任何连贯的情节，全书以描写的画面构成。作者的意图是表现千变万化的事物的面貌。西蒙曾说："我喜爱事物，描写它们时我感到喜悦。"法国作家兼评论家克劳德·莫里亚克曾指出：这部小说表现了西蒙对文字的功能和描述的魅力的倾心，写作在他看来等于是描述。这部小说还表现了西蒙小说创作方法的另一个特点：运用大量的电影手法和巴罗克式的对比与构图，把和平和战争、静和动、光和影对比的场面同时表现出来，造成异常强烈的印象。一九八四年重版的《贝里尼斯的头发》，是一九六六年西蒙描绘西班牙大画家米罗的画的散文诗似的短篇，原来的书名为《女人们》。一位法国评论家说，它的结构像"一个用文字、颜色、香味交织的纤细的网"，"在细沙和暖热到似乎使海洋流汗的阳光所组成的背景中，展现大自然奇异绚丽的变化"。

在《事物的教训》完稿后的五年中，西蒙埋头创作长篇小说《农事诗》（一九八一），这部充满诗情画意的作品，确立了西蒙成为世界文坛上第一流作家的地位。一九八九年七十六岁高龄的西蒙写成长篇小说《洋槐树》，主题是历史与时间，这种时间，正如作者在卷首题铭引用英国诗人艾略特《四个四重奏》中三行诗所展示的："时间现在和时间过去，也许都存在于时间将来，而时间将来也包容于时间过去。"在这部分为十二章的小说里，时间不断交织，从一九一九年第一次世界大战后战死者的墓园描写开始，不断对比两次大战的场景。一九一四年八月二十七日第一次世界大战开始的情景与二十五年后同日的第二次世界大战前后方的境况，相互呼应，彼此交织，描绘出人类在历史无情的车轮下悲怆的命运。

从上面所述的创作过程看来，西蒙的确是像他在诺贝尔受奖演说词最后所说的："这条道路是由探险者艰难困苦地在一个前所未知的领域中开辟出来的（他往往迷路，重新沿着旧路折回，循着某些貌似相同而实质迥异的地点探索前行，或相反地，在表象不一的同一地点探索前行——或走错了路），这条路常常往返交叉，重复穿过已经走过的十字路口。作家在景象与情感同时出现中……探索至最后，却返回原来的出发点，不过他这时已取得更丰富的经验，因为已能指出某些方向，建立某些跳板。也许通过作家个人执着的深入探索，虽然他并不认为自己已说尽一切，最后寻求到‘共同的本质’，从中每个人能或少——或多——认识自己。”尽管西蒙已年近八十，他这种探索是不会停止的，我们期待着他描绘出更绚丽多姿的画幅。

五

在西蒙已发表的近二十部作品中，《弗兰德公路》和《农事诗》可以说最充分地体现了瑞典皇家学院授予他诺贝尔文学奖时对他的评价：“这位作家以诗和画的创造性，深入表现了人类长期置身其中的处境。”

《弗兰德公路》现已被公认为西蒙的成名作。它曾被提名为一九六〇年龚古尔文学奖的候选者，后因有几位评委认为它“晦涩难懂”而落选，结果仅获《快报》图书奖。这部小说的主题可以概括为战争的灾难和大自然的美景对比中人的处境和感受。主要背景是作家亲身经历的第二次世界大战初法军在北部的弗兰德地区被德军击溃后仓皇撤退，贯串全书的主线是贵族出身的骑兵队长德·雷谢克死亡之谜。小说主要部分是通过主人公佐治战后与这位队长的年轻妻子在旅店夜间幽会时凌乱断续的回忆，像万花筒般展现了三个骑兵及其队长在战争中的遭遇和大地深受的蹂躏。作者以斑斓浓重的色彩，巴罗克体千变万化、重复回旋的笔法，绘画出时间的迁移、季节的变化、战神的狰狞、死亡的阴影、爱情的渴求、情欲的冲动、饥寒的折磨、土地的抽搐、大自然神奇的魅力……既充满诗情画意，又不乏幽默讽刺；既含人生哲理，也有对人心的解剖。

二十五年后发表的《农事诗》是西蒙的第十六部作品，是一部炉火纯青之作，它是经过十五年酝酿和五年多搜集资料写成的。主人公让-皮埃尔·圣-米歇尔将军并不是纯属虚构的人物，历史上确有其人，在一八一五年巴黎出版的《称为国民公会的七百四十九位议员小传辞典》中可以查到。《小传》中记载：这位贵族曾在骑兵部队中服役达二十五年之久，大革命期间他背叛了贵族阶级家庭，参加了国民公会，并曾以关键性的一票使处决国王路易十六的提案得以通过；此人曾在督政府时期出任驻那不勒斯大使，后因对该国朝廷不满而离去，后来被委任为意大利驻军炮兵司令官。一八〇三年拿破仑任命他为炮兵部队督军。总的看来，这位历史人物与小说的主人公的政治经历大致相同。

小说采用古罗马诗人维吉尔的长诗《农事诗》为名，因为小说主人公不论是在大革命的惊涛骇浪中或南北征战的炮火震天、硝烟弥漫中，念念不忘家园春播夏耘秋收冬藏的农事，同时也寓寄维吉尔诗中含蕴的哲理：世事纷纭，复杂多变，只有四季恒常更迭，有秩有序，人也仅能在田园耕作中享受乐趣，在大自然的美景中获得安宁与慰藉。

这部小说与《弗兰德公路》不无关联。圣-米歇尔将军是《弗兰德公路》的主要人物骑兵队长德·雷谢克的先祖，他曾在《弗兰德公路》中出现过。两部作品都是写人在历史风暴中所遭受的痛苦和折磨，但《农事诗》不仅写了一九四〇年春法军大溃败中士兵及人民悲惨的境况，而且着重写了一七八九年法国大革命期间一个贵族家庭发生的悲剧，以及一个年轻的美国人在一九三六年西班牙内战时参加巴塞罗那残酷争夺战的感受：战争与革命密切交织的题材，使这部小说比西蒙其他的作品更富有史诗色彩。

在《弗兰德公路》发表后同年十月，西蒙与《快报》记者谈这部小说的创作经过时，提到它的一些特点：（一）它不是像传统小说中的时间的持续，而在描绘同时性。西蒙认为“当我们想写一部小说时，当我们开始想叙述一个故事时，实际上这故事已完结。我们转过身来，朝后看自己刚走过的道路，看到的全程呈现一片混杂。远景与前景一样清晰、逼近，像从望远镜里看去一样。”我们在上面已提过，这部小说主要部分的叙述是由佐治与骑兵队长的妻子战后在旅店夜宿时凌乱的回忆、断续的思想、模糊的印象、杂乱的感知、多变的想象等组成。（二）这部小说的主要内容一下子一起涌现到作者的脑海中，它像快镜摄影，在一瞬间出现交错的画面。（三）给每个人物、每个主题用彩色铅笔定一种颜色，然后按作者写作时的感情决定颜色的配置、组合、交织，像一幅画似的绘出整体。（四）大量运用电影手法捕捉瞬间的印象，通过蒙太奇的手法，把现在、过去、未来交织在一起。西蒙曾说“电影教会我们如何观察事物，然后把画面精确地写成文字”。（五）为了使同时涌现的“混合体”得以表现，采用了流水般迂回曲折的长句，并用大量的现在分词联结起来，使回忆中的画面仿佛发生在眼前。往往一整页没有一个标点符号，据作者的解释是：“在我们意识中有多少事物并存，互相渗透。逗号、句点引起停顿，把内心现实中没有分开的东西切断了。”（六）大量运用多重套画的插入句，常用“这是说”、“或者可以说”、“更确切地说”这类短语，意在补充、更正、明确由于时间的作用而引起的记忆的漏洞、变形、模糊。（七）常用不完整的句子，有时一句话未说完便戛然而止，有时甚至仅吐出半个字。西蒙认为我们的回忆、思想、日常说话方式往往就是如此。

《农事诗》的结构与《弗兰德公路》不同，全书像古典悲剧那样分为五部并有序幕，有头有尾。序幕由一个场景和两个主要人物的裸体雕像的描写构成，完全像一幅画。第一部的开头颇似传统的历史小说，把主人公的面貌和经历作了简要的介绍，然后才进入对大革命时期的动荡和主人公前期的历险的描述。第二部写战争中人类的处境，其中也写了第二次世界大战初期法军大溃败的悲惨情景，但景色与在《弗兰德公路》中全然不同，再不是春雨绵绵，泥泞遍地，而是冰天雪地，寒风彻骨。人在这种场景中的心境、情感也有不同的变化。第三部用倒叙的笔法，刻画了圣-米歇尔城堡在历史的变迁和时间的侵蚀中破落荒凉的景象和这个贵族家庭的衰败，中间穿插叙述了这家的长子在大革命中对贵族阶级的背叛，在国民公会投下举足轻重的一票通过处决国王的决定，犯下弑君之罪，以致在家庭中造成无法弥补的决裂和两个孪生兄弟间的刻骨仇恨。这部分还叙述了主人公在炮兵部队中艰苦的征战，在意大利宫廷任大使时的斗争，以及他在大革命时期从死囚狱中救出一位美貌放荡的保皇党女子的冒险经过。第四部比较集中地描述一位名为O的英国青年参加一九三六年西班牙内战的经历，他对革命与战争的迷惘与幻灭。第五部悲剧达到高潮，转入尾声。圣-米歇尔家在政治上势不两立的一对孪生兄弟在大革命风暴中背道而驰，多年后终于在故居城堡大树下最后相见，正是哥哥在大革命后期提出的一律处死曾逃亡国外携带武器回国的人的法令，导致始终不渝忠于国王的弟弟被处决。那位从小和两兄弟一起长大的奶妈的女儿、像大地一样忠诚质朴的女仆巴蒂只能从窗帘后窥看骨肉相残的悲剧，为之呜咽啜泣。这一幕的悲怆凄恻富有古希腊悲剧的色彩。也就是在这位女仆的照料下，身心俱受创伤的老将军在古老的庄园中孤单寂寞地度过残年。全书五部分各有重心，不同的时代与场景互相交织，但主要的基调贯串全书而且前后呼应，展现了人在历史的汹涌波涛中身不由己的境遇，写出了大自然的永恒，尽管世事沧桑，人间多变；刻画出大地的生命力和诗情画意洋溢的景色，虽然残酷的战争带来痛苦和灾难。

《农事诗》不仅在结构上和写法上与《弗兰德公路》有所不同，语言也比较简练，句子绝大部分简短、明确、完整，标点清楚，段落分明。在《弗兰德公路》中经常出现的套句和没有标点符号的长句，在这部小说中很少看见。但这两部作品仍有许多共同之处：丰富多彩的比喻、浓郁的抒情笔调、色彩斑斓绚丽的画面、光与影的交织、寂静与声响的对比、诗与画的结合、细致入微的描写、朴素的哲理、幽默的讽刺等。

罗伯-格里耶曾说，对西蒙的同一部小说，一百位读者有一百种读法。西蒙认为作者的任务是写出事物的多面性和历史事件的复杂性，读者在阅读他的作品时，可以从“不同的门户”进入他所描绘的世界，可以从各种不同的角度来感受。西蒙像许多新小说派作家一样，要求读者积极参与创作活动，凭各人不同的人生经历、不同的感知世界事物的能力对他所描述的一切作出反应。因此，读他的作品时读者由于与作者一起不断进行探索而感到吃力，这是不足为奇的事。当巴黎第三大学的一位教授听说我在翻译西蒙这两部小说时，当即表示一般法国读者阅读它们也会很费力，把它们译成中文更不是一件轻而易举之事。我之所以不自量力译出西蒙两部代表作，一方面是它们的丰富内容和崭新形式吸引了我，另一方面是想让我们的读者认识这两部已列为西方现代名著的新小说派作品。

林秀清

一九九二年四月清明　上海

CLAUDE SIMON
La Route des Flandres

本书根据子夜出版社 1960 年法文版译出

图字：09－2006－595 号

图书在版编目(CIP)数据

弗兰德公路／(法)西蒙(Simon,C.)著；林秀清译.
上海：上海译文出版社，2008.10(2023.8 重印)
ISBN 978－7－5327－4604－0

Ⅰ.弗… Ⅱ.①西…②林… Ⅲ.长篇小说—法国—现代
Ⅳ.I565.45

中国版本图书馆 CIP 数据核字(2008)第 093277 号

弗兰德公路
La Route des Flandres

CLAUDE SIMON
克劳德·西蒙 著
林秀清 译

出版统筹 赵武平
责任编辑 缪伶超
装帧设计 王 慧

上海译文出版社有限公司出版、发行
网址：www.yiwen.com.cn
201101 上海市闵行区号景路 159 弄 B 座
上海中华印刷有限公司印刷

开本 890×1240 1/32 印张 8.25 插页 2 字数 169,000
2008 年 10 月第 1 版 2023 年 8 月第 2 次印刷

ISBN 978－7－5327－4604－0/I·2602
定价：39.00 元